瀕死的凝視

東野圭吾

王蘊潔——譯

ダイイング・アイ

序章

一滴小水珠落在脖頸，轉眼之間，就下起了小雨。

岸中美菜繪雙腳更加用力踩著腳踏車的踏板，離家只剩下一小段路了，差不多一公里出頭。

時間已是將近半夜三點。晚上出門時，完全沒有想到時間會拖到這麼晚。

今天和平時一樣，在十點整就上完了深見家的鋼琴課，但是上完課後，深見太太邀她留下來喝茶，所以在她家客廳的豪華沙發上坐到將近十一點。原本以為這樣就結束了，沒想到她起身準備離開時，她的學生，也就是深見家的獨生女突然提出了令人傻眼的要求。她說想要改變下次在鋼琴發表會上彈奏的樂曲，因為她發現她討厭的同學挑選了和她相同的曲子。

照理說，當母親的應該勸阻女兒的這種任性要求，沒想到深見太太竟然和女兒一起拜託美菜繪。美菜繪無可奈何，只能陪著學生一起挑選樂曲，最後還加了課。上完課時，就已經深夜兩點多了。如果深見家的琴房沒有隔音設備，一定會被鄰居抗議。

結果就變成美菜繪必須在三更半夜獨自騎腳踏車回家。雖然已經打電話向玲二說明了情況，但是向來愛操心的他現在一定看著時鐘乾著急。

「可能快下雨了，妳最好早點回來。」

丈夫在電話中的聲音很不悅。玲二以前就不喜歡美菜繪在夜間外出，但並不是因為會影響做家事的關係。深見家的鋼琴課從晚上八點開始，美菜繪都會在家吃完晚餐，有時候即使洗碗收拾完畢再出門，時間上也綽綽有餘。玲二只是很擔心她一個女人在夜晚獨自來回騎好幾公里有危險。玲二的嫉妒心很強，覺得世界上所有的男人都對自己二十九歲的妻子抱有邪念，而且也深信，世界上幾乎所有的男人，只要一有機會，都會變成色狼。美菜繪對此只能苦笑。

玲二之所以同意妻子去深見家，是因為瞭解她只是想幫忙家計，讓兩個人的日子過得更輕鬆些。

玲二只有一個條件。那就是美菜繪去深見家上課時，絕對不可以穿裙子。他認為女人穿裙子騎腳踏車在某些男人眼中很煽情。

雖然美菜繪覺得玲二擔心過了頭，但也不是不能理解他的想法。美菜繪和玲二住的公寓，離深見家最近的那條路上沒什麼人經過，而且中途還有一個很大的公園，有時候住在那個公園內的遊民會在路上遊蕩，美菜繪也曾感到害怕。

今天晚上經過公園旁時，她踩踏板的雙腳也格外用力，幸好路上完全不見人影。

小雨越來越大，打在脖子上的水滴越來越多。美菜繪平時一頭長髮都披在肩上，但在騎腳踏車時，都會用夾子夾在腦後。風吹在被雨淋濕的脖子上，她忍不住冷得起了雞皮疙瘩。現在已經是十二月了。

身後傳來引擎聲的同時，車燈的光慢慢靠近。美菜繪沒有回頭，將腳踏車稍微向左騎。這一帶有很多路燈，汽車不可能看不到她。

車子來到她的身後時稍微放慢了速度，在超越她騎的腳踏車後，再次踩了油門。那是一輛深色轎車。數十公尺前方的交通號誌是綠燈，那輛車似乎希望在綠燈轉紅之前駛過前方的路口。

美菜繪發現那輛深色轎車順利在綠燈時駛過了路口，但交通號誌很快轉成黃燈，然後變成了紅燈。

前方是和緩的下坡道，而且是微微向右的彎道。美菜繪不再踩踏板，用煞車控制腳踏車的速度，同時小心翼翼地維持把手的角度。

不知道是否腳踏車的框架淋了雨的關係，煞車似乎有點不太靈光。

後方又有一輛車子靠近，車頭燈越來越近。美菜繪和剛才一樣，沒有回頭，只是把腳踏車稍微騎向左側。

這時，她感到很奇怪。因為前方的交通號誌仍然是紅燈，但是後方車頭燈靠近的速度太快了。

下一瞬間，她正打算讓腳踏車停下來時，發現車頭燈的燈光照在她身上。

她正打算回頭，全身就感受到撞擊。她覺得身體飄了起來，但是下一剎那，再次感受到強烈的撞擊。眼中所有的一切都在旋轉，她搞不清楚自己目前的狀態。有什麼東西被輾過的聲音和急煞車的聲音交織在一起，傳入她的耳中。她發現原本夾在腦後的頭髮散開了。

美菜繪睜大了眼睛，她試圖看清楚到底發生了什麼狀況。

然後她發現那個東西就在眼前。

那個東西就是汽車的保險桿。保險桿刺進了她的身體。那是一輛紅色的車子，車身很低。

保險桿無聲無息地擠壓她的身體。她的肋骨一根根折斷，壓迫著胃和心臟。這一切都很緩慢，簡直就像是慢動作的影像。

自己快被車子壓扁了，美菜繪瞭解到這件事。她的背後是牆壁，她就像三明治一樣，被牆壁和車子夾在中間。

她想要大叫，但是她無法發出聲音。她想要抵抗，也無法抵抗。她的脊椎和腰骨都接連斷了。

我快死了。她意識到這件事。自己正在走向死亡。

她的腦海中浮現出許許多多的畫面。她想起小時候，牽著媽媽的手去附近的神社。當時母親還很年輕，頭髮也很黑。美菜繪穿著和服，走到半路時，因為穿草履的腳太痛了，忍不住哭了起來，爸爸就去為她買了一雙拖鞋。爸爸當時也很年輕，雖然只是經營小型電器行的老闆，但是做生意向來童叟無欺，買賣公道，售後服務也很好，所以受到客人的好評。

不知道小學時代的好朋友小夏現在過得好不好。以前和小夏總是形影不離，兩個人一起去學鋼琴，還曾經在鋼琴發表會上挑戰了四手聯彈。兩個人一起聊藝人八卦時最開心。小夏家裡有很多刊登了明星照片的雜誌，她總是把喜歡的明星照片剪下來。她們兩個人還曾經一起寫信給一名喜歡的偶像明星。

車子繼續輾壓她的身體。內臟接連破裂，血液、體液和未消化的食物都混在一起，在勉強維持原形的食道中逆流，然後從美菜繪的嘴唇噴了出來。

腦海中的影像變成了高中時代。雖然從小立志成為鋼琴家，但是那時候開始感受到自己才華的極限。更重要的是，她找到了新的目標，那就是舞台劇。她在朋友的邀請下，去看了某個劇團的排練，立刻感受到某種命運的安排。而且她被那個劇團中的一個年輕人吸引，那個人向原本就讀的國立大學申請了退學，一邊打工，一邊為自己的演員夢努力。

聖誕節的夜晚，在他沒有暖氣設備的公寓內，美菜繪有了第一次性經驗。雖然沒有快感，卻很感動。這也是她這一輩子第一次從男人口中聽到「我愛妳」這三個字。

但是，和他之間的關係只持續了幾個月而已。因為他突然放棄了舞台劇，而且事先完全沒有告訴美菜繪。「這個世界沒這麼好混。」這是他最後對美菜繪說的話，然後就從美菜繪的眼前消失了。

當時，美菜繪真心想要一死了之。要不要去死？如果要死，該用什麼方法呢？她每天都在為這個問題煩惱，然後在煩惱的過程中，又慢慢重新站了起來。

那次之後，美菜繪從來沒有認真考慮過自己的死。她毫無根據地認為，死亡離自己很遙遠。

但是——

死亡並沒有遠離她，而是一直站在她身後，隨時蓄勢待發，準備撲向她。

內臟完全被輾碎，腹部肌肉正貼向後背。肌肉和破碎的內臟從破損的皮膚中噴了出來，鮮血四濺，就像捏爆的蕃茄。

美菜繪知道一切即將結束。只要再過一秒的一億分之一的時間，自己會在肉體死亡的同時，精神也一起死亡。意想不到的死亡。不受歡迎的死亡。毫無意義的死亡。

美菜繪從失戀的打擊中重新站起來後，進入某樂器品牌的鋼琴教室擔任講師，每個月會被派去活動會場表演幾次。穿上華服在眾人面前表演是一件快樂的事。

她就是在那個場合認識了岸中玲二。玲二在生產假人模特兒公司擔任設計工作，他不時會去察看會場，為下一次舉辦活動做準備。

在見了幾次面之後，他們有時候會聊幾句，美菜繪發現和他聊天很愉快。有一天，玲二約她吃飯。

雖然他並不是舌粲蓮花、妙語連珠的人，但說話有一種神奇的魅力。即使是日常生活中所發生的平淡無奇的事，當他像少年的自言自語般緩緩訴說時，美菜繪每次都覺得充滿了啟示。

在他們認識第三年的春天，他們結了婚。那一年，美菜繪二十六歲，玲二三十歲。

結婚至今三年過去了。

她對目前的生活沒有任何不滿，也沒有絲毫的不安。雖然旁人對他們沒有生孩子說三道四，但是她幾乎不在意。因為她覺得只要玲二愛她就足夠了，而且他和三年前一樣愛著美菜繪，美菜繪當然也愛著他。

即使不可能相愛到永遠，她也希望這樣的幸福時光可以一直持續下去，直到年華老去，其中一方死了為止。她並沒有任何好高騖遠的野心。

今天晚上，玲二也會等美菜繪回家。他一定熱切希望美菜繪能夠平安回到家。

是啊，我必須回家——

意識的餘燼變成了強烈的恨意。那是對自己幸福的人生突然被迫結束所產生的恨意。

自己的人生明明還有好幾十年，到底是誰？為什麼在這種地方葬送了自己的生命？

美菜繪的雙眼直視前方，看著那輛輾碎她身體的車的駕駛人。

即使我的肉體毀滅，我也不原諒你，我會永遠痛恨你。
美菜繪燃燒著最後一絲憎恨的怒火，持續瞪著對方。
啊啊，我不想死。玲二，快來救救我。
我不想死。
我不想——

1

這個客人在打烊前三十分鐘，也就是一點半走進店內。店內沒有其他客人，兩個小姐也都已經下班了。媽媽桑千都子今天因為感冒沒來上班，所以只有雨村慎介一個人在店內，他正打算收拾一下，準備打烊了。

這名男性客人一進來，就立刻巡視了店內。黑色圓框眼鏡的鏡片反射了天花板的燈光，然後他問慎介：「時間還可以嗎？」他的聲音就像在唸書一樣完全沒有起伏。

「可以啊。」慎介回答。雖然他覺得很麻煩，但是如果不小心被媽媽桑知道自己還不到打烊時間，就把客人趕走，恐怕不太妙。

那個客人動作緩慢地坐在吧檯椅上，在店內東張西望。

慎介遞上小毛巾時，迅速打量了他的一身打扮。他穿了一件深灰色上衣，看起來並不是便宜貨，但無論判斷的標準再怎麼寬鬆，都知道那是兩年前的款式，裡面的襯衫看起來也沒有熨燙過。他沒有繫領帶，戴著國產手錶。頭髮沒有特別整理，稀疏的鬍子看起來也不像在做造型。

「請問要喝什麼？」慎介問。

那名男客看向慎介身後放了很多酒的酒櫃後問：「這裡有什麼酒呢？」

「除非是很特別的酒，否則這裡幾乎都有。」

「其實我不太知道酒的名字。」

「這樣啊，那要不要喝啤酒？」

「不要，不知道有沒有那個？我以前在飛機上喝過的那個。」

「飛機？」

「是去夏威夷的飛機上喝的，不，好像是回程時的飛機，帶有奶油味的甜酒。」

「喔喔，」慎介點了點頭，伸手拿了後方酒櫃最下方的瓶子，「是不是愛爾蘭奶酒？」

客人稍微放鬆了臉上的表情說：「好像就是叫這個名字。」

「要不要幫你倒一小杯？」

慎介在純酒杯中倒了三公分左右後，放在客人面前。客人拿起杯子，時而傾斜，時而搖晃杯子，打量著杯中的象牙色液體，最後好像下定決心似的拿到嘴邊喝了一口，舌頭在嘴裡動來動去，似乎在確認味道。

客人點了點頭，笑著看著慎介說：

「沒錯，就是這種酒。」

「太好了。」

「請問叫什麼名字？」

「愛爾蘭奶酒。」

「我會記下來。」客人說完，又喝了一小口酒。

慎介覺得這個客人很奇怪，他似乎不太涉足酒吧這種場所，既然這樣，為什麼今天獨自走進這家店？

而且，還有另一件讓慎介在意的事。他覺得以前好像在哪裡見過這個人。到底是在哪裡見過眼前這個客人？

客人中等身材，不胖也不瘦，年紀大約三十五、六歲。今年三十歲的慎介有很多這個年齡層的朋友，但是這個客人不像是這些朋友中哪一個人的朋友。

慎介把一根菸叼在嘴上，用印著店名的打火機點了火。

「先生，你是第一次來我們這家店嗎？」

「嗯。」客人在回答時，仍然看著杯子。

「是聽朋友介紹的嗎？」

「不，只是隨便走走，然後剛好走進這裡……」

「這樣啊。」

無法繼續聊這個話題了。真讓人不舒服，慎介心想。真希望這個客人趕快離開。他開始有點後悔，早知道剛才應該拒絕他。

「啊啊，就是這個味道，真是太懷念了。」客人喝完一半的愛爾蘭奶酒時說。

「你什麼時候去夏威夷的？」慎介問。雖然他根本不想知道，只是避免冷場，沒話找話。

「差不多四年了。」客人回答，「是蜜月旅行時去的。」

「喔喔，原來是這樣。」

蜜月旅行——慎介覺得這幾個字和自己無緣。

他瞥了一眼放在水槽旁的時鐘。時鐘指向一點四十五分。他開始思考再過十五分鐘，要想辦法趕走這個客人。

「結婚才四年的話，應該還像是新婚吧。」慎介說。他打算把話題引導向「如果太晚回家，你太太很可憐」的方向。

「你這麼覺得嗎？」沒想到客人一臉嚴肅地問。

「難道不是嗎？我還是單身，所以不太清楚。」

「四年的時間會發生很多事。」客人把酒杯舉到眼前，露出了沉思的表情。然後，他放下酒杯，目不轉睛地看著慎介的臉，「有些事，真的是做夢也不會想到。」

「這樣啊。」慎介決定轉移話題，他擔心繼續聊下去，如果客人開始向自己吐苦水就慘了。

兩個人相對無言。慎介甚至希望有新的客人進來，但是完全沒有人進來。

「你在這裡工作了很久嗎？」慎介準備開始收拾時，客人主動問道。

「在酒店這個行業做了很久，差不多快十年了。」

「原來工作十年，就可以自己開店。」

慎介聽了客人的話，忍不住苦笑起來。

「這家店不是我開的，我只是幫人打工。」

「原來是這樣啊，你一直在這家店工作嗎？」

「不，我去年才來這裡，之前在銀座。」

「原來是銀座。」客人喝著愛爾蘭奶酒，輕輕點了點頭，「我和銀座那種地方完全沒有任何交集。」

我想也是。慎介在心裡想道。

「偶爾去那裡也不錯。」

時鐘顯示目前即將深夜一點五十五分。慎介開始洗杯子。他希望客人能夠識相地主動離開。

「這種工作開心嗎？」客人又問道。

「因為我很喜歡，」慎介回答，「但也有很多不開心的事。」

「不開心的事是哪些事呢？有討厭的客人上門嗎？」

「嗯，這也是其中之一，還有很多其他的事。」

像是薪水低，媽媽桑是慣老闆——

「遇到這種不開心的事時怎麼辦？我是說，你都怎麼處理不愉快的情緒呢？」

「沒怎麼辦啊，就是盡可能趕快忘記，這是唯一的方法。」慎介在擦廣口杯時回答。

「要怎麼忘記呢？」客人又繼續追問。

「雖然沒有標準答案，但我自己會盡可能去想一些開心的事，想一些能夠讓自己變得比較正向的事。」

「比方說？」

「比方說……對，就是想像以後自己開店時的事。」

「喔喔，原來是這樣，所以這是你的夢想。」

「算是吧。」慎介擦杯子的手忍不住用力。

這的確是自己的夢想，但並不是遙不可及的夢想。這個夢想就在眼前，只要再稍微把手伸長一點就可以實現。

客人喝完了愛爾蘭奶酒，把空杯子放了下來。慎介暗自決定，如果客人說要再來一杯，就告訴他要打烊了。

「不瞞你說，我想要忘記一件事。」客人說。

客人說話的語氣很嚴肅，慎介停下了手，看著對方的臉。客人也抬頭看著他。

「不，那是絕對無法忘記的事，只不過很希望心情能夠稍微輕鬆一點。我想著這些事，心不在焉地走在街上，結果就看到了這家店的招牌。這家店的店名不是叫『茗荷[1]』嗎？」

「因為媽媽桑很愛吃茗荷。」
「不是說吃太多茗荷會導致健忘嗎？所以我就不知不覺被吸引了。」
「沒想到這麼奇怪的店名竟然可以發揮吸客的作用，真是太了不起了。」慎介忍不住有點不解地說。
「總之，今天很高興來這裡。」
客人站了起來，從上衣口袋中拿出了皮夾。慎介大大地鬆了一口氣。
客人在兩點過後離開了，慎介收拾完畢後，脫下了調酒師的背心制服。他關了燈，走出門外，然後鎖好了門。
「茗荷」位在這棟大樓的三樓。慎介按了電梯的按鍵，等待電梯門打開。當電梯抵達時，他察覺到身後有人的動靜。在電梯門即將打開時，他轉頭看向後方。
一個黑影站在他的身後，那個黑影撲了過來。
他立刻感到頭部受到衝擊，但是，他沒有餘裕去感受，出事了，自己正要失去某些東西——他只知道這件事，深沉的黑暗隨即急速籠罩了他的意識。
在漸漸消失的意識中，他仍然思考著最後看到的畫面。
那個黑影絕對就是剛才那個客人。

1 日本流傳一個說法，吃了茗荷容易忘東忘西，也被稱為忘憂之花。

2

耳鳴不已，就像是蒼蠅一直在耳邊飛來飛去。模糊的視野中，有一根白色棒狀物。過了一會兒，眼睛終於聚焦。那個白色棒狀物是天花板的日光燈。

有人握著自己的右手，而且有一張白淨的臉出現在眼前。那是一個戴眼鏡的女人，女人的臉立刻從他的視野中消失了。

這裡是哪裡？雨村慎介忍不住思考。自己到底在這裡幹什麼？

接著，好幾張臉同時出現在他眼前，每個人都低頭看著他。他這下子終於發現，原來自己躺在床上，消毒水的味道刺激著他的鼻腔。

耳鳴沒有停止。他想轉動脖子，立刻感到頭痛欲裂，疼痛隨著血液流向頭部的速度，有節奏地襲向頭部。

他有一種做了很多夢，而且是惡夢後的不舒服感覺，只不過他完全不記得任何一個夢境的內容。

「你醒了嗎？」低頭看著慎介的其中一張臉問道。那是一個瘦臉的中年男子。

慎介輕輕點了點頭。光是這個簡單的動作，頭又開始疼痛。他皺起了眉頭，然後問男子：「這裡是哪裡？」

「是醫院。」

「醫院？」

「你現在最好不要說話。」男人對他說。慎介這時才發現男人穿著白袍，其他人也一樣，女人穿著護理師的衣服。

接下來的時間，他有一種半夢半醒的感覺。他只記得醫生和護理師忙進忙出，但是完全不知道他們在做什麼。

他試著回想自己從什麼時候開始來到這裡，但是，他既不記得什麼時候被送來這裡，也完全沒有接受治療的記憶，但是從正在注射點滴和頭部纏著的繃帶瞭解到，自己受了重傷，或是生了嚴重的疾病。

「雨村先生，雨村先生。」

聽到有人叫自己的名字，慎介睜開了眼睛。

「你感覺怎麼樣？」醫生低頭看著他問。

「頭很痛。」慎介說。

「除了頭痛以外呢？有沒有嘔吐的感覺？」

「好像沒有，除此以外，好像沒什麼不舒服的感覺。」

醫生點了點頭，小聲對身旁的護理師說了什麼。

「請問一下，」慎介開了口，「我到底發生了什麼事？」

「你完全不記得了嗎？」醫生問。

「對，我完全搞不清楚狀況。」

醫生再次點了點頭，他的表情似乎在說，即使慎介搞不清楚狀況也很正常。

「情況似乎有點複雜，」醫生說。醫生說話的態度像是局外人，「但是具體的情況，還是由你的家人告訴你比較妥當。」

「家人？」慎介忍不住反問。他的家人只有住在石川縣的父母和哥哥，他們來東京了嗎？

醫生似乎發現了自己的表達上的小小失誤。

「也許該說是你的太太。」

「太太？」慎介並沒有太太，但是他知道醫生在說誰，「成美也來了嗎？」

「她等了很久，在等你醒來。」醫生向護理師使了一個眼色，護理師走了出去。

不一會兒，響起了敲門聲。醫生應了一聲，門打開了，村上成美跟在剛才的護理師身後走了進來。她在藍色T恤外穿了一件白色連帽衫，那是她去附近買菜時的打扮。

慎介兩年前開始和成美同居。成美在酒店上班，慎介以前在銀座工作時，她曾經和其他客人一起來店裡喝酒。她以前想成為設計師，就讀了相關的專科學校。今年二十九歲，但是她在店裡都謊稱自己才二十四歲。

「阿慎，」成美衝到病床旁，「你沒事吧？」

慎介輕輕搖了搖頭說：

「我完全不知道發生了什麼事。」

「雨村先生似乎完全不記得案件的相關情況。」護理師對成美說。

「喔，這樣啊……」成美看著慎介，皺起了眉頭。

醫生和護理師識趣地走出病房，護理師在關上門前叮嚀：「坐起來的時候不要太急。」

病房內只剩下他們兩個人時，成美再次注視著慎介。她的雙眼濕潤，就像是被風吹得泛起漣漪的水面。

「太好了。」她的嘴唇之間吐出了這幾個字。她的嘴唇沒有擦口紅，也許是因為這個原因，所以看起來氣色很差，「我很擔心你不會醒來。」

「我問妳，」慎介看著成美幾乎未施脂粉的臉說，「到底發生了什麼狀況？護理師剛才說是案件，這又是怎麼回事？我為什麼會在這裡？」

成美再次皺起了眉頭。她的兩道眉毛是唯一有化妝的部位。因為如果她完全素顏的時候，幾乎沒有眉毛。

「你真的什麼都不記得了嗎？」

「對，我不記得了。」

「阿慎，」成美吞著口水，舔了舔嘴唇後，「有人想要殺你，你差點就沒命了。」

「啊……」

慎介忍不住屏住了呼吸，同時感到後腦勺一陣抽痛。

「兩天前，你從店裡下班，準備回家的時候。」

「店裡？」

「就是『茗荷』，一走出那家店，不就是電梯嗎？其他店的人發現你就倒在電梯旁。」

「電梯……」

他的腦海中浮現了模糊的影像，但是這些影像遲遲沒有清晰起來。他很著急，感覺好像戴了一副度數不正確的眼鏡。

「醫生說，如果再晚三十分鐘被人發現就很危險，所以你很幸運。」

「那個人……打我的頭嗎？」

「據說是用什麼硬物打你的頭。你不記得了嗎？聽當時發現你的人說，你流了很多血，一直流到了樓梯，看起來好像蕃茄汁。」

慎介想像著當時的景象，難以相信這是發生在自己身上的事。

但是，他對腦袋被硬物毆打這件事，有模糊的記憶。他隱約記得黑影從背後撲向自己。沒錯，那的確是在電梯前。那個黑影是誰呢？

「我有點累了。」慎介皺起眉頭說。

「你要好好休息。」

成美拉了拉蓋在慎介身上的毛毯。

隔天，有兩個男人走進了慎介的病房。他們是警視廳西麻布警察局的刑警，說想打擾十分鐘左右，簡單向他瞭解遭到攻擊的情況。成美剛好帶著水果來醫院，兩名刑警並沒有要求她離開。

「你目前感覺如何？」姓小塚的刑警問。小塚的臉雖然很瘦，但那件肩膀很寬的西裝穿在他身上很合身，看起來有點像中小企業精明能幹的課長。另一名年輕的刑警姓榎木，無論是一臉兇相，還是理得很短的頭髮，看起來都像是混黑道的。

「頭還是有點痛，但已經好很多了。」慎介躺在病床上回答。

「真是飛來橫禍。」小塚皺著眉頭，緩緩搖著頭說，也許他想要表現出同情的態度，但慎介覺得他的態度很虛假。

「聽說動了很大的手術。」小塚輪流看著慎介和成美的臉說。

「好像是。」慎介回答。

「他的頭蓋骨碎裂了。」成美回答，她把椅子放在離刑警有一小段距離的地方，坐在椅子上，「聽醫生說，血塊壓迫了腦部。」

「真嚴重啊。」刑警撇著嘴角，「所以這次真的是死裡逃生。」

「我也不太記得究竟發生了什麼事，所以並沒有死裡逃生的真實感。」

「你不記得遭到攻擊時的狀況嗎？」

「對。」

「所以當然也沒有看到攻擊你的那個人的長相。」

「是啊，並沒有看得很清楚……」

慎介語帶保留，刑警當然感到好奇。

「你說沒有看得很清楚，所以是看到了什麼嗎？」

「可能是我看錯了，也可能是我的錯覺。」

「真相就交給我們來判斷，你只要表達主觀想法就好，一旦我們查明真的是你的錯覺或是看錯了，就會立刻排除這種可能性。」小塚說話的語氣格外溫柔。

既然刑警都這麼說了，慎介就說了那天晚上走進酒吧的奇怪客人的事。那個客人是第一次上門的客人，點了愛爾蘭奶酒這種特殊的酒。最後又補充了一句：

「我覺得就是那個客人攻擊我。」

兩名刑警聽了這句話，頓時臉色大變。

「你剛才說，他是第一次上門的客人，你根本不認識他？」小塚向他確認。

「對。」慎介點了點頭，雖然他覺得好像在哪裡見過那天的客人，但他覺得這件事是錯覺的可能性更大，所以就沒提這件事。

「可以請你再說一次那名客人的特徵嗎？越詳細越好。」

「他的特徵……」

那個男人並沒有明顯的特徵。衣著樸素，長相平凡，就連說話的語氣也沒什麼起伏。唯一的特徵，就是戴了一副圓框眼鏡。

「圓框眼鏡……喔。」小塚聽慎介說完後，用手拇指抓了抓鼻翼，「如果你再次看到他，能夠認出他嗎？」

「應該可以。」

刑警聽了慎介的回答，滿意地點了點頭。

「警方在接到報案後，為了確認你的身分，所以檢查了你的隨身物品……呃，有哪些東西？」

「一個皮夾，一串鑰匙，還有……」榎木看著記事本說，「還有一塊格子圖案的手帕，和一包用過的面紙。差不多就是這些。」

「皮夾內的財物呢？」小塚問。

「有現金三萬兩千九百一十三圓，兩張信用卡，一張銀行的提款卡，還有駕照、錄影帶出租店的會員卡、蕎麥麵店和便利商店的收據、三張名片。就只有這些。」

小塚轉頭看向慎介問：

「除了剛才這些東西以外，那天晚上，你身上還帶了其他東西嗎？」

小塚想要問的是，有沒有東西失竊。

「應該沒有。雖然我不太記得現金的金額，但差不多就這些。」

「好。」小塚點了點頭，又重新翹起了二郎腿。

「如果不是以金錢為目的的強盜，兇手為什麼要攻擊你？」

「是不是想要搶店裡當天的營業額？」慎介說，「想要用我身上的鑰匙打開店門……諸如此類的。」

「我們也調查了店裡是否有任何損失，但是好像沒有任何異狀，而且好像店裡原本就沒有放太多現金。」

出入「茗荷」的客人大部分都是熟客，幾乎都是賒帳，日後再去收款。

「如果不是為了搶店裡的錢，」慎介搖了搖頭，「我就完全沒有頭緒了。因為那個客人真的就是第一次來店裡。」

「你的周遭最近有沒有發生什麼不尋常的事？比方說，接到不明的電話或是信件之類的。」

「應該沒有。」慎介看向在一旁聽他們說話的成美問：「有什麼異常的事嗎？」

成美默默搖了搖頭。

「那天晚上，你一個人在店裡嗎？經常有這種情況嗎？」小塚問。

「有時候會這樣。媽媽桑和客人一起去其他店喝酒時，我就會留在店裡整理，之後再下班。那天晚上，媽媽桑因為感冒休息。」

「如果不走進店裡，會知道只有你一個人在店裡嗎？」

「這就不太清楚了，如果一直在外面監視，可能會知道吧。」

慎介回答之後，心裡有點毛毛的。那個男人躲在某個地方監視自己嗎？

之後，小塚又針對「茗荷」之前曾經發生的糾紛，問了兩、三個問題，最後站了起來說：

「晚一點會派負責畫肖像畫的人過來，可以請你提供協助嗎？」

「沒問題。」

「請多保重。」兩名刑警說完後就離開了。

「希望可以趕快抓到兇手。」成美說。

「是啊，但這種的恐怕很難抓到。」

「你並沒有和誰結怨吧？」

「沒有。」

應該沒有。慎介在內心確認。

3

慎介恢復意識的第二天，親朋好友和店裡的小姐都來醫院探視他。慎介曾經和名叫繪里的女生上過一次床。那天她喝醉了，慎介送她回家時，她主動挑逗，慎介也沒有拒絕。慎介當時對繪里幾乎沒有什麼特殊的感情，現在也沒有。繪里也並不打算藉此和慎介之間有什麼發展。她原本就是那種只要和對方看對眼，可以和任何人上床的人。但是繪里在病房時，慎介還是提心吊膽，很擔心成美突然走進病房。成美對自己的男人在外面偷吃這件事，有動物般的敏銳嗅覺。

除了繪里以外，慎介還曾經和很多女人有過肉體關係。他從來沒有計算過正確的人數，甚至有不少人連名字都想不起來了。他試著思考，這次的事會不會和其中某個女人有關？但是，即使絞盡腦汁，也想不出到底有哪一個女人會做這種事。他和女人向來都是和平分手，應該說，他向來不碰那種會糾纏不清的女人，而且，和成美同居之後，和繪里那次是他唯一的一次偷吃，而且也是半年多前的事了。

店裡的小姐離開後三十分鐘左右，「茗荷」的媽媽桑小野千都子來探視他。她一身香奈兒的套裝，戴著香奈兒的墨鏡。江島光一也跟在她身後走了進來。江島是慎介之前打工的「SIRIUS」的老闆。江島和千都子是舊識，江島穿著一套灰色西裝，富有光澤很好看。

「真是無妄之災，你現在沒事了吧？」千都子婀娜多姿地扭著身體，皺起了兩道畫得輪廓清楚的眉毛。

「勉強活了下來。」

「幸好沒有生命危險，但是聽說兇手還沒有抓到？警察到底在幹嘛啊？」

「我也不知道啊。媽媽桑，妳是不是瞞著我們在外面放高利貸啊？我總覺得自己遭了池魚之殃。」

「你在說什麼鬼話啊！我怎麼可能做這種事？」千都子誇張地搖著手。

「昨天刑警也來我的店裡。」江島說，「他們問了慎介以前在店裡上班時的風評。我明確告訴他們，我根本不會僱用素行不良的人，你目前只是暫時去『茗荷』磨練一陣子。」

「到底是誰做這種事？阿慎，你是不是搞上了有夫之婦？所以人家老公才會對你恨之入骨。」

「妳可別亂開玩笑。慎介的慎可是謹慎的慎。」

慎介的這句話逗得兩個人發笑時，聽到了敲門聲。慎介以為是成美，說了聲「請進」。

沒想到病房門打開時，走進來的不是成美，而是小塚和榎木這兩名刑警。小塚看了千都子他們一眼，愣了一下後看向慎介。

「請問現在方便嗎？」小塚問慎介。

「可以啊。」慎介回答後，看著千都子和江島說：「這兩位是警察。」

「我們還是識相一點閃人吧。」江島拿起千都子的皮包後交給她。

「好啊，阿慎，你多保重，不必擔心店裡的事。」

「謝謝你們。」

他們兩個人走出病房，腳步聲遠離後，小塚把手伸進了上衣口袋，拿出了一樣東西。

「可以請你看一下這個嗎？」刑警說話的語氣不像上次那麼拘謹。

那是一張照片，看起來是放大的證件照。照片中的男人正視前方。

「你有見過這個人嗎？」

慎介拿著照片，注視著照片中的男人，然後立刻得出了結論。

「他就是那天晚上的客人。」

「確定嗎？」

「應該沒錯，不，絕對不會錯，就是他。」

慎介又看了一次照片。雖然髮型有點不一樣，但就是那個男人。死氣沉沉的表情和空洞的眼神，和那天晚上一樣。照片中男人的鬍碴就像是在他的下巴上撒了一把芝麻，也和那天晚上一樣。

慎介清晰地回想起他駝著背，慢慢喝著愛爾蘭奶酒的樣子。

「這樣啊，果然是他啊。」小塚嘆著氣，從慎介手上接過照片，小心翼翼地放回了剛才的口袋。

「已經找到兇手了嗎？他是誰？」慎介問。

小塚看著慎介，微微皺起眉頭後，轉頭看向榎木。照理說，既然已經找出了兇手的身分，刑警的表情沒有理由這麼愁眉不展，而且好像還有點拿不定主意。

最後，小塚翻開了自己的記事本。

「他的名字叫岸中玲二，住在江東區木場×—×—×，陽光公寓二〇二室……」小塚唸到這裡，把攤開的記事本放在慎介面前。慎介看到了上面寫著

「岸中玲二」的名字。「你認識這個人嗎？」

岸中玲二。慎介重複了這個名字。他沒有叫這個名字的朋友，但是這個名字的確刺激了他大腦中的某些東西。慎介苦思冥想，試圖找出這是在記憶中哪一個抽屜中，但最後還是想不起來。這個名字似乎被塞進了貼上「雜物」標籤的抽屜深處。

「我好像聽過這個名字，但是想不起來。」他最後還是放棄了。

刑警仍然愁容滿面地點了點頭。慎介很好奇，他們的表情為什麼這麼愁眉苦臉？

「兩個小時前，」小塚看著手錶說，「發現了他的屍體。」

「啊……」小塚的回答完全出乎慎介的意料，他一時說不出話。

「他死在位在木場的公寓內，警方研判，死亡已經超過四十八個小時。」

「他是怎麼死的？是被人殺害的嗎？」

「雖然不能完全排除這種可能性。」小塚摸了摸下巴，「目前認為自殺的可能性相當高。岸中死在家中的床上，手上拿著一張照片。但是上門的刑警驚訝的是他的衣著。岸中穿著西裝，還繫著領帶。旁邊的桌子上放著寫給同事和老家家人的遺書。」

「死因是什麼？」

「必須等解剖結果，才知道詳細的情況，但目前認為很可能是服毒自殺。」

「服毒？」

「那個叫什麼名字？」小塚問榎木。

榎木立刻翻開了記事本。

「對苯二胺，俗稱ＰＰＤ。」

「從來沒聽過。」慎介嘀咕著。

「這是沖洗彩色照片時使用的藥劑，染髮劑中也含有這種成分。在岸中的家裡發現了裝了對苯二胺的瓶子。他因為工作的關係，可以拿到這種毒物。」

「工作的關係？」

「岸中在製作假人模特兒的工房工作，那種地方需要使用染髮劑。」

「喔，原來是做假人模特兒……」

慎介覺得這種工作很稀奇，但隨即想到如果沒有人做這種工作，就無法把櫥窗布置得很漂亮。

「但是，你們竟然會知道死掉的人就是攻擊我的兇手，是有什麼線索嗎？」

小塚聽了慎介的話，目不轉睛地端詳著他的臉。

「並不是先發現屍體，而是相反。我們認為他很可能就是攻擊你的兇手，於是刑警上門找人，結果發現了他的屍體。」

「啊？」慎介看著刑警的臉問：「你們為什麼覺得他很可疑？」

小塚低吟一聲後問慎介：

「你真的不記得岸中玲二這個名字嗎？」

「不記得……他是誰？」

小塚在雙臂抱在胸前。

「那岸中美菜繪呢？你也不記得這個名字嗎？」

「岸中……美菜惠。」慎介努力在記憶中翻找。

「一年半之前，你不是曾經開車撞死人嗎？」小塚說話的語氣有點粗暴，「就在江東區清澄庭園旁。在那起車禍中喪生的就是岸中美菜繪。」

「車禍？一年半前？」

慎介突然想起了這件事。

沒錯，我曾經發生車禍。就在清澄庭園旁，撞到了一個女人……

「怎麼？你竟然忘記了這件事？」小塚輕蔑地問。

忘記了──自己真的忘記了。在這一刻之前，完全沒有想起自己發生過車禍這件事，而且也在這一刻才想起自己還在緩刑期間。

岸中美菜惠。美菜惠這三個字正確嗎？

慎介試圖回想車禍當時的情況。他試圖回想自己發生了什麼樣的車禍，最後又是如何解決的。

然而，即使他找遍了記憶，仍然沒有找到關於這起車禍的相關情況。

這時，慎介才第一次發現，貼了「一年半前的車禍」這個標籤的記憶抽屜，已經徹底從他的腦海中消失了。

4

醫生注視著一份報告，暫時沒有說話。微微皺了皺兩道淡淡的眉毛。慎介格外在意醫生皺眉的樣子。他試圖解讀醫生的表情，但是醫生那副金屬框眼鏡的鏡片反射著日光燈的燈光，無法看到醫生的眼睛。

醫生終於把報告放在桌子上，抓了抓有少許白髮的頭。

「你說頭痛的情況已經改善了？」

「對，已經完全不痛了。」

「看檢查的報告，目前完全沒有發現任何異狀，所以我認為不需要擔心。」

「那記憶的問題……」

「嗯，」醫生稍微歪著頭說：「腦部並沒有任何損傷，所以可能是精神上的打擊造成的。大部分記憶障礙的問題都屬於這種類型。」

「所以即使過一段時間，也不會改善嗎？」

「這很難說。」醫生把雙臂抱在胸前。「你不必想得太嚴重，只要正常生活就沒問題了。你之前說，只是失去一小部分的記憶？」

「嗯，是啊。」

慎介只是無法想起一年半前發生的那起車禍相關的事。也許還有其他失去記憶的事，但是對目前的他來說，這是最重要的記憶。

「既然這樣，你可以問一下親朋好友，瞭解那件事的相關情況，至少不會對日常生活造成影響。總之，你心情要放輕鬆，也許會在意想不到的情況下，找回失去的記憶。」

「我瞭解了。」

慎介走出腦外科的診間後，走回了病房。他住院已經一個星期，雖然頭上仍然纏著繃帶，但是身體可以自由活動，似乎也沒有造成任何原本擔心的後遺症。

走進病房，看到成美把一個大旅行袋放在床上，正在收拾慎介的東西。

「醫生說什麼？」

「他說沒有問題，但是暫時不要做激烈運動。」

「所以可以按原定計畫，順利出院了？」

「對。」

「太好了。」成美又繼續開始收拾，「阿慎，那你也趕快換衣服。」

「好啊。」

成美已經為他準備了回家時穿的衣服，折好的條紋襯衫和米色棉長褲放在鐵管椅上。

慎介在解開病人服的鈕釦時，走到窗前。這間病房位在三樓，低頭往下看，可以看到醫院前的車道。載著砂石的大卡車，和有點髒的白色廂型車，以及車頂亮著燈籠造型燈的計程車正在四車道的路上等紅燈。

車子——

目前幾乎已經確定，岸中玲二就是攻擊慎介的兇手。刑警在搜索岸中的住家後，從他上衣內側的口袋中，找到一把沾有血跡的活動扳手。血跡和慎介的血液完全一致，而且活動扳手上也有岸中的指紋。

他的自殺似乎也沒有任何值得懷疑的地方。警方已經確定，遺書就是他的筆跡，而且他在死前通知派報社暫停送報。接到他電話的派報社女性員工告訴警方，岸中說要出門旅行一段時間。

慎介從西麻布警局的小塚口中得知了以上這些情況。小塚為了寫偵查報告來找他時，詳細說明了這些情況。慎介遭到毆打的事件已經順利偵破，岸中的死也沒有任何可疑之處，小塚在向慎介說明這些事時，臉上的表情也充滿了從容自信。

慎介問小塚，岸中的動機果然是報仇嗎？小塚點了好幾次頭後說：

「應該可以這麼認為。根據目前調查的結果，岸中發自內心深愛他太太，自從他太太去世之後，他變得失魂落魄。他的同事證實，之前他的個性很開朗，人際關係也很好，在他太太去世之後變得沉默寡言，鬱鬱寡歡，有時候好幾天都沒有和任何人說一句話，甚至有同事說出了內心真實的感想，說感覺他讓人心裡有點毛毛的。」

「所以他一直對我懷恨在心。」

小塚並沒有否認慎介的話。

「聽和他關係不錯的人說，在他太太剛去世時，他曾經說，想要殺了你，一定要報仇雪恨。」

「想要殺了我……」

這句話靜靜地沉入慎介的內心深處。

「但是，」刑警又補充說，「也有人說，他這兩、三個月看起來比較振作了些，有時候甚至看起來興高采烈。當時那個人還以為，他終於放下了……」

「他根本沒有放下。」

「是啊，人在故意表現得很開朗的時候，往往比看起來很痛苦的時候，內心陷入了更深沉的悲傷。」刑警看著慎介的眼睛，說了這番很文縐縐的話，完全不像是刑警的嘴巴說出來的，「問題在於為什麼經過了一年多之後的現在，他才終於下定決心報仇，這件事還無法理解。也許是他一直克制這種想法，最後終於再也無法克制，然後就爆發了，即使是這樣，應該也是有什麼契機造成的。」

「可能是為他太太辦完了一週年忌之類的。」慎介說出剛好想到的可能性。

「也許是這樣。」

「他認為已經報了仇，所以才自殺嗎？」

「應該是。在解剖屍體之後，發現岸中玲二是在攻擊你的那天晚上自殺。他看到你頭部流血，確信自己報了仇，然後就服毒自殺了。」

「如果他等到隔天傍晚，或許就會改變主意。」慎介說。隔天的晚報上，用很小的篇幅報導了他遭到攻擊的新聞，「他在那個世界知道我還活著，現在一定懊惱不已。」

「人死了，一切就結束了，沒什麼懊惱不懊惱的。」刑警用冷漠的聲音說。

慎介正在回想和小塚之間的對話，後方傳來了說話的聲音。「阿慎，你趕快換衣服，小心別感冒了。」

轉頭一看，發現成美雙手扠腰，站在那裡。

「你在發什麼呆啊。」

「沒有啦，沒事。」慎介解開了所有的鈕釦，脫下了病人服。

繳完住院費，兩個人一起走出醫院。剛好有一輛空車經過，成美舉手攔下了計程車。

「去門前仲町。」她對司機說。

「是永代路那裡嗎？」上了年紀的司機開車後問。

「對。」成美回答。

開了一段路之後，司機又問：「是發生車禍嗎？」

他似乎從後視鏡中，看到了慎介頭上的繃帶。

「是啊，」慎介回答，「騎腳踏車的時候被車子撞到。」

「真是飛來橫禍，傷口需要縫合嗎？」

「縫了十針。」

「嗚哇。」司機搖了搖頭，「發生車禍最冤枉了。前一刻還活得好好的，突然就上了天堂。如果是生病，當事人和家人都多少有心理準備，意外根本無法預測，尤其是車禍，無論自己多麼小心，如果是被別人撞到，根本來不及閃躲，但又不可能一直關在家裡不出門。這個世界太可怕了，雖然我是計程車司機，說這種話也很奇怪。」

這個司機很愛聊天。因為話題敏感，成美提心吊膽地看向慎介。不一會兒，司機開始抱怨政府的政策。不知道成美是否認為總比聊車禍好，所以不時附和著。

慎介看向窗外，注視著來往的車流。司機的話並沒有讓他感到太刺耳，他反而對自己聽到車禍的話題，也沒什麼真實感有點不知所措。

慎介回想著遭到攻擊前的情況，就是岸中在快打烊時走進店內，喝著愛爾蘭奶酒，喃喃地說的那些話。

不瞞你說，我想要忘記一件事。不，那是絕對無法忘記的事，只不過很希望心情能夠稍微輕鬆一點——慎介回想起他駝著背，喃喃說的這些話。雖然當時聽的時候覺得很煩，但是現在回想起來，發現他其實是在對慎介說那些話。他無法忘記的事一定就是他太太的事，為了讓心情輕鬆一點，他決定為太太報仇。

計程車駛入了永代路。經過東京車站旁，穿越了高樓林立的辦公街。不一會兒，前方出現了一座橋。那是跨越隅田川的永代橋。

「司機先生，不好意思，我要改去其他地方。你知道清澄庭園嗎？」慎介說話時，發現坐在他身旁的成美驚訝地瞪大了眼睛。

「清澄庭園？呃，雖然知道……」司機說話有點結巴，他似乎一時想不起正確的位置。

「沒關係，我會告訴你要怎麼走。你先過永代橋，然後馬上左轉。對，過橋後馬上駛入左側那條小路。」

成美繼續注視著慎介的臉。慎介故意無視她。

他在清澄庭園旁下了計程車。有幾個看起來像是家庭主婦的女人正帶著孩子在庭園內玩，櫻花含苞待放。再過兩個星期，週末就會擠滿賞花的人潮。

但是，慎介並沒有走向庭園，而是走在外側的馬路上。

「阿慎，等一下，」成美追了上來，「你要去哪裡？」

「並沒有明確的目的地，只是在這附近走走。」慎介打量周圍後說，柏油路面反射著春天的陽光，變得很刺眼，他忍不住瞇起了眼睛。

「為什麼？」成美問。她說話的聲音不像是不耐煩，更像是感到憤怒。

「我之前就是在這裡發生車禍吧？所以我想走走看看。」

「為什麼？」成美露出嚴厲的眼神，「為什麼要做這種事？」

慎介雙手放進口袋，聳了聳肩說：

「因為我想實際走一走，可能會想起某些事。」

「你是說關於車禍的事嗎？」

「對。」

成美用力嘆了一口氣，緩緩搖著頭。

「根本不需要回想啊。這種不愉快的事，根本不需要勉強回想。」

「不，有一部分記憶徹底遺忘，心裡會感覺很不舒服。如果妳覺得不舒服，可以先回去。妳不是差不多該為晚上上班做準備了嗎？」慎介看了一眼手錶。目前四點多，她回家後要沖澡、化妝才能出門。

「你受了那麼重的傷，差一點都沒命了，我怎麼可能自己回家，把你一個人留在這裡？」

「現在已經沒事了。啊，對了，不好意思，讓妳幫我拿行李，我來拿吧。」

慎介向她伸出一隻手。

「沒關係，我拿就好。」成美把裝了慎介替換衣服的旅行袋藏在身後。

慎介把手放回了口袋，轉身繼續邁開步伐。成美可能知道無法勸阻，也默默跟了上來。

這條雙向單線道路蜿蜒向南北方向延伸，中途跨越一條小河的路面比較高，也就是說，這條路上下起伏，左右曲折。天黑之後，視野當然會變差。慎介曾經多次開車經過這裡，從來不覺得這裡是危險路段。也許是因為這個原因，導致自己太疏忽大意了。

前方有一個交通號誌，這條路和通往高速公路交流道的路交錯。

也許是因為交通號誌剛好是綠燈，我想趕快駛入十字路口，所以稍微加快了速度——他突然想起這句話，隨即想起那是自己說的話。

那是什麼時候，對誰說的話？應該是警察。所以是在現場勘驗的時候說的嗎？還是在警局接受偵訊的時候？

慎介搖了搖頭。他想不起來。

繼續往前走，左側出現了像是倉庫的房子。看到那棟房子的灰色牆壁，他停下了腳步。

就是這棟房子。車禍就是在這裡發生的。那個叫岸中美菜繪的女人被夾在這道灰色牆壁和車子的保險桿之間送了命。

腦海中隱約浮現出女人騎腳踏車的身影，自己從女人的身後慢慢靠近。隨即是尖叫、撞擊和四濺的血——

為什麼？他忍不住思考。

他隱約記得女人騎腳踏車的身影。這代表他看到了腳踏車，但並沒有和腳踏車保持距離。為什麼會這樣？

難道是為了趕時間？自己為什麼要趕時間？

慎介按著太陽穴。原本已經改善的頭痛，又開始出現了。他忍不住皺起了眉頭。

「阿慎。」

慎介聽到成美的聲音時，發現她已經抱住了自己的身體，也看到了丟在路旁的旅行袋。成美剛才似乎把旅行袋丟在地上。

「你還好嗎？」成美從下方看著慎介的臉。

「我沒事，但是有點累了。」

「你別太累了，你在這裡等我。」成美說完，跑了出去。她跑到十字路口，立刻高舉起一隻手。她似乎攔到了計程車。

慎介和成美住的公寓位在葛西橋路後面那條路上，從地鐵站走到公寓大約十幾分鐘，中途會經過富岡八幡宮。五十平方公尺的一房一廳，房租十三萬圓。在這個地區，房租算是便宜得出奇，但是看到房子上方的首都高速公路，就知道房租便宜的原因了。

慎介打開車門後，率先走進公寓，立刻發現房間完全變了樣。首先家具的位置改變了，而且房間打掃得一乾二淨，難以想像之前嚴重髒亂時，連走路都有困難的情況。

慎介走進屋內，仔細打量著房間的每一個角落。

「這是怎麼回事？怎麼變得這麼乾淨？」

「感覺不像是自己的家？」

「對啊。」他點了點頭，「完全不一樣了。」

「因為你不在家，我感到很孤單，想找點事來做，所以就重新布置了一下，很辛苦欸。」

「我想也是。」

成美不僅不擅長打掃，也不擅長做所有的家事，恐怕根本就不喜歡做家事，很難想像她為了打發無聊，這麼大費周章地打掃、布置。因為連書架都整理了。慎介向來習慣把喜歡的雜誌保留下來，有時候覺得放進書架很麻煩，於是就順手放在地上。過了一陣子，這些雜誌就堆成了一座小山。之前地上有五、六堆這樣的雜誌，但是現在所有的雜誌都放進了書架。

她應該是為了我做這件事。慎介如此解釋她的行為。她覺得自己出院回到家時，看到家裡很髒亂，會覺得很不舒服，於是就硬著頭皮打掃了一番。慎介這麼一想，就覺得更愛成美了。

慎介坐在落地窗前的雙人沙發上，發現玻璃茶几下，也換上了新的地毯。雖然一看就知道是便宜貨。

茶几上放著白色陶瓷的圓形菸灰缸，菸灰缸上放著還沒有開封的 Salem 的淡菸和拋棄式打火機。

「妳真貼心啊。」他對成美說。

「你竟然一個星期都沒抽菸，」她笑著說，「要不要乾脆戒菸？聽說很多人都因為住院戒了菸。」

「這種話，等妳自己戒了菸之後再說。」慎介抽手拿起菸盒，小心地拆封，拿出一根菸。他為叼在嘴上的菸點火時，指尖微微顫抖。

他對著煥然一新的家中吐出了白煙，「太爽了。」

「我先去洗澡。」成美開始脫衣服。

慎介抽著菸，看著她把衣服一件一件脫下來。她脫到一半時，察覺了慎介的視線，把襪子丟向他說：「討厭啦，不要盯著人家看。」

慎介在菸灰缸中捻熄了手上的菸，站了起來，抓住了準備走去浴室的成美手臂。她有點驚訝，但是沒有抵抗，任由他擺布。慎介摟著她苗條的身體，把手伸向了她的乳房。雖然她很瘦，但是她的乳房算很豐滿。他感受著自己的褲襠內越來越充實，右手搓揉著成美的乳房，感受到乳頭在他的手掌中變硬。她呵呵笑了起來，慎介立刻用自己的嘴唇堵住了她的嘴。

這時，一個畫面突然在眼前甦醒。一個身穿薄紗睡裙的女人站在他眼前。那不是成美。成美向來不穿睡裙。那是誰？

慎介推開了成美的身體。可能動作有點粗暴，她露出了意外的表情。

「啊啊，我想起來了。我是送由佳回家。」

「什麼？」

「那天晚上啊。我送由佳回家，回來的路上發生了車禍。是不是這樣？」

由佳是經常來「SIRIUS」的酒店小姐。那天晚上，由佳喝得爛醉如泥，即使到了打烊時間，她都沒有醒來。於是慎介就借了江島的車子，把她送回家。她家在森下，從銀座出發，剛好和慎介住在同一個方向。

「對啊。」成美點了點頭，「我當然沒有親眼看到，是你告訴我的。」

「我記得曾經這麼告訴妳。」

「你想起車禍的事了嗎？」成美一臉擔心地抬頭看著他。

「一點點。但是……」慎介用大拇指和食指夾著鼻梁，按著眼頭，回到了沙發上。輕微的頭痛又出現了，「但是我並不記得車禍當時的情況。我為什麼會在那條路上開那麼快？我看到了騎腳踏車的女人，還會撞到她，可見當時很趕，但是無論如何都想不起當時為什麼會趕時間。」

「你真的想不起來嗎？」成美問。

「嗯。」慎介抬頭看著她問：「我沒有告訴妳，當時為什麼那麼趕嗎？」

「我記得你當時好像說，想要早點回家。」

「我會因為這種理由飆車，導致出車禍嗎？」

「這……我就不知道了，因為你也沒有告訴我詳細的情況，當時滿腦子都是和解的事。」成美裸著上半身，把雙臂抱在胸前。她的手臂上起了雞皮疙瘩。

「妳趕快去洗澡，小心會感冒。」

常的狀態。

「喔，好。」成美搓著自己的手臂，快步走向浴室。

慎介從 Salem 淡菸的盒子裡又拿出一支菸，點了火。他的褲襠已經恢復了平常的狀態。

5

慎介出院的兩天後，去了岸中玲二住的公寓。他出門的時候完全沒想到要去那裡，只是騎上腳踏車，準備去便利商店買午餐。成美昨晚陪客人一起去ＫＴＶ唱歌，一直到深夜三點才回到家，他出門時，成美還在床上睡覺。

他走進的第一家便利商店沒有他想吃的便當，於是他打算去其他家便利商店看一看。陽光很和煦，風也很柔和，是一個騎腳踏車很舒服的午後。他沒有車子，在江東區內活動時，幾乎都是騎腳踏車。

他在第二家便利商店買了便當和雜誌，騎上腳踏車準備回家時，忍不住停了下來。因為他看到一樣東西。

便利商店旁是一家房屋仲介，玻璃窗戶上貼了很多出租物件的格局圖。其中一張吸引了他的目光。

陽光公寓。他記得曾經聽過這個名字，是從小塚口中聽說的。岸中玲二的住址，應該就有這棟公寓的名字。

記得地點是在木場——

慎介在記憶中搜尋。他不記得具體的地址，但是記得從小塚口中聽說時，覺得離自己家裡很近。貼在房屋仲介窗戶上的那張介紹租屋物件的紙上，正是寫著江東區木場的地址。

這張廣告上同時附有公寓周圍的簡略地圖。慎介看了一會兒，突然產生了想去看一下的念頭。從這裡騎腳踏車過去應該不會太遠。

慎介並沒有思考去那裡要幹什麼的問題，只是想要多瞭解一點對自己恨之入骨，想要殺了自己的男人。目前除了知道岸中在假人模特兒廠商工作以外，對他幾乎一無所知。

他確認廣告單上寫著兩房一廳，十二萬五千圓的文字之後，就用力踩起了踏板。

那棟公寓在清洲橋路旁的加油站後方，四層樓的小公寓，看起來像土黃色的牆壁，也許以前可以稱為乳白色。寫著「快速洗車打蠟」的加油站牌子長方形的陰影黏在那片牆壁上。

慎介把腳踏車停在公寓前，拎著便利商店的袋子，從大門走了進去。左側就是公寓管理員室的窗戶，但是目前沒有人。

右側是一排信箱，慎介站在信箱前，打量著信箱上的名牌。幾乎所有房間的牌子都是白紙，只有二〇二室有寫了「岸中」的牌子，管理員可能忘了拿下來。剛才看到這裡是四層樓房子就已經預料到，這棟公寓沒有電梯。慎介從管理員室旁的昏暗樓梯上了樓。

岸中為什麼住在這種地方？慎介內心產生了疑問。他雖然不記得車禍當時的狀況，但之後的情況幾乎都記得。根據當時的記憶，任意保險應該理賠了一大筆錢給岸中玲二。

來到二樓，慎介站在二〇二室前。

那個男人之前住在這裡嗎？

慎介想起岸中玲二來店裡時的情況。他戴著黑框圓眼鏡，衣服有點舊，臉上冒著鬍碴。那天晚上，他在家裡穿好衣服，把活動扳手放在上衣口袋內，出發去殺害慎介。

室內完全感受不到人的動靜。慎介看著灰色的門，聯想到火葬場焚化爐的門。想到岸中在家裡自殺，就覺得他的怨恨仍然留在門裡。

到此為止吧，慎介心想。終於釋懷了，以後不會再來這裡了。

他正準備離開，一個男人迎面走來。那個男人五十歲左右，下巴留著鬍子，頭上戴了一頂棕色的貝雷帽，手上抱著一個紙袋。

慎介產生了不祥的預感，和男人擦身而過時，避免和他對上眼，然後快步走向樓梯。

「啊，等一下，請你等一下。」男人叫住了他。

慎介停下腳步，轉頭看向男人。男人站在岸中的房間門口。

「你是岸中的朋友嗎？」

要不要裝傻？慎介閃過這個念頭，但是這個男人剛才可能看到自己站在岸中家門口。

「不，也稱不上是朋友……」

「是熟人嗎？」

「嗯，差不多吧。」慎介很慶幸自己戴了毛線帽出門。如果沒有戴帽子，這個男人看到自己頭上的繃帶，可能會猜出自己是誰。「我是岸中先生的……學弟，同一所學校的。」

「學弟？所以你也是美術大學畢業的嗎？」

「美術大學？喔，不是……」

「原來是高中的學弟。」

「嗯啊。」

「這樣啊。」男人露出親切的笑容走向慎介，「你有沒有機會遇到岸中的家人？」

「不，我想應該不會。」

「喔，這樣啊。」男人又恢復了剛才不知所措的表情，低頭看著手上的紙袋，

「那該怎麼辦呢？真是傷腦筋。」

男人明顯很希望慎介問他是怎麼回事，然後他就可以和慎介討論，所以如果不想和他有任何牽扯，默默離開就是最好的選擇。慎介當然不想和這個男人一起面對什麼麻煩，但是想要多瞭解岸中玲二的想法，比他自己能夠意識到的更加強烈。

「怎麼了？」慎介開口問道。

果然不出所料，男人又露出親切的笑容。

「其實我是岸中公司的同事，他的私人物品還留在公司，我幫他送回來。原本打算交給管理員，但這棟公寓的管理員似乎很少來這裡。」

「這樣啊。」

「真傷腦筋，該怎麼辦呢？」男人抓了抓頭，轉頭看向岸中的房間，然後又看著手中的紙袋，「總不能就這樣放在他的家門口。」

「是假人模特兒公司嗎？」慎介想起小塚之前告訴他的事問道。

「沒錯沒錯，岸中告訴你的嗎？」男人露出一絲開心的表情，「我和他一起畫臉。」

「臉？」

「假人模特兒的臉。」男人從紙袋中拿出一本宣傳冊，把封面出示在慎介面前說：「這是我畫的。」

宣傳冊的封面上只有假人模特兒的頭，白淨的臉上用細膩的筆觸畫了眉毛、嘴唇和眼睛，可能是要畫日本人，所以頭髮是黑色，眼睛也有點小。

「好漂亮。」慎介說。這是他的真心話。

「這是我的自信之作。」男人把宣傳冊收了回去。

「不同的人畫的不一樣嗎？比方說，表情之類的。」

「完全不一樣啊，因為每個人都有各自的喜好。即使是同一個人，也會因為心情不同而畫得不一樣。」

「……岸中先生都畫什麼樣的臉？」

「他屬於個性派，不會只畫漂亮的臉蛋，而是富有個人特色，有的人會喜歡，也有的人覺得不好看。顧客並不太喜歡這種做法。」男人在紙袋內翻找起來，然後拿出一個檔案夾說：「這些是岸中的作品。」

慎介接過檔案夾後打開一看，裡面是照片的檔案，都是女性模特兒假人的臉。有些像歐美人，也有黑人、東方人，有各式各樣不同的臉。雖然臉上都沒有表情，但是眼睛比真人更加深邃。注視她們的眼睛時，似乎可以感受到她們傳達的訊息。

這是一門藝術，慎介心想。他內心甚至產生了一絲感動。

「真傷腦筋，到底該怎麼辦呢？」男人又重複了相同的話，「畢竟是他的作品，不忍心丟掉，但也不能繼續留在公司。因為畢竟他是在那種狀況下去世。」

「還有其他檔案嗎？」慎介問。

「對，還有兩本檔案，一本是小孩子的臉，另一本是假人模特兒全身的照片，還有他畫畫的工具和拖鞋之類的……」男人看著紙袋內說。

「要不要交給我保管？」

「啊？可以嗎？」

「可以啊，雖然我不知道什麼時候有機會交給他的家屬。」

「喔喔，那沒關係，不著急。總之，這些東西不方便放在公司內，所以，可不可以麻煩你？如果你願意幫忙，真是太好了。」男人似乎很擔心慎介會改變心意，立刻把紙袋遞了過來。

慎介接過紙袋後問：「不好意思，請問你叫什麼名字？」

「喔喔，我忘了自我介紹。」他從上衣口袋裡拿出了名片。

慎介看了名片後得知男人名叫高橋祐二，是ＭＫ假人模特兒株式會社創意設計部的創意主任，公司的地址在江東區東陽。慎介第一次知道，原來自己的住家附近就有一家生產假人模特兒的公司。

「呃，可以請教你的名字嗎？」高橋問。

「啊，不好意思，我身上沒有帶名片。」慎介急忙開始思考假名字，然後脫口說了「茗荷」媽媽桑的姓氏，「我姓小野。」

高橋拿出自動鉛筆，還問了慎介的聯絡方式。慎介說了不知道是否實際存在的虛構地址和電話號碼。高橋並沒有懷疑，記在自己的名片背面。

「真是太好了，我終於卸下了肩上的重擔。」高橋寫完之後，開始走下樓梯。

慎介也拿著紙袋跟在他身後走下樓梯。

「他的事一定在公司引起了軒然大波，」慎介對著高橋的背影說，「因為畢竟發生了那起事件。」

「是啊，真是太驚訝了。」

「你和岸中先生關係很好嗎？」

「該怎麼說呢，因為我們兩個人每天都在同一個小房間內工作，在公司內，可能我和他的關係最密切吧。」

「在那起事件發生之前，岸中先生看起來和之前有什麼不一樣嗎？」

慎介問，高橋停下腳步，轉頭露出好奇的表情打量著他的臉說：

「你問的問題很像刑警，刑警也問了相同的問題。」

「啊，不是……」

「如果要說不一樣，的確可以這麼說，但如果說沒什麼不一樣，也可以這麼說。我只能這麼回答。」高橋說，「自從他太太去世之後，他就變得不一樣了。在那之後，他一直都怪怪的，整天悶悶不樂，愁容滿面，但如果認為這就是他平時的狀態，在事件發生之前，他並沒有什麼特別異常的情況。你瞭解我說的意思嗎？」

「我瞭解。」慎介點了點頭。

「我覺得他很可憐，因為他深愛他的太太。」高橋在說話時，走出了公寓。停在馬路對面的轎車似乎就是他的車，他從口袋裡拿出鑰匙，走向那輛車，「今天遇到你真是太好了，如果逗留太久，車子可能會被開罰單。」

「這個就由我來保管。」慎介舉起紙袋說。

「拜託你了。啊，對了。」高橋準備打開駕駛座旁的車門時，停下了手，「剛才的檔案，就是女性假人模特兒臉的那一份。」

「是。」

「最後一頁，是披著新娘頭紗的假人模特兒照片，你可以好好看一下模特兒的臉。」

「有什麼特別嗎？」

「是啊。」高橋一臉嚴肅地點了點頭，「岸中畫得很像他太太。」

「啊？」慎介忍不住發出了驚叫。

「他畫得很傳神，也是很出色的假人模特兒，很值得一看。」高橋說完，輕輕揮了揮手，坐上了車子。

「你為什麼把這些東西帶回家？」成美翻開放在桌子上的檔案說。慎介回家時，她已經起床，正在看電視。慎介簡單向她說明了事情的來龍去脈。

「我不是說了嗎？就是莫名其妙帶回來了。」

「你莫名其妙地想要試圖殺你的人的東西嗎？」

「如果是其他東西，我並不會想要，但是看到這些，就產生了一絲興趣。」

「你太奇怪了。」

「如果妳覺得討厭，不看就好了啊。」

「我沒有說討厭，只是說你會把這種東西帶回家很奇怪——原來還有中國人長相的假人模特兒，我第一次知道。」

慎介站在窗邊，為嘴上的菸點了火。一輛車子以非常快的速度駛過樓下那條小路。本地的駕駛人都知道，這條路是通往幹線道路的捷徑。

小心點，前方是沒有交通號誌的事故多發地帶——慎介在內心嘀咕。他豎起耳朵，並沒有聽到車子急煞車的聲音，或是迎面相撞的聲音。算你走狗屎運。他忍不住在心裡罵道。

慎介自己也不知道，為什麼想要岸中的物品。他的確被假人模特兒的照片吸引，但是並非只有這樣而已。只能說，實在很想瞭解想要殺了自己的那個男人。具體地說，是想要確認岸中到底有多痛恨自己。

他正想把香菸的灰彈進菸灰缸時，正在看假人模特兒照片的成美突然倒吸了一口氣，然後啪地一聲，把檔案闔了起來。她捂著嘴巴，露出害怕的眼神瞧著慎介。

「怎麼了？」他問。

成美伸出纖細的手指指著檔案說：

「有一張超可怕的照片。」

「可怕的照片？不是假人模特兒的照片？」

「就是假人模特兒，但是那個假人模特兒的臉超可怕。」成美感到不寒而慄，搓揉著自己的身體，「就是最後那張照片，穿著新娘的婚紗……」

「最後的？」

慎介想起了高橋說的話，但是，慎介並沒有把高橋說的話告訴成美。

他拿起檔案夾。他拿到之後，還沒有看那張據說岸中玲二畫得很像他太太的假人模特兒的臉。

「不要讓我看到。」成美把臉轉到一旁，「我覺得好沮喪，情緒變得很低落……」

太誇張了。慎介心裡這麼想，準備翻開最後一頁。當他翻開那一頁時，不吉利的感覺掠過心頭。

他翻開了那一頁，同時看到了一個女人的臉。

他整個人抖了一下。

那張臉畫得很出色，完全不像是假人模特兒。不只是漂亮而已，而是一張女人活生生的臉，散發出其他假人模特兒所沒有的生命氣息，但同時也是死亡的氣息。慎介無法移開視線。象牙色的肌膚、弧度完美的眉毛、好像在呢喃的嘴唇、讓人感受到意志的鼻梁，以及——
慎介發現了。這個假人模特兒的臉上還有一個極大的不同之處。其他的假人模特兒眼神放空，只有這個假人模特兒不一樣。
這個女人……在看我——
當慎介這麼想的時候，覺得照片中的假人模特兒眼睛似乎微微動了一下。慎介慌忙闔上了檔案夾。
「阿慎？」成美擔心地叫了他一聲。
但是，慎介無法回答。他心跳加速，胸口幾乎有點發痛。他全身冒汗，但是背脊發冷，手腳也冷得像冰塊。
「趕快把這種照片丟掉。」成美用煩躁的語氣對他說。
慎介久久無法回答。

6

慎介在出院第五天的星期一，回到店裡上班。原本希望第一天上班，店裡的生意不要太好，沒想到偏偏有好幾組客人上門，幾乎沒有時間停下來休息。媽媽桑千都子雖然嘴上說很同情慎介，但是看到生意興隆，當然不可能不高興。

好幾組客人離開，終於有機會喘一口氣時，「SIRIUS」的老闆江島光一這名稀客走進店裡。

「我聽說你今天回來上班，所以來捧場激勵你。」江島坐在吧檯前。他肩膀很寬，穿米色的西裝很好看。

「讓你擔心了。」

「你不必放在心上，」江島微微探出身體，「聽說你失去了一部分記憶？」

慎介猜想是千都子告訴他這件事。慎介當然也沒有告訴千都子失去記憶的事，她八成是聽成美說的。女人真是多嘴。慎介忍不住想要咂嘴。

「只有一小部分而已。」

其實慎介之前就想和江島聊這件事。

「你忘了什麼事？」

「就是那起意外，那起車禍的事。」

「喔，」江島注視著慎介的臉問：「你什麼都不記得了嗎？」

「只記得片斷的事。像是車禍發生後，和保險公司的人討論的內容，還有去警局做筆錄的事，但是對車禍當時的情況完全沒有記憶。腦袋好像蒙上了一層霧，記憶很模糊，感覺各種資訊就像拼圖片一樣浮現在腦海中，卻無法拼出完整的圖。」

「那還真折磨人，你一定覺得很心煩吧？」

「真的很想把自己的腦漿挖出來。」

江島聽了慎介的玩笑，張大嘴巴笑了起來。笑了之後，順手拿起萊姆伏特加喝了起來。

「這樣也很好啊，對你來說，那起車禍也是一件倒楣事，原本就是最好能夠忘記的記憶。這種事和失戀不一樣，永遠不可能被美化，既然忘記了，不如覺得這是一件幸運的事。」江島收起笑容，露出嚴肅的表情說。

「雖然我也這麼想，但還是感覺怪怪的，而且也有很多難以理解的事。」

「難以理解什麼事？」

「很多，像是為什麼會在那個路段開這麼快，為什麼明明看到前方有腳踏車，卻仍然會撞到她。」

江島聽了慎介說的話，露出了意外的表情問：「你說你看到腳踏車？」

「對。」

「你有這樣的記憶？我是說，你記得當時看到了腳踏車？」

「對，我記得看到女人在夜晚的道路上，騎著腳踏車搖搖晃晃的背影。」

「這樣啊……」江島皺起眉頭，看著慎介後方的酒櫃，喝著杯子裡的酒。不一會兒，又將視線移回慎介身上，「發生車禍後，你只說車子開太快了。原來你看到了騎腳踏車的人。但是，如果車速太快，當你看到對方時，也可能閃避不及，那天應該就是屬於這種情況吧。」

即使聽到江島這麼說，慎介仍然無法釋懷。他曾經親眼目睹朋友發生車禍，那次之後，開車就很小心謹慎，為什麼那天晚上會失控飆車？

「只要去警局找當時偵訊我的警察，他應該會告訴我當時的狀況。」

江島聽了慎介這番話，立刻皺起眉頭搖著手說：

「你千萬不要沒事找事。即使回想起車禍當時的情況，對你也沒有任何好處。比起這種事，你不是還有很多事要思考嗎？像是將來。」

「將來？」

「你以後會自己開店吧？你之前不是這麼說嗎？」

「如果有機會的話，當然想要開店啊。」

「你還真是悠哉啊。」江島苦笑著喝了一口酒。

將來——

他覺得好像很久沒有思考這個問題了。這次的事件發生後，完全沒想過這個問題。以前應該更頻繁地思考過這件事，也曾經覺得差不多該找店面，還列出了預算，計算多少營業額才能夠維持。

預算？

他覺得哪裡不對勁，但又不知道是哪裡不對勁。於是他決定再深入思考一下預算這件事。目前自己有多少積蓄，要向銀行貸款多少錢——

這時，他又再度陷入了混亂。因為他完全想不起來自己目前的存款金額。銀行的戶頭裡有多少錢?有沒有放在定存?

「喂，你怎麼了?不舒服嗎?」江島問他。

「不，我沒事。」慎介搖了搖頭，開始擦剛洗好的杯子，但感覺到莫名的烏雲在內心擴散。

就在這時，入口的門靜靜地推開了。慎介下意識地看了過去。目前將近十二點，慎介的腦海中浮現了幾個經常會在這個時間出現的熟客的臉。

但是，推門而入的客人並不是任何一名熟客，而是慎介完全不認識的人。媽媽桑、店裡的小姐，還有客人和江島，看到那個人，都頓時安靜下來。

那是一名陌生的女客，年紀看起來不到三十歲。一頭短髮，穿了一身黑色天鵝絨洋裝，很像是剛參加完葬禮。手上戴著黑色蕾絲手套。

女人走進來後，沒有打量店內，直接走向吧檯最角落的座位，好像原本就已經決定了。她在吧檯椅上坐下之前，沒有人開口說話。

「歡迎光臨。」慎介向她打招呼，「請問要喝什麼?」

女人抬起頭，注視著慎介。慎介在那個瞬間，立刻感受到有什麼東西在身體內迸發。

我會愛上這個女人——慎介產生了這樣的直覺。

7

黑衣女人在店裡坐了一個小時左右。在這一個小時期間，她喝了三杯白蘭地。每二十分鐘喝完一杯的速度，簡直就像用碼錶計算般精準。她喝酒的姿勢也從頭到尾幾乎沒有改變。把手伸向酒杯，輕輕舉起，盯著杯中的液體看幾秒鐘，然後輕輕舉到嘴邊，酒流入嘴裡。她只有喝酒的時候閉上了眼睛，接著，纖細的喉嚨微微動了一下。她把酒杯從嘴邊移開，輕輕吐一口氣——她一再重複這個過程。

慎介在招呼其他客人時，也一直很在意這個女人。不，並不是只有他而已。在女人走進來時，坐在吧檯席的江島拿出他愛用的鋼筆，在杯墊紙上寫了什麼，然後靜靜地推到慎介面前。慎介立刻拿起了杯墊紙。

你認識她嗎？——杯墊紙上寫了這幾個字。慎介把杯墊紙握在手上，對江島輕輕搖了搖頭。江島露出了驚訝的表情，但是他當然不可能露出好奇的眼神，盯著陌生的女客人打量。

千都子似乎也很在意這個神秘女人。她一度走到吧檯前小聲問慎介：「你知道她是誰嗎？」慎介只能再次搖頭。媽媽桑面對男客人時，懂得如何巧妙地問出身分，但是看到一身喪服的女客人，似乎就束手無策了。

女人在走進店內的前二十分鐘，只說了「給我一杯軒尼詩」和「可以再給我一杯嗎？」這兩句話。她身材苗條，但聲音很低沉，慎介覺得好像聽了長笛吹出的低音後的餘韻在耳邊縈繞。

在她喝完第二杯時，慎介很期待再聽到好像長笛般的聲音。但是，她沒有說話，只是把空杯子舉到慎介面前，然後對他露出了微笑。她臉上的表情只能用「妖媚」這兩個字來形容，帶著一抹棕色的虹膜中心的眼眸毫釐不差地注視著他的眼睛，微微張開的雙唇縫隙中，吐出了彷彿帶有濃密花香的氣息。

「還是喝一樣的嗎？」慎介問。他的聲音微微發抖。

女人不發一語，輕輕點了點頭。店內幽暗的燈光斜斜地照在她的臉上。她的皮膚宛如陶瓷般雪白又光滑。

慎介很期待女人會主動和他聊天。獨自走進這種酒店的客人，十之八九都想和別人聊天，但是慎介覺得眼前的女人並不屬於這種情況。這個女人走進這家店，只是想獨自喝酒。只不過這個女人身上並沒有喜歡獨自喝酒的人特有的孤獨感和寂寥感，似乎只是喜歡自己和一身黑衣一起，靜靜地融入昏暗燈光打造的昏暗空間。

喝完第三杯酒時，她看了一眼手錶。她纖細手腕上的手錶有一條黑色細錶帶，慎介也順著她的視線看向她的手，發現她的手上仍然戴著黑色蕾絲手套。

時間將近深夜一點，店內除了這個女人以外，只剩下兩個坐在桌旁的客人。這兩個人看起來像是事業有成的上班族，剛走進這家店時，似乎也對坐在吧檯前的女人產生了興趣，但現在正在和千都子熱烈討論賽馬的話題。

「謝謝款待。」女人說了第三句話。

「要結帳了嗎？」慎介問。

女人輕輕點了點頭。這時，她也目不轉睛地看著慎介的臉。慎介也想直視她的雙眼，但感受到被她看透內心的壓力，忍不住移開了視線。

慎介把寫了金額的紙遞到女人面前，女人把手伸進了黑色手提包，從裡面拿出一個深棕色的舊皮夾，皮夾表面已經有點磨損。這個皮夾和她整個人的感覺很不相稱，慎介感到有點意外。

女人結完帳，收好皮夾後，離開吧檯椅站了起來，然後和走來時一樣，目不斜視地走向門口。

「謝謝惠顧。」慎介對著她的背影說。

女人離開後，千都子立刻走過來。

「剛才那個女人是誰？感覺好可怕。」她向慎介咬耳朵。

「是不是之前曾經和別人來過這裡？」

「沒有。如果她曾經來過，我一定會記得。阿慎，你有沒有和她聊天？」

「沒有，感覺不方便和她搭話。」

「對啊，她穿著喪服。不知道她是什麼人。」千都子看向那個女人離去的門，歪著頭納悶。

兩點時，慎介和千都子趕走了店裡的客人，結束了當天的營業。在店裡打工的小姐都在末班車前離開了，所以都由慎介負責收拾工作。千都子已經先離開了，她要去不遠處的停車場開車。

慎介收拾完畢後，走了出去，鎖好了門。走廊上的空氣很差，灰塵味很重。果然是夜生活的世界，他忍不住想。自己又回到了這個世界。

他站在電梯前按了按鈕。獨自站在電梯前，會情不自禁想起那天晚上的事。黑色人影悄然無聲地從背後靠近，黑影掄起兇器，打向自己。衝擊。在感覺到疼痛之前，就漸漸失去了意識。

這時，不知道哪裡傳來了聲音。慎介大吃一驚，慌忙轉頭看向後方，但是後方沒有人影，樓梯的方向傳來了好幾個人談笑的聲音。應該是客人從樓上的酒店走了出來。慎介鬆了一口氣，發現全身起了雞皮疙瘩，腋下流著汗。

電梯抵達這個樓層，門靜靜地打開。慎介祈願電梯內不要有人，可惜電梯內有一個男人。三十多歲的男人個子不高，嘴巴周圍留著鬍子。

慎介很不想和陌生人單獨關在密閉的空間，但是也不能不走進電梯。他走進電梯後，立刻按了「關」的按鈕。他不想背對男人，於是就靠在電梯壁板上，看著顯示樓層的燈。抵達一樓的十幾秒時間感覺格外漫長，慎介發現自己在不知不覺中，繃緊了全身。

鬍子男人當然沒有任何奇怪的舉動。他可能在趕時間，一走出電梯，立刻快步超越了慎介。慎介目送男人離去的背影，嘆了一口氣，輕輕搖了搖頭。

他怔怔地站在大樓前，聽到了清脆的汽車喇叭聲。慎介轉頭看向聲音傳來的發現，看到一輛深藍色ＢＭＷ停在路旁，千都子白皙的臉出現在駕駛座上。

慎介注意來往的車輛，繞到副駕駛座，打開車門，迅速坐上了車子。車內都是千都子身上的香水味。

「因為太久沒上班了，所以收拾花了一點時間。」

「辛苦了，身體沒問題嗎？會不會頭痛？」

「沒有，我現在已經沒事了。」

「太好了，今天很忙，我還有點擔心你。」千都子發動了引擎，ＢＭＷ緩緩駛了出去。

千都子獨自住在月島的高級公寓，和慎介住在相同的方向，所以通常下班之後，都是她開車送慎介回家。無法送慎介回家時，就要為慎介出計程車錢。考慮到這筆費用，千都子並不介意回家時稍微繞一點遠路。

當ＢＭＷ開始加速時，慎介不經意地看向窗外，忍不住輕輕「啊」了一聲。

「怎麼了？」千都子問。

「沒事。」他立刻輕輕搖了搖頭，「不是什麼重要的事，只是看到一個人，很像我認識的人。」

「要不要停車下去看一下？」

「不，不用了，八成是我看錯了。」

「是嗎？」千都子說完，再度用力踩下了剛才鬆開的油門。

慎介的後背感覺到加速感，克制著想要回頭看的想法。他剛才看到路旁站著一個女人。雖然只是短暫一瞥，但無論是一身黑色長洋裝，還是一頭短髮，都不難發現就是剛才在「茗荷」喝酒的女人，而且她也看向慎介的方向，目送他離開，好像早就知道他會坐在ＢＭＷ的副駕駛座上。

那個女人站在馬路旁幹什麼？為什麼看著自己？更何況她到底是誰？

好幾個疑問支配了他的思考，但空虛的心情很快趕走了這些疑問。八成是看錯人了。那個女人離開酒吧已經很久了，她不可能一直站在那裡。有很多女人都會穿黑色衣服，也有很多短髮的女人。剛才站在那裡的女人根本沒有看自己，而是看向遠處的什麼東西，或是並沒有特別在看什麼，只是臉剛好朝向這個方向。

「你好像有心事？是因為剛才看到的那個人嗎？剛才是不是該停車去看一下？」經過幾個交通號誌後，千都子說。

「我並沒有在意，只是有點想睡覺了。」

「也對，你很久沒有這麼晚睡了。」千都子稍微加快了車速，可能好心地想讓他趕快回家睡覺。

慎介輕輕閉上眼睛，思考著為什麼無法坦誠地告訴千都子，自己看到那個身穿黑衣的可怕女人站在那裡？但是，他想不出答案。

過了一會兒，千都子問他：

「你要不要休息一陣子？還是你覺得自己適合夜生活？」

「我也不知道，很少去想這種事。」

「有沒有想過趁這個機會去找白天的工作？」

「那倒是沒想過，我也不覺得自己還能做其他的工作。」

「怎麼可能？你還年輕。」

「我都三十歲了。」

「才三十而已，人生還有很多可能性，只不過時間也不充裕了，如果你想改行，就必須趁早。」

「我沒打算改行。」

慎介並沒有告訴過千都子，自己的夢想是以後自立門戶，開一家酒吧。因為他覺得等準備充分後再開口也不遲。

但是，慎介完全想不起自己做了什麼準備，也不知道已經建立了具體的計畫，還是僅止於空想而已。

「阿慎，你是不是想回銀座了？」千都子繼續問道，「你來我店裡，已經超過一年了。」

「我並沒有這麼想，而且也很感謝妳願意收留我。」

「不需要道謝，你也幫了我的忙。」千都子說話的語氣很堅定。

在刑事審判做出判決後，慎介開始在「茗荷」工作，法院判處他兩年有期徒刑，緩刑三年，所以他實質上可以繼續之前的生活。在江島的安排下，他暫時到千都子的店上班。江島似乎認為這樣的安排，可以避免慎介在周圍人面前抬不起頭，同時也算是對知道那起車禍的「SIRIUS」老主顧有個交代。

千都子的車子停在慎介居住的公寓前。他道謝後下了車，站在路旁目送BMW的車尾燈消失。

成美還沒有回家，慎介打開家門時，室內一片漆黑。成美工作的那家店在十二點半就打烊了，但她經常和店裡的其他小姐一起去吃宵夜，所以經常比慎介更晚回家。有時候也會陪客人去續攤，去其他店喝酒，或是去KTV唱歌。慎介覺得，既然在酒店上班，這種事在所難免，所以也很少過問。

他打開了燈，走進盥洗室漱了口，接著用熱水洗完臉，拿起毛巾擦臉。當他在鏡子中看到自己時，突然有一種奇妙的感覺。他忍不住皺起了眉頭。

這種感覺很像是所謂的似曾相識，也就是以前好像也發生過相同狀況的既視感。但是，今晚當然不是他第一次在盥洗室洗臉。每次下班回到家，他都會先洗臉，這已經是多年的習慣，所以照理說，這稱不上是既視感。因為所謂的既視感，是針對從未經歷過的狀況所產生的感覺。

慎介看著鏡子，搓著自己的臉，又摸了摸頭髮。他搞不懂這種既視感是怎麼回事，剛才的奇妙感覺漸漸消失，只看到茫然地站在鏡子前的自己。

一定是太久沒去上班的關係。他這麼告訴自己。再加上剛才那個女人的事，自己今晚真的有點不太對勁──

他走出盥洗室，換上了運動衣。打開電視，從冰箱內拿出了罐裝啤酒。剛好還有剩下的洋芋沙拉，他也一起拿了出來。

但是，在打開啤酒罐的拉環前，他想起一件事，於是打開了電視櫃的抽屜。他記得銀行存摺都放在那裡。但是他找遍了三個抽屜，都沒有看到存摺，而且每個抽屜都整理得很乾淨整齊。八成是成美在打掃時換了地方。

如果不是放在電視櫃的抽屜裡，到底會放去哪裡？慎介站在房間中央思考著。無論怎麼看，家裡並沒有其他可以放貴重物品的地方。除了這個小型電視櫃和床以外，還有碗櫃和沙發，以及放內衣褲的小型整理架，這些是家裡所有的家具。衣物幾乎都放在壁櫥內，壁櫥的下層放了好幾個收納箱，上層用衣架掛了好幾十件衣服，全都是郵購買的。

慎介正在思考要去哪裡找存摺時，聽到門鎖從外面打開的聲音。門打開了，聽到了成美的聲音。

「阿慎，我回來了。」

「回來啦。」慎介對她說。

「你站在這裡幹嘛？」成美一走進房間就問他。她穿著墨綠色的套裝。那是去年春天買的衣服。

「我在找存摺。」

「存摺……為什麼？」

「因為我想確認一件事，存摺放在哪裡？可以拿給我嗎？」

「你想確認什麼事？」

「等一下告訴妳，我現在就想看一下存摺。」

成美可能覺得慎介突然提出了奇怪的要求，露出了極度不安的表情，但是她沒有多問，走進了和室。她打開壁櫥的紙拉門。掛著的衣服前，有一個急救箱。她打開了急救箱，存摺就放在裡面。

「給你。」成美把存摺遞給他。

「怎麼會放在哪裡？」

「也沒有特別的原因……因為我想不到還可以放在哪裡。這些重要的東西，不是不能放在太容易被找到的地方嗎？」

「妳放在急救箱內，小偷也會找到啊。」

慎介翻開自己的存摺，看到上面的數字，忍不住笑了起來。那是自嘲的笑。

「怎麼了？」成美問他。

「因為我發現不需要擔心小偷的問題。」慎介翻開記錄了存款餘額的那一頁，出示在她面前，「妳看看上面的數字，現在的中學生戶頭裡的錢都比我多。」

「那也沒辦法啊，因為很多地方都要花錢。」

「妳呢？妳有比較像樣的存款嗎？」

「我也差不多。我們店裡的薪水又不高。」

慎介聳了聳肩，把存摺丟回急救箱。

「到底怎麼回事？為什麼突然關心存款？」成美的聲音中帶著一絲怒氣。

慎介嘆了一口氣。

「因為我不瞭解自己啊。」

「啊？」她皺起了眉頭，「什麼意思？」

「成美，我問妳，」慎介說，「我之前有沒有什麼打算？」

「什麼打算？」

「就是關於以後的事啊，我有沒有什麼計畫？我沒有存款，什麼都沒有，竟然還想自己開店。我到底在想什麼啊。」

「你有向我提過，以後想自己開一家店……」

「我有沒有說，怎麼處理錢的事？有沒有說要從哪裡張羅這筆錢？」

成美聽了慎介的問題，露出了帶有不安和害怕的眼神。也許她再次意識到慎介的記憶發生了障礙，心情有點沉重。

「你說……會慢慢存錢。」

「存錢？我說那種話，結果只有這麼寒酸的存摺嗎？」

「所以我們之前說好，接下來要省吃儉用啊。」

「省吃儉用……」慎介搖了搖頭。他覺得自己很久沒有想到「省吃儉用」這四個字了，他很懷疑自己是否真的說過這種話。

他不知不覺蹲在地上，成美把手放在他的肩上。

「這種事不重要，既然你忘了原本的打算，重新再思考就好了啊。」

慎介輕輕握住了她的手。她的手有點濕，而且很冰冷。

8

慎介並不是從小就立志要當調酒師，以前反而對酒吧之類的夜店有偏見。他一直認為，那是原本有其他目標，失敗後走投無路，最後只能在夜店謀生。那是他剛來東京時的想法。

他在石川縣的金澤出生，父親在當地的信用金庫工作，據說母親以前是中學的代課老師，但慎介的記憶中完全找不到母親當老師的身影。

老家位在犀川河畔一個叫寺町的地方，地如其名，周圍有很多寺院。他們家的木造房子靜靜地建在一家小型禮品店對面。

慎介有一個比他大五歲的哥哥，是在紡織工廠任職的上班族。五年前結了婚，有兩個分別是四歲和一歲的孩子。哥哥、嫂嫂和兩個孩子，還有父母六個人，至今仍然住在那棟老房子內。

慎介在十八歲時來到東京。因為他考上東京的私立大學。正確地說，他想要來東京，所以特地報考了那所大學。他當初報考社會系，也沒有什麼特別的理由。他還同時報考了東京的其他大學，但分別填了文學系、商學系、資訊系各種不同的科系。對他來說，只要能到東京讀大學，其他都無所謂。

所以，他來東京之後，並沒有任何具體的目標。他一直覺得只要去了大城市，一定能夠找到目標。在外縣市的少年眼中，東京滿地都是機會的幼芽，只要能夠找到一株幼芽，好好照顧長大，就可以邁向成功之路。當時他完全沒有發現，必須具備超凡的能力，才能夠找到機會的幼芽。

慎介的父母並沒有反對他到東京讀大學。因為長子從當地的國立大學畢業，也在當地的公司找到了工作，所以他們也不擔心自己老後沒有人照顧。而且父母對各方面都不如大兒子的小兒子，也感到很頭痛。他們知道小兒子的成績不可能考上哥哥的那所國立大學，即使就讀住家附近的二流大學，未來也不見得有保障。至少去了東京，就不愁以後沒飯吃——慎介猜想父母帶著這種想法，送自己來東京讀大學。

他到東京後最初的落腳點，是一間房間不到三坪，外加一個小廚房的空間。他相信那個小房間會成為他發跡的起點，他內心充滿期待，覺得自己無所不能，可以挑戰任何事。

但是，他的這些夢想只維持了很短的時間。在一年級快結束時，他已經沒有任何雄心壯志。剛到東京時，他認為首先必須找到人生的具體目標，但時間一久，他很少想起這曾經是自己的功課，甚至努力想要忘記這件事。因為只要一想起，就會知道自己多麼沒出息。

他沒有充分的時間尋找藉口。家裡寄來的錢幾乎全都用來付房租和學費，所以他必須打工賺錢。一旦打工，就會建立新的人際關係，於是就需要更多錢來交際應酬。也就是要賺更多錢才能玩。為了賺錢，只能增加打工的時間，根本就是標準的惡性循環。

這當然只是藉口，他周圍有很多比他經濟條件更差，但比他更努力的學生。他因為在附近的定食屋多次碰面，結識了和他住在同一棟公寓的S。S深夜打工修馬路，在天亮之前騎腳踏車回到家，然後倒頭就睡，但只睡四個小時後，就要出門去上下午的課。這樣的生活已經持續了兩年多，而且還會利用出門打工之前的空檔，在家裡讀書。總是滿臉鬍碴的S有一句口頭禪，「時間是這個世界上最寶貴的東西」。

「你想一想，雖然有人說，金錢可以買到一切，但其實買不到失去的時間。無論再怎麼有錢，都不可能回到年輕時代，對不對？相反地，如果有無限的時間，就可以做任何事。人類能夠建立文明，不是靠金錢的力量，而是時間的力量。可悲的是，每個人的時間都有限，而且年輕時的一個小時，和上了年紀後的一個小時價值不同。我最討厭浪費自己任何一秒的時間。」

慎介在再也無法見到他的三年後，才得知S讀建築工程系，他的畢業論文就是寫「都市型三層道路網的開發」，他深夜打工也不只是為了賺錢而已。

但是，慎介無法像S那樣。雖然這也只是藉口，但是他和S不一樣，對大學所教的東西沒有一丁點興趣。因為原本就不是基於興趣報考的科系，所以完全沒有求知欲。

在二年級即將結束之際，慎介幾乎不再去學校。當時在六本木的一家酒吧打工，那是他一天之中逗留時間最長的地方。以六〇年代為主題的那家店，有很齊全的披頭四和貓王的黑膠唱片，沒什麼客人的日子，慎介會在店裡接連把這些唱片放在老舊的唱片機上播放。

他並不是沒有意識到自己在虛度光陰，隨時都有必須趕快找到目標的急迫感，但是他不知道如何才能夠找到，更何況他也不太瞭解怎樣才算是找到人生目標。他產生了錯覺，覺得就像郵差送信一樣，人生目標有一天會突然出現在自己的眼前。

他並不打算向大學申請退學。雖然他認識的幾個朋友都不再去學校，但是他們都有自己的想法，為了貫徹自己的想法，不得不放棄學業。不用說，慎介當然沒有這種想法。首先必須要有目標，才會產生決心和心理準備。

但是，最後他還是離開了學校。即使他沒有主動申請退學，他不到校上課，也不參加考試，自然就無法升級。無法升級，當然就不可能畢業。這種狀態持續，就會自動被學校退學。他是被動退學。

他起初向金澤的父母隱瞞了這件事。當同學在畢業後開始工作後，他對父母說「暫時想當自由業」，也沒有回家。

在他二十三歲那一年，事情終於敗露。學校通知了家裡。父母氣急敗壞地來到東京，父親脹紅了臉對他說，現在還來得及，趕快回學校上課。母親在一旁哭了起來。

慎介衝出了家門，整整兩天沒有回家。第三天回到家裡時，看到桌上有一張便條紙，上面用潦草的字寫著「如果有事，隨時打電話回家，多注意身體」。

不久之後，慎介見到了江島光一。慎介之前打工的那家在六本木的酒吧要歇業，於是他急忙看了徵人廣告，看到了「SIRIUS」這家酒吧的名字。銀座這兩個字吸引了他，既然要在酒吧工作，就去日本最高級的地方。

老闆江島親自為慎介面試。慎介被江島整個人散發的氣場震懾，他的每一個動作，每一句話都充滿了經過歲月淬鍊的深度。慎介意識到，原來這就是成熟的男人。

江島讓他穿上了「SIRIUS」的制服，覺得他「有模有樣」，決定錄用他。江島當時對他說：

「身段再柔軟的人，都很注重三件事。第一是洗澡的方式，第二是擦屁股的方式，第三是喝酒的方式。」

慎介一臉佩服地點了點頭，一本正經地回答：「我會牢記在心。」

他在「SIRIUS」工作了六年，如果沒有發生那起車禍，現在應該還在那裡上班。

在這六年期間，他學到了很多事。具體來說，就是經營酒吧的樂趣，而且他終於有了學生時代始終沒有找到的野心。有朝一日，自己要開一家店。

但是，他的野心並沒有很具體，也知道還沒有到認真考慮具體事宜的階段。自己還有很多事要學，最重要的是，必須先籌措資金。

這是他在發生車禍之前的想法。

但是，現在似乎不太一樣了。

這一年期間，我到底是怎麼過日子的？慎介心想。他記得自己做的每一件事，但是回想自己當時的想法時，記憶的螢幕好像蒙上了一層灰色的面紗，而且這層面紗似乎比想像中更厚。

9

整整一個星期後，喪服女人再次造訪了「茗荷」。時間是深夜一點多。那天晚上，店裡的客人並不多，只有一名男客坐在後方的桌子旁，千都子小聲地和他聊天。

女人悄然無聲地走進店內。不，她推開門時應該有聲音，但是慎介沒有聽到。當時他剛好面對酒櫃，但即使如此，完全沒有察覺到動靜實在太不可思議了。即使沒有聽到聲音，照理說，從酒瓶和酒櫃上的玻璃應該可以看到店門打開，和走進店內的客人，但是他當時完全沒有看到這些變化。

所以當他轉過身，看到那個女人靜靜地站在吧檯外時，差一點驚叫起來，同時心臟也用力跳了一下。

女人站得筆直，直視著慎介的眼睛，看起來就像是來向他傳達某些訊息的使者。慎介在這個瞬間也的確陷入了輕微的錯覺，等待她開口說話。雖然只有短短的幾秒鐘，但是他覺得很漫長。

數秒的沉默後，慎介想起自己必須開口。

「歡迎光臨。」他說。他說話的聲音沙啞，聽起來好像感冒了。

女人眼睛看著下方，和上次一樣，坐在吧檯椅上。

「可以給我和上次一樣的酒嗎？」她用令人聯想到長笛的聲音說。

「軒尼詩，對嗎？」

慎介問，女人輕輕點頭。

慎介轉身背對著女人，伸手拿起了酒瓶。他把酒倒進酒杯時，思考著女人剛才說的話。她說要和上次一樣的酒。也就是說，她認定眼前的調酒師記得她一個星期前來過這家店。

對服務業來說，這是理所當然的事。成美也曾經說，只要客人去店裡一次，她絕對不會忘記對方的長相和名字。萬一忘記了名字，除非情非得已，否則也不會再問對方的名字，只會悄悄向別人打聽，或是在和客人聊天時努力回想。如果以上的方法都失效，只能使出最後的手段，對客人說「不好意思，上次忘了向你要名片」。因為一旦客人覺得店家不記得自己，以後就不會再上門了。

但是慎介很難想像，只來過一次的客人，會這樣自信滿滿地確信店裡的人記得自己。

她是不是在測試自己？慎介忍不住這麼想。但是他想不出對眼前這個女人來說，測試陌生的調酒師到底有什麼意義。

慎介把白蘭地酒杯放在女人面前。「謝謝。」女人對他說。雖然很小聲，但是他聽得很清楚，而且她露出了熟悉的妖媚微笑。他也微笑以對。

慎介不經意地轉頭看向旁邊，發現千都子看著他們。正確地說，是注視著那個女客人。雖然身旁的客人說話時，她會不時附和，但意識顯然轉移到其他事上。千都子看向慎介，用臉部表示向他示意，問清楚她到底是什麼人。

慎介察覺了千都子的想法。千都子心生警戒，擔心這個女人是生意上的競爭對手。無論在哪一個行業，有人想要開一家新的店時，都會暗中偵查附近相同性質的店家。

慎介把裝了巧克力的小碟子放在女人面前的同時，再次打量眼前的女人。她今天沒有穿喪服，穿了一件和上次一樣的長洋裝，但不是黑色，而是深紫色，而且今天晚上沒有戴手套。

慎介在女人身上還發現了另一個和上次不一樣的地方。那就是頭髮的長度。上次來的時候頭髮很短，整個耳朵都露了出來，但這次遮住了一半的耳朵。短短一個星期，不可能長這麼多，八成是微妙改變了髮型。也許是因為髮型的關係，她臉上的表情看起來也比上週柔和了些。

想知道她是什麼樣的人，最快的方法就是和她聊天，但是慎介不知道該和她聊什麼。只不過無論用什麼方式套她的話，她應該都會四兩撥千斤地實問虛答。她一定會露出那種神秘的笑容，簡短地回答最低限度的內容後，全身散發出拒絕繼續交談的感覺。

慎介並非不擅長和客人聊天，相反地，從之前在「SIRIUS」的時候開始，聊天就是他的拿手絕技之一。但是，面對這個女人時，完全不知道該從哪裡聊起。因為她和之前遇到的所有女人都不一樣。

慎介沒有主動攀談，就這樣過了二十分鐘左右。她和上個星期一樣，用這段時間喝完了第一杯白蘭地，雙手捧著空酒杯，露出意味深長的眼神看向慎介。

「還要同樣的酒嗎？」他問。他的手已經伸向軒尼詩的酒瓶。

但是，她沒有點頭，在手掌中把玩著杯子問，「還是喝其他酒呢？」

慎介愣了一下，有一種措手不及的感覺。

「妳喜歡喝哪一類的酒？」慎介故作平靜地問。

她拿著白蘭地酒杯，另一隻手托著臉頰。

「我對酒的名字不太瞭解，你可以幫我調一杯嗎？」

慎介立刻知道她說的是雞尾酒。不知道為什麼，慎介突然極度緊張。因為總覺得她會為自己調的酒打分數。雖然她說對酒的名字不太瞭解，但未必是真心話。

「略微帶有甜味的可以嗎？」

「這樣啊。嗯，聽起來不錯。」

「基酒就用白蘭地？」

「你決定就好。」

慎介稍微想了一下，打開了冰箱。看到冰箱內有鮮奶油。

銀座的「SIRIUS」是以調酒為賣店之一的酒吧，老闆江島光一以前是小有名氣的調酒師，所以他只讓自己真正信賴的人在他的店裡調酒。慎介就是他信任的對象之一。

但是，來「茗荷」這一年多，他很少有機會調一杯像樣的雞尾酒，甚至可以說幾乎沒有。只有偶爾在店裡的小姐央求下，為她們調幾杯感覺像是雞尾酒的調酒。大部分客人都把這家店視為和自己帶來的酒店小姐調情的地方。

因為是這樣的狀況，店裡沒什麼調酒的材料，所以目前能夠調製的雞尾酒種類有限。

幸好冰箱裡有可可香甜酒和鮮奶油，所以他把這兩種材料和白蘭地一起倒進了雪克杯。雖然平時為了避免失去調酒的敏銳度，他會不時練習，但自己也可以感受到在搖雪克杯時的動作有點生硬。

他把雪克杯中的酒倒進雞尾酒杯，撒了少許肉豆蔻粉。這時，他才發現女人一直盯著他的雙手，但並不是欣賞調酒師調酒的眼神，冷漠的雙眼就像是正在觀察細菌的學者。

慎介把雞尾酒杯放在女人面前說：「請慢用。」

女人沒有馬上伸出手，從酒杯上方打量片刻。如果她再多觀察幾秒，慎介就打算對她說：「我們通常會建議客人趕快喝調好的雞尾酒。」因為雞尾酒的溫度也很重要。

但是，女人很快拿起了雞尾酒杯，舉到和眼睛相同的高度，微微搖晃杯子，似乎在確認酒的黏性，然後送到了嘴邊。

酒杯的杯緣靠在女人帶著濕潤光澤的嘴唇上，淡棕色濃醇的液體流入她的嘴唇。女人微微閉上眼睛。店內昏暗的燈光在她的臉上形成了陰影。眼前的景象只能用充滿情色來形容。慎介想像著液體順著她的舌尖，流入喉嚨深處。這種想像為他帶來性的刺激，他發現自己勃起了。當女人吞下液體時，纖細的喉嚨微微起伏了一下，他的心跳頓時加速。

呼。女人深深吐了一口氣。感覺如果伸手觸摸，可以感受到她熾熱的呼吸。她睜開了眼睛，但是眼神有點空洞。

她的眼神漸漸聚焦，和慎介視線交會。

「還可以嗎？」他問。

「很好喝，這種酒叫什麼名字？」

「亞歷山大。」慎介回答，「是很有名的雞尾酒。」

「亞歷山大？統治希臘的亞歷山大大帝？」

「不是，」慎介苦笑著搖了搖頭，「這杯雞尾酒是用和英國國王愛德華七世結婚的亞歷山德拉皇后的名字命名的，據說是作為他們婚禮的獻禮。」

女人滿意地點了點頭，但不知道是因為慎介流利地說明了雞尾酒的故事，還是很喜歡這個故事本身。

她再次拿起杯子，然後又喝了一口。她白皙的臉頰立刻泛起了紅暈，簡直就像有一把無形的刷子，在她臉上抹了一層粉紅色的顏料。

「真的很好喝。」她又說了一次。

「是嗎？很高興妳會喜歡。」

「亞歷山大。我要記住這個名字。」她壓低了聲音，好像在說什麼重要的事。

「小心別喝太多了。」慎介想起一件事，開口對她說，「妳有沒有聽過《相見時難別亦難》（Days of Wine and Roses）這部電影？」

「只聽過名字。」她的聲音仍然很低沉。

「那部電影中，男主角讓不會喝酒的太太喝的就是這種雞尾酒，妳知道結果怎麼樣嗎？」

女人輕輕搖了搖頭。

「他太太喝上了癮，最後開始酗酒。」

女人嘴唇張開成漂亮的形狀靜止不動，接著用力點了一下頭，把雞尾酒舉到嘴邊，一口氣把剩下的酒全都喝完了。

她對著慎介吐出了熾熱的氣息。慎介猜想她並不是故意的。但是，帶著甜味的氣息微微刺激了慎介的鼻孔，他頓時感到五感都麻痺了。

「再給我一杯。」女人說。

「好。」慎介回答。

第二杯亞歷山大雞尾酒成為當天晚上，她在「茗荷」喝的最後一杯酒。她把杯子裡的酒喝完後，突然站起來說：「我要回家了。」雖然她的臉頰帶著粉紅色，但看起來並沒有很醉。

慎介為她結完帳後，走出吧檯，為她打開了入口的門。她挺直身體，走過他面前。

「妳等一下還要去哪裡？」慎介看著她纖瘦的背影問。

走向電梯的她停下了腳步，回頭看著慎介。

「為什麼這麼問？」她微微歪著頭。

慎介一時想不到該怎麼回答。問她等一下要去哪裡並沒有特別的意思，不，不能說完全沒有，但至少不適合此刻在這裡說出來。不知道這個女人聽到「因為我對妳很有興趣」這句話，會有什麼反應。

「沒有啦，我只是在想，妳可能會去其他地方續攤。」他知道這句話並沒有回答她剛才的問題。

女人稍微放鬆了臉上的表情，似乎對他的手足無措樂在其中。

「是啊，我可能會去，也可能不會去。」

慎介無言以對。雖然很想用幽默的方式回答，但是腦袋一片空白。我什麼時候變成這麼遲鈍的人了？慎介在內心忍不住焦急。

為了掩飾內心的慌亂，他超越了女人，為她按了電梯的按鈕。電梯剛好停在這個樓層，所以電梯門立刻打開了。

「謝謝。」她走進電梯時向慎介道謝。

「歡迎妳下次再來。」

女人聽到這句話，像是受到觸動般瞪大眼睛，看著他的臉，然後把手伸向操作面板。電梯門沒有關上，她應該按著「開」的按鈕。

「雞尾酒真的很好喝，謝謝款待。」她輕聲地說。

「謝謝。」慎介鞠躬說。

「我下次來的時候，可以請你調其他的酒嗎？」

慎介聽到女人這句話，有一種放下心頭大石的快感。她還會來這裡。

「我會做好準備。」

「晚安。」女人的手離開了操作面板，電梯門靜靜地關上了。慎介看著她的臉，兩個人的視線在空中交會。

慎介感受到胸口一陣抽痛，似乎有什麼東西穿透了內心。在電梯門關上，已經看不到她的身影之後，那種感覺的餘韻仍然沒有消失。

走回店內，千都子站在吧檯旁。剛才那個客人似乎去上廁所了。

「知道她的身分了嗎？」千都子小聲問。她果然一直在注意他們。

慎介噘起下唇，聳了聳肩，對千都子搖了搖頭。不知道為什麼，他故意露出了嚴肅的表情。

「你們剛才不是一直在聊天嗎？」

「稍微聊了一下雞尾酒。」

「雞尾酒？」千都子雙眼一亮，「她對酒很熟嗎？」

「不知道。」慎介雙手放進了口袋，歪著頭，「看起來不像，但也可能是裝出來的。」

「這樣啊……」千都子愁眉不展，她似乎對那個女人沒有好感。「阿慎，如果她下次再來，再多打聽一些她的底細。」

「追根究柢地探聽客人的事，不是違反這家店的規定嗎？」

「凡事都有例外，因為那個女人實在太可疑了。」

「是喔，好吧，我盡量。」

廁所傳來沖水的聲音，店裡最後一個客人很快就擦著手，走出了廁所。千都子立刻遞上小毛巾，臉上恢復了職業的笑容。

慎介走回吧檯內，開始洗那個女人留下的杯子，腦海中浮現好幾杯下次可以調給她喝的雞尾酒。

10

「SIRIUS」位在老舊大樓的九樓，大樓外並沒有掛招牌，走進電梯廳後，才能看到寫著「天狼星位在九樓」的牌子。沒有人知道，為什麼「天狼星」這三個字要用中文，就連老闆江島也說「我忘了原因」，但是慎介認為江島是藉此挑選客人。事實上，「SIRIUS」一直以來，幾乎都是靠熟客捧場維持經營。

慎介搭著反應很緩慢的電梯來到九樓，走在昏暗的走廊上。好久沒有來這裡了，無法完全回想起以前每天來這裡上班的記憶所產生的煩躁，和懷念的感覺，在他內心交錯。

走廊盡頭有一道木門，木門上貼著用英語寫的「SIRIUS」的牌子。門內傳來了客人聊天的聲音。慎介握住門把拉門時，內心產生了一絲緊張。

他一打開門，站在吧檯內的岡部義幸立刻看過來，職業的笑容變成了略微驚訝的表情，但是嘴唇立刻露出了不同類型的笑容。岡部向他輕輕點了點頭，岡部的笑容和動作，讓慎介感到安心。

吧檯前有十五個座位，八名客人保持適度的間隔坐在吧檯前。剛好有兩個連在一起的空位，慎介在其中一張椅子上坐了下來。

岡部直視著他，用眼神問他想喝什麼。岡部可能瘦了些，下巴比以前更尖了，但整個人感覺比以前更幹練了。

「給我一杯史汀格。」慎介說。岡部輕輕點了一點，露出了準備露一手的表情。

他不經意地巡視店內，以免打擾到其他客人。這家店的桌位很高級，每一個桌位都由皮革的扶手椅和沙發組成，四、五個客人坐一桌也可以坐得很寬鬆。大桌子即使放很多道料理也不會覺得擁擠。店裡總共有八張桌子，牆邊放著世界各地的酒，角落有一架平台鋼琴，江島的鋼琴師老朋友有時候會來這裡彈奏令人懷念的爵士音樂。以前曾經有一個客人說，「來這家店，就會想起日活[2]的電影。」慎介沒有看過小林旭和宍戶錠的電影，但是大致能夠瞭解客人想要表達的意思。

目前有三分之一的桌位都坐滿了人。分別是四個上了年紀的男人、兩名中年男子帶了兩名酒店小姐，和一對無論怎麼看，都覺得關係不單純的男女。四個男人聊天的聲音有點大，但還不至於破壞店裡的氣氛。

目前快深夜兩點了，但店裡生意還這麼好，的確不是一件容易的事。

岡部拿起雪克杯搖了起來。他不會過度用力，所以動作很流暢，把雪克杯中的酒倒進杯子的手勢也很俐落。

他把杯子放在慎介面前。杯中的液體是微妙的琥珀色。

慎介對著岡部輕輕舉起杯子，喝了一口雞尾酒。白薄荷香甜酒刺激著舌頭，所以才會有史汀格（Stinger）——「毒刺」這個名字。

慎介向岡部輕輕點了點頭，岡部聳了聳肩。

「今天那家店呢？」他問慎介。

「因為可能不會再有客人上門，所以就提早打烊了。」

「這樣啊，難得會有這種時候，所以你就決定難得回來看看老東家。」

「你說對了。」慎介把杯子舉到嘴邊，覺得這杯酒恐怕不太適合那個女人。

今天晚上，「茗荷」的生意的確很冷清，但是並沒有提早打烊。慎介說自己約了朋友見面，所以獨自提早離開了。

2 日活株式會社，日本的電影製作發行公司。

他並沒有約任何人見面，而是想來「SIRIUS」喝幾杯真正的雞尾酒。因為最近都沒喝什麼像樣的雞尾酒，所以覺得舌頭有點不靈光了，而且還有另一個目的，就是想要好好研究一下下次要為那個女人調什麼酒。

雖然只見過兩次，但是他整天都想著那個女人。無論在店裡洗杯子時，或是聽客人抱怨時，都會不停地看向門口。因為他覺得那個女人很可能會像之前一樣，悄然無聲地走進店內。

「我下次來的時候，可以請你調其他的酒嗎？」那天，她對慎介這麼說。下次是什麼時候？自己必須在她下次走進店裡之前，準備好調酒的材料，同時找回舌頭的感覺。

「江島先生今天沒來嗎？」慎介問岡部。

「他為比賽的事去赤坂開會了，差不多該回來了。」

岡部說這句話時，聽到了門打開的聲音。岡部轉頭看了過去，面帶笑容說了聲「歡迎光臨」。慎介也跟著轉頭看了一眼。

他認識走進來的女人。她眼尾略微下彎的眼睛和豐滿的嘴唇令人印象深刻。他記得她叫由佳。由佳把白色薄大衣交給了少爺，裡面穿了一件身體曲線畢露的藍色洋裝。

「乾馬丁尼。」她在吧檯坐角落的座位坐下後，對岡部說。她完全沒有看店裡的其他客人一眼，當然也沒有發現慎介，但是她悠然地翹起二郎腿的動作，顯然意識到周圍的視線。

慎介不知道由佳在哪一家酒店上班，但是從她的髮型就不難判斷，那是一家一流的酒店。因為如果不是美髮師每天用心吹整，很難維持那樣的髮型。

慎介以前在這家店時，她就不時會來店裡喝酒。雖然偶爾也會和其他客人一起來，但大部分時間都是獨自上門。每次都喝兩杯雞尾酒，和調酒師聊股票和音樂後就回家。

「酒店小姐五花八門，原來也有這種消除壓力的方法。」江島曾經很有感慨地表達自己的感想。

這時，一個畫面在慎介的腦海中甦醒。一年半前的夜晚，在幾個小時後，發生那起車禍的夜晚。

那天晚上，由佳在獨自來這裡喝酒，乾馬丁尼——沒錯，那天晚上，她也點了這杯酒。慎介為她調製了這杯雞尾酒。

但是，她並不是只有喝這杯而已。之後又點了其他的雞尾酒，接連喝下肚。她那天喝酒的方式簡直就像在和別人較勁，慎介記得她當時說：「給我更烈的酒。」慎介在為她調酒時，逐漸減少了酒的份量，最後幾乎和果汁差不多了。

但她仍然酩酊大醉。她那天應該遇到了很不愉快的事，來店裡的目的就是想把自己灌醉，然而，即使她已經喝醉了，也絕口不提這件事。慎介認為她很有職業道德。

由佳趴在吧檯上一動也不動的身影——到此為止的情況，都比較鮮明地留在慎介的記憶。

問題在於之後。最後，慎介送由佳回家，在回家的路上發生了車禍，但是詳細經過的記憶很模糊不清。既然自己開車送她回家，當然就是他們兩個人單獨坐在車上，只不過慎介完全想不起來，無論如何都想不出她坐在副駕駛座上的樣子。感覺不像是單純忘記，因為和之前的記憶清晰度落差太大了。

慎介對岡部說：「可以幫我調一杯苦精琴酒嗎？」

岡部默默點了點頭。他可能誤以為慎介想要表現出自己很內行，但是慎介希望用苦味刺激一下自己的腦細胞。

岡部轉動著細長形的利口酒杯，讓芳香苦精均勻地留在酒杯內側。完成之後，將杯底多餘的芳香苦精倒掉，然後加入冰過的琴酒。從酒的黏稠感，就可以知道酒冰得很徹底。

慎介接過酒杯，調整呼吸後喝了一口。恰到好處的苦味在嘴裡擴散，全身的細胞都醒了過來。

「很棒。」慎介說，岡部單側臉頰笑了笑。

慎介把酒杯放在吧檯上，離開了吧檯椅，然後走向由佳。

由佳不可能沒有發現有人站在她身旁，但是她直視前方，繼續抽著菸。她臉上的表情強勢拒絕男人為了逢場作戲，隨便向她搭訕。

「好久不見。」慎介向她打招呼。

由佳指尖夾著菸，懶洋洋地轉過頭，轉頭看向慎介時，臉上完全沒有表情。她在自己的店裡絕對不可能露出這種表情。

但是當她看到慎介的臉時，臉上突然有了表情。她瞪大了眼睛，微微張著嘴。

「你……」

「我是雨村，上次很感謝。」慎介微微鞠躬。

「你不是辭職了嗎？」

「暫時離開了，今天是來這裡當客人。」

「這樣喔……」

「我可以坐這裡嗎？」由佳旁邊是空位，慎介指著那個座位問。

「可以啊……」

「那我就打擾一下。」他去自己的座位拿了酒杯，在由佳旁邊坐了下來，「其實我有事想要請教妳。」

由佳立刻露出了警戒的表情問：「什麼事？」

「就是關於那天晚上。」慎介打量周圍，確認沒有人在偷聽他們說話，「就是我發生車禍那天晚上的事。」

「我什麼都不知道。」

「但是那天晚上，我不是送妳回家嗎？之後發生了車禍，是不是這樣？」

由佳沒有吭氣，一臉不安地看著慎介。

「不好意思，妳可能還不知道。不久之前，我遭遇了意外，所以失去了一部分記憶，所以才會用這種方式，向許多人瞭解各種情況。」

由佳微微皺起了眉頭。

「之前聽江島先生稍微提過這件事……你也忘了車禍的事嗎？」

「雖然沒有完全忘記，但是該怎麼說，有些細節的部分很模糊。雖然江島先生說，這是不愉快的回憶，不需要勉強回想起來，但我還是覺得很不舒服。」

「你問我也沒用，你剛才也說了，你只是送我回家而已。」由佳移開了原本看著慎介的視線。

「我知道，所以我希望妳可以告訴我，我送妳回家時的情況。」

「要告訴你什麼？」

「任何事都沒有關係，像是我在開車時說的話，或是妳坐在車上時的印象……」

由佳喝完了乾馬丁尼後，轉頭看著慎介說：

「我當時不是喝醉了嗎？所以你才會送我回家，這樣的狀況下，怎麼可能記得你送我回家時的情況？」

「雖然是這樣，但我想妳可能會記得一、兩件事。」

「沒有，我完全不記得。」由佳再次看向吧檯內側，搖了搖頭。

「那事後的情況也可以，比方說，警方應該因為我車禍的事去找過妳，妳記得當時你們聊了什麼嗎？」

「我不記得。我只記得隔天頭很痛，而且沒有卸妝，連衣服也沒換就上床睡覺了。你因為送我回家發生了車禍，我感到很抱歉，但我真的幫不上忙。」

「那——」

「不好意思，我約了客人。」由佳突然拿起皮包，從吧檯椅站了起來，對吧檯內的岡部說了聲：「謝謝款待。」

慎介根本來不及挽留她，她結完帳後，立刻叫少爺把她的大衣拿來，穿上之後就走了出去。

慎介啞口無言，只能目送她離開。岡部問他：

「你怎麼惹怒了她？」

「我也搞不懂啊，我只是問她車禍那天晚上的事。」

「車禍那天晚上？」

「喔，不重要啦。」慎介搖了搖手。因為他之前就決定，不要和無關的人談論失去記憶的事。

苦精琴酒已經不冰了。慎介一口氣喝完了杯中的酒，他覺得比剛才更苦了。

11

慎介回到門前仲町的公寓時，時針已經指向兩點三十分。成美還沒有回家，可能客人邀她一起去ＫＴＶ了。

他覺得肚子很餓，餓得胃都開始痛了。一定是因為沒有吃晚餐，喝了好幾杯雞尾酒的關係。

但是，今天大有斬獲。他對今天的行程很滿意。慎介已經構思好幾杯讓她——那個神秘女人喝的雞尾酒。他想要找紙筆，趁忘記之前寫下來。

沒想到他找不到紙和原子筆。因為之前住院時，成美重新布置了家裡，所以他現在完全不知道什麼東西放在哪裡。成美明明討厭做家事，竟然這麼徹底改變家裡的布置。慎介已經不是佩服，而是感到傻眼。

他找了好幾個抽屜，終於找到了便條紙和黑色原子筆，都是不知道哪裡的贈品。慎介發現了這件事，獨自苦笑起來。兩個成年人住在這個家裡，只有這種程度的紙筆，真是太可悲了。不是只有紙筆而已，他和成美的住家少了很多普通家庭必不可少的東西。

寫完之後，他開始用鍋子煮熱水，準備吃泡麵。深夜煮泡麵，讓他想起以前住在三坪大房子的時代。在他和成美開始同居之前，他都一直住在剛進大學時租的那間公寓。

他們目前住的公寓原本只有成美一個人住，兩年前，慎介搬來和成美同居，所以的確會覺得空間有點太小。

慎介和成美之所以會越走越近，是因為有一天傍晚，她獨自走進「SIRIUS」。前一天晚上，成美和客人一起來喝酒，結果手套遺忘在店裡。慎介在店裡找了一下，但是並沒有找到手套。

成美只能作罷離開，但是當天晚上十二點左右，找到了手套。手套掉在沙發的縫隙中，被客人撿到了。於是慎介就打電話到她工作的那家店，告訴了她這件事。她在電話中交代，請慎介代為保管，她在下班後會去拿。

於是，在「SIRIUS」打烊後，慎介仍然獨自留在店內等她，但是成美遲遲沒有出現。他打電話到成美的店裡，當然沒有人接電話。

深夜三點多時，她才終於出現。當時慎介已經準備回家了。

「啊啊，太好了，我還以為你已經走了。」她看到慎介，露出鬆了一口氣的笑容。

「我正打算回家。」慎介回答時，發現自己的聲音很尖銳。

「對不起，因為有客人一直糾纏不清，不肯放我走，我好不容易才逃走，我一直惦記著要趕來這裡……你生氣了嗎？」

「心情的確好不到哪裡去。」

「哇，怎麼辦？」

「我開玩笑的。這個給妳。」慎介把手套遞給她。

成美看到手套，雙手握在胸前說：

「太好了。雖然這不是什麼高級貨，但是我很喜歡。我的手很小，所以很難買到適合的手套。」

「是這副沒錯吧？」

「對，沒錯，謝謝你。」成美把手套放進大衣口袋，抬頭看著慎介說：「我請你吃東西，因為我想要表達謝意。」

「不用了，妳不必這麼客氣。」

「這樣我會過意不去，而且讓你等這麼久。對了，你喜歡吃魚翅拉麵嗎？」

「魚翅拉麵？喜歡啊。」

「那我請你吃，我知道有一家店很好吃。」她用力拉著慎介衣服的袖子。

那家中餐廳營業到凌晨五點，慎介和成美面對面坐在餐桌前，吃著魚翅拉麵。她接連說了很多家銀座拉麵店的店名，滔滔不絕地說著那家店雖然很貴，但是很不好吃，或是湯頭雖然美味，但是配料很少，然後在聊天的空檔吃拉麵。

慎介看著她說話的樣子，覺得和這種不知疲倦的女人在一起似乎也不錯。雖然他曾經和不少女人交往過，但是向來除了上床以外，從來不想和那些女人在一起。

成美當時似乎也已經對他產生了好感。當慎介提出希望假日再約出來見面時，她二話不說答應了。話說回來，如果成美對慎介沒有好感，根本不可能請他吃拉麵。

他們在週六時約會，那天晚上，慎介去了成美家。她在床上說了好幾次：「你千萬不要誤會，我不會這麼輕易和別人上床」。

「我也是啊。」慎介也這麼說。這當然不是事實，他也不知道成美說的是不是事實，但是慎介認為這並不重要，當時他並沒有打算和成美長久交往。

沒想到最後他們同居了。雖然並不覺得他們的相遇是命運的安排，也並沒有特別喜歡成美的哪個部分，但是成美在不知不覺中，成為對慎介而言重要的人。這樣很麻煩，要不要乾脆一起住？——慎介提出了這個提議。

慎介煮好泡麵後，一邊吃，一邊看著錄影帶。因為每天晚上都不在家，所以都必須預錄新聞節目和連續劇，但是看這些錄好的內容，也是每天晚上睡覺前的樂趣。

ＮＨＫ的新聞報導了白天在高速公路上發生的一起重大車禍。聯結車硬是要超車，結果撞到了在旁邊車道行駛的車子，因為方向盤失控，撞上了分隔島，也對相反方向的車道造成了影響。這場車禍造成五人死亡，但聯結車駕駛平安無事。

這個駕駛在車禍中喪生可能還比較好——慎介看著電視想道。這場車禍造成五個人死亡，根本沒辦法賠償。

即使只造成一個人死亡，也無法完全彌補。慎介想到了自己犯下的罪。

為什麼會發生車禍——？

他努力想要清楚回想那天晚上的事，但是記憶仍然像是被迷霧籠罩。無論是送由佳回家的事，還是之後急著趕回家的事，都只剩下些微的記憶片斷。自己為什麼這麼急著離開身穿睡裙的由佳？

睡裙？

有哪裡不對勁。但是他立刻想起了由佳剛才親口說的話。

「我只記得隔天頭很痛，而且沒有卸妝，連衣服也沒換就上床睡覺了。」她剛才親口這麼說。

如果她沒有換衣服，慎介不可能在那天晚上看到她穿睡裙的樣子，但為什麼以為自己看到了？難道是其他時候看到，卻誤以為是那天晚上看到嗎？

慎介獨自搖了搖頭。

他仔細思考之後，覺得他看過由佳穿睡裙這件事本身就很奇怪。假設自己送她到家裡，即使她爛醉如泥，根本沒辦法自己走去床邊，自己也不可能脫下她的衣服，為她換上睡裙。如果由佳當時沒有醉到這種程度，自己送她到家之後，就會馬上離開，根本不需要等她換上睡裙，更何況她根本不可能在自己面前換衣服。

慎介頓時懷疑自己那天晚上是不是和由佳上了床，如果是這樣，看到她穿睡裙就不奇怪了。但是，這就無法解釋記憶中的畫面了。因為記憶中的自己站在她家的玄關，面對身穿睡裙的她，而且她一臉兇相。那不像是女人送做完愛後離開的男人離開的表情。

慎介頭開始痛了。他把錄影帶快轉，看了錄製的綜藝節目。

12

看完預錄的節目，差不多快凌晨五點了，成美還沒有回家。

怎麼這麼晚？

雖然慎介不喜歡管東管西，但成美太晚回家，還是會感到擔心。他拿起自己的手機，撥打了她的電話。

但是，電話沒有接通，轉入了語音信箱。成美應該不可能關機，八成是在收不到訊號的地方。

如果聽到留言，打個電話給我。慎介在語音信箱留言後，掛上了電話。既然要和在夜店上班的女人交往，如果因為對方晚回家就大驚小怪，遲早會把自己累垮，所以他告訴自己不必在意。

慎介把自己的電話再次拿去充電時，發現成美的梳妝台上有一樣奇怪的東西。他忍不住拿了起來。

那是一把螺絲起子，前端是十字形。那是一把用來鎖大螺絲用的螺絲起子，拿在手上也很重，而且感覺很新。

為什麼家裡會有這種東西？慎介感到納悶。家裡甚至沒有像樣的紙筆，怎麼可能會有螺絲起子？慎介以前完全沒有看過，所以是成美從哪裡帶回來的。因為看起來很新，也可能是買的。慎介甚至無法想像成美拿著螺絲起子的樣子。

慎介拿著螺絲起子，在室內走來走去。無論是成美買的還是借的，既然家裡有這種東西，到底是用在什麼地方？或是她打算派什麼用場？慎介猜想八成是哪裡的螺絲鬆了。

但是，他找遍了整個房間，仍然沒有找到。他想到可能是鍋子或是平底鍋的把手鬆了，走去廚房檢查了烹飪工具，但是完全沒有看到需要使用十字螺絲起子的地方。

慎介最後只好放棄，把螺絲起子放回原來的地方。雖然很好奇，但是只要成美回來之後就知道了。

在清晨五點多時，他有點累了。他打了一個呵欠，走向了盥洗室。

隔天正午過後，慎介被鬧鐘的電子聲叫醒。他像往常一樣坐在床邊，用指甲揉著雙眼的眼頭。雖然意識醒了，但是腦袋和身體還沒有完全清醒。他慢慢開始回想，今天是星期幾，有沒有什麼安排。是二十日，還是二十一日？是否要去郵局辦事？便利商店呢？要不要去銀行？今天是不是有包裹要送來家裡？

他確定今天沒有特別的事之後，鬆開了揉眼睛的手。

「成美，午餐要吃什麼？」他在回頭看向後方的同時問。平時都會立刻看到成美卸了妝的臉。

但是，成美不在那裡，只有她平時當睡衣穿的T恤揉成一團，放在枕頭旁。

慎介站了起來，走向玄關看鞋子的同時，打量了室內情況。沒有發現任何成美回家的跡象。

他確認了手機的語音信箱和訊息，但是都沒有發現成美的訊息。

慎介再次撥打了她的手機，但是狀況和前一天晚上一樣。

慎介內心開始感到躁動不安，就像風把枝葉吹得沙沙作響。

他開始在家裡尋找名片或是通訊錄之類的東西，想查一下和成美在同一家店上班的同事的電話，但是並沒有找到。想了一下就不難理解，成美不可能用這種方式整理熟人的聯絡方式，她都記在手機上。

慎介再次看向鬧鐘。中午十二點二十三分。成美以前從來不曾這麼晚還沒有回家。

慎介懷疑成美是不是和哪個客人看對了眼，一起去飯店開房間了。但如果是這樣，照理說成美不可能完全不告知，而是會打電話給他，隨便編一個理由。而且慎介對成美還算信任，覺得她並不是輕浮的女人。

他決定再次撥打成美的手機，但是只聽到語音聲音。為您轉接語音信箱——

慎介思考著是否有人會知道成美在哪裡。只不過雖然曾經聽成美提過她的朋友，但是慎介沒有她們的聯絡方式。

最後，他得出了只能打電話去成美工作的店裡詢問的結論，然後就去洗澡了。他把手機放在浴室的門旁，以免成美打電話來時無法接到。但是，在他洗頭髮和洗身體時，電話都沒有響。

傍晚五點時，慎介出了家門。他出門之前，他打電話去了成美上班的「牧羊犬」，但似乎還沒有人上班，只聽到電話鈴聲響個不停。

抵達「茗荷」，開始為開始做準備工作時，他仍然心神不寧。因為他認為不像是成美自己決定隨便在外面過夜，很可能發生了什麼不好的事。總之，目前必須趕快掌握情況。

七點過後，他才終於得知到第一個消息。他打電話去「牧羊犬」，問店員「成美在嗎？」成美在店裡上班時用的是本名。

「她還沒有來上班。平時這個時候，她通常都已經到店裡了。」

成美也沒有去店裡。

「那友美在嗎？」

「她在，請稍等。」接電話的男人態度殷勤地說。

慎介曾經和友美見過幾次。因為成美多次和她一起跟著客人來過「SIRIUS」，她是成美在店裡關係最好的同事，聽成美說，也把和慎介的關係告訴了她。

「你好，讓你久等了。」電話中傳來開朗的聲音。慎介想起了友美有點像狐狸的表情。

「友美，是我，我是雨村。」

慎介說完後，友美停頓了一下，繼續用開朗的聲音對他說：「真是稀客，好久不見了，你還好嗎？」她可能想讓周圍人以為是客人打電話給她，然後又壓低了聲音對他說：「成美還沒有來店裡。」

「我知道，她昨晚也沒有回家。」

「啊？不會吧？」

「她真的沒回家。我打她的手機好幾次，電話都打不通。我因為聯絡不到她，所以正在傷腦筋，想問妳是否知道什麼。」

「你等一下，這就奇怪了。」

「奇怪？」

「嗯，因為——」友美突然停了下來，然後隱約聽到她打招呼的聲音。可能是有客人經過她身旁。片刻之後，又聽到了她的聲音，「對不起。雨村，這就太奇怪了。因為成美昨天請假沒來上班。」

「啊？」這次換慎介感到驚訝，「真的嗎？」

「嗯，昨天傍晚，她打電話給媽媽桑，說她感冒了，所以要請假。」

「感冒？」

根本沒這種事。慎介昨天離開公寓時，她還好好的，坐在梳妝台前化妝。所以她是在慎介離開之後，打電話向媽媽桑請假。

「太奇怪了。」慎介忍不住嘀咕。

「對不起，我不能和你講太久，而且已經有客人來了。」友美語帶為難地說。「啊啊，對不起，可以請妳告訴我手機號碼嗎？因為我想晚一點再問妳詳細的情況。」

「好啊，那你記一下，080——」

慎介把友美說的號碼寫在旁邊的便條紙上。

「幾點打電話給妳比較方便？」

「三點左右應該沒問題。」

「OK，那我就差不多這個時間打給妳。」慎介說完，掛上了電話。

他完全不知道到底是怎麼回事。如果友美說的話屬實，成美昨晚到底去了哪裡？她說自己感冒，當然是說謊吧。

慎介對成美也對自己說謊感到很不爽。她請假不上班完全沒問題，但是為什麼要隱瞞？

果然是因為男人。慎介得出了這樣的結論。因為他認為這是成美向他隱瞞實情，而且不惜向店裡請假的唯一原因。

慎介內心的擔心少了一半，不，也許只剩下不到一半，他覺得自己從昨晚一直為她擔心太傻了。也許自己卯足全力，努力尋找她的下落，結果發現她在別的男人懷裡。

但是，成美至今仍然完全沒有和他聯絡，也沒有去「牧羊犬」上班還是令他有點擔心。雖然不知道對方的男人是成美的舊情人，還是最近結識的新歡，問題是成美不是小孩子，不可能為了戀愛失去了判斷能力。

只不過這也很難說——慎介在擦杯子時，淡淡地笑了笑，以免被人發現。不是經常有人說，愛很盲目嗎？也許成美和心儀的男人在一起的時光太快樂，讓她忘了一切，忘了上班，也忘了我——

酒吧的門打開，一名熟客走了進來。

「大橋先生，歡迎光臨，好久沒看到你了。」慎介用比平時更有精神的聲音向客人打招呼。

半夜兩點半左右，慎介像往常一樣坐千都子的車回到了家。原本期待成美已經回家了，但是打開門之後，家裡漆黑一片。即使打開了燈，也沒有發現成美曾經回家的跡象。

慎介內心的不安再度膨脹。因為成美完全沒有和他聯絡，未免太奇怪了。

他坐在沙發上，撥打了友美告訴他的號碼。鈴聲響了三次後，電話就接通了。

「喂？」電話中傳來友美的聲音。

「妳好，我是雨村。」

「喔喔，我在等你的電話。成美還是沒回家嗎？」

「對，她也沒去店裡嗎？」

「雖然媽媽桑很生氣，但我還沒有告訴她，成美不見了。因為媽媽桑還不知道你的事。」

「嗯，這些事就交由妳來決定。妳有沒有頭緒，知不知道她可能去哪裡？」

「我也仔細想了一下，但是想不到她會去哪裡。店裡的小姐中，和她關係很好，可能會讓她住在家裡的，恐怕只有我一個人，她也不可能回去千葉的老家。」

「我也不認為她回了老家。」

成美曾經告訴慎介，她的老家在君津市，但是她的父母都已經去世了，目前只有她的親戚住在老家。她的父母在她十八歲來東京之後才相繼去世，她說在參加父親的葬禮之後，就沒有和親戚來往。

「會不會是男人？」慎介問。

「男人？」

「我的意思是說，會不會有除了我以外的其他男人。」

「喔喔，」友美似乎理解了慎介的意思，「我想應該不會。」

「真的嗎？妳不必對我有所顧慮，我覺得男女之間就是這麼一回事，向來看得很開。」

「我並不是向你隱瞞，你不是店裡的客人，沒必要擔心客人會流失。成美除了你以外，真的沒有其他人。我和她經常在一起，如果她有其他男人，我一定會察覺到。」

「但是，如果不是為了男人，成美為什麼瞞著我，偷偷出去呢？」

「這我就不知道了……」友美沉默片刻後說：「是不是該報警？」

「妳是說報失蹤嗎？」

「嗯。」

「雖然我也想過要這麼做。」

「我覺得絕對要去報警，因為這種情況太奇怪了。」友美說到這裡，突然壓低了聲音說，「我想問你一件事。」

「什麼事？」

「成美打算在近期辭職嗎？」

「啊？不，我完全沒聽說這件事。」

「這樣啊……你果然不知道。」

「成美說她要辭職嗎？」

「她說不想再幫別人打工了，想要放膽拚一次。」

「拚一次是什麼意思？是要自己開店嗎？」

「不知道，但應該就是這個意思吧。」

「但是……」她哪裡有錢？慎介原本想這麼問，但是把話吞了下去。因為他發現自己不久之前，也在完全沒有資金的情況下談論夢想。

「你聽我說，」友美在電話中說，「真的報警比較好。」

「是啊。」慎介嘟囔著。

13

到了隔天中午，成美仍然沒有回家。慎介簡單吃了午餐後，就搭計程車去了深川警察局。

他在一樓服務台告訴值班員警，同居人失蹤了。他等了一會兒，一名身穿制服的中年警察對他說：「請跟我來。」

慎介和警察面對面坐在一張小桌子前，盡可能向警察說明了詳細情況。警察詳細詢問了成美的身體特徵，慎介在回答這些問題後，發現無法期待警方會幫忙找到人。哪天在發現無名屍體時，會參考自己回答的內容，作為判斷無名屍身分的材料。也就是說，一旦警方發現成美的下落，就代表她已經不在這個世上了。

「我知道了，如果我們發現有助於發現她的其他線索，會立刻通知你。今天辛苦你跑一趟了。」雖然警察態度很親切，但是慎介忍不住在內心祈禱，希望不要從他們口中得知成美的下落。

慎介走出警局大門時，一名警察從停在門口的警車上走了下來。那名警察三十出頭，身材魁梧，看到他拿下安全帽後的臉，慎介停下了腳步。因為他認識那名警察。

對方可能察覺了慎介停下腳步，也看了他一臉，但是似乎沒有馬上想起他是誰，轉頭移開了視線，但是又立刻停下了腳步。

「喔，原來是你，」警察說，「你之前在清澄發生車禍。」

「你還記得嗎？」

「嗯，是啊，因為那起車禍很特殊。你今天怎麼會來這裡？又闖了什麼禍嗎？」

「不是，我朋友失蹤了，所以我來報警……」

「這樣啊，那真傷腦筋，是女人嗎？」

「對。」

「幾歲？」

「二十九歲。」

「這樣啊，二十九歲……」警察眉頭深鎖地點了點頭。慎介猜想也許有什麼不吉利的經驗法則，年輕女人一旦失蹤，很少能夠活著回來之類的。

「你目前在做什麼？我記得那時候你說在當調酒師？」

警察似乎對慎介的情況記得很清楚。

「現在也做同樣的工作。」

「這樣啊，應該沒再開車了吧？」

「沒有。」

「嗯，這樣比較好，你應該充分明白，發生車禍很危險。」

「是啊……」

「那就先這樣了。」警察說完這句話，拍了拍慎介的肩膀，走向門口。

慎介也準備離去，但立刻轉過頭。

「不好意思。」他對著警察的背影叫了一聲。

警察停了下來，回頭看著他。慎介對著滿臉驚訝的他說：

「你剛才說，那起車禍很特殊，請問是怎麼回事？」

交通課旁，有好幾個勉強能夠放一張小桌子的房間。剛才在門口遇到的警察帶他走進了其中一個房間。自從前年的車禍後，他就沒有來過這裡。他還隱約記得當時的情況。

「雖然我這麼說，你聽了可能會不舒服，這種失去記憶的情況太奇怪了，竟然只忘記車禍的事。」警察秋山露出不解的表情。

「我也這麼覺得。」

「從某種意義上來說，是一件很幸福的事，但從另一個角度來說，也是一種罪過。你忘記車禍當時的事很幸福，但是家屬恐怕難以接受。」

「這……我也知道。」

慎介想起了岸中玲二陰鬱的臉。他曾經問慎介，如果遇到不開心的事，要怎麼處理不愉快的情緒。慎介當時回答說，沒怎麼辦啊，就是盡可能趕快忘記，這是唯一的方法。

慎介覺得也許是因為這句話，堅定了他行兇殺人的決心。

「那就來談一下車禍的事。」秋山在慎介面前翻開了資料，上面畫著車禍現場的示意圖。雙向六車道的大馬路向東西方向延伸，和雙向兩車道的小路交錯。車禍發生在那條小路上，就在即將到十字路口的位置。

「被害人騎著腳踏車，沿著這條路往南騎。她家就在過了十字路口後不遠的地方，你從她的後方靠近。」秋山的指尖在示意圖的道路上滑動，「你當時開的是銀色賓士。到這裡為止有問題嗎？你不記得了？」

「聽你這麼說，覺得好像是這樣。」

「覺得好像是……」秋山端詳著慎介的臉，臉上的表情似乎在說，你引發了這麼嚴重車禍，竟然只是覺得好像是這樣。

「對不起。」慎介向他道歉。

「這也是無可奈何的事，而且你失憶的原因是死者家屬造成的，所以有點搞不清楚到底是誰的錯了。」秋山又低頭看著示意圖，「這條小路的速限是時速三十公里，你當時主張沒有超速。」

「但實際上超速了嗎？」

「不知道。」秋山說，「雖然現場留下了煞車痕，但是無法確定當時的時速。以前可以很正確地計算出時速，但是現在無法再根據煞車痕來計算了。」

「為什麼？」

「因為技術革新的關係，有防鎖死煞車系統的車子，速度和煞車痕的關係，和以前的數據完全不一樣。」

「喔……」

原來是這樣。慎介心想。防鎖死煞車系統可以避免輪胎在結了冰的馬路上打滑，當然會和普通的煞車系統所呈現的數字不一樣。

「總之，你從腳踏車的後方靠近。即使你遵守了三十公里的時速，也遲早會超越腳踏車。你想要超越那輛腳踏車。」秋山的手指在示意圖上移動，「在即將超越的時候，腳踏車往馬路中央的方向搖晃了一下。不知道被害人是否發現賓士車從後方靠近，你當時應該開了車頭燈，所以她應該察覺到了。照理說，在這種情況下，應該會往左騎，但實際上經常會發生太害怕後方的車輛，導致把手操作失控，反而騎向了危險的方向。」

「結果，我就撞到了腳踏車。」

「是啊。」秋山說，「腳踏車飛向左側，你駕駛的那輛車衝向右側車道。應該是你想閃避腳踏車，所以切換了方向盤的關係。」

「被害人……撞到頭了嗎？」慎介問。因為聽了秋山剛才的說明，感覺並不像是死亡車禍。既然被害人死亡，可能撞到了要害。

但是，秋山搖了搖頭。

「不，當時她應該並沒有受太重的傷，當然，這只是警方的推論。」

「並沒有受太重的傷……但是，她不是死了嗎？」

慎介問。秋山皺著眉頭，然後重重地嘆了一口氣。

「你真的不記得了嗎？」

「對。」慎介回答。

秋山指著示意圖說：

「被害人是在那起車禍之後才死的。」

「之後？」

「對，第二輛車衝進了車禍現場。」

14

推開「SIRIUS」的大門走進酒吧，立刻看到了穿著白色上衣的背影。白色上衣的主人聽到開門的聲音，轉過頭，露出了驚訝的表情後，對他展露了笑容。

「嗨，真是稀客，稀客啊。」江島輕輕張開雙手，「你是來重溫這家店的味道嗎？」

慎介也面帶笑容走向江島，中途對吧檯內的岡部義幸輕輕揮了揮手。岡部點了點頭。

慎介走到江島身旁，打量著店內的其他客人。現在才六點多，這家店裡還沒什麼客人。只有吧檯前坐了兩個人，桌席旁也坐了兩個客人。

「我有事想要請教，現在方便嗎？」慎介小聲問。

「是哪方面的事？」江島也小聲問他。

「關於車禍的事。」慎介回答說，「就是我引發的那起車禍。」

江島微微皺起眉頭，露出了為難的表情。他顯然興趣缺缺。

「站著就可以說完嗎？」

「不。」

「這樣啊。」江島嘆了一口氣，點了點頭。他把手放在慎介的肩上，「那就坐下來慢慢說。」

慎介在江島的示意下，坐在最深處的桌子旁。沙發坐起來很舒服。慎介忍不住回想了一下，自己有多少年沒有坐過這個座位了。以前在這裡上班時，也不可能坐在沙發上。

「我昨天去了警局，雖然完全是為了其他事去那裡，但是剛好遇到了交通課的秋山，就是發生車禍當時，負責調查的人。」

「嗯，然後呢？」江島拿出了菸盒，從裡面抽出一支，叼在嘴上，然後用卡地亞的打火機點了火。

「我告訴他，我失去了一部分記憶，請他告訴我關於車禍的詳細情況。秋山先生露出很不可思議的表情。」

江島聽了慎介的話，輕輕搖了搖頭。

「我覺得事到如今，根本不需要去打聽這種事。」

「但是我心裡會很不舒服。」

「我也不是不能理解，你聽了之後，又怎麼樣了呢？」

「我很驚訝。」慎介坦率地說出了自己的想法，「我完全沒想到是那樣的車禍。」

「那樣的車禍？」

「我一直以為是自己撞死了被害人，以為是這麼簡單的車禍，沒想到聽他說了之後，發現並不是這麼一回事，是另一輛車對那個姓岸中的女人造成了直接的致命傷。也就是說，有兩輛車一起造成了那起車禍。」

「我當初也聽說是這樣，只是不太瞭解詳細的情況。」江島緩緩抽著菸，似乎看到慎介現在為這種事情緒激動感到很奇怪。

「因為我完全不記得了。」

整理秋山巡查部長告訴他的情況，發現車禍的狀況如下。

首先，岸中美菜繪騎著腳踏車在那條路上往南騎，賓士從她後方靠近。賓士的駕駛人是慎介。

警方無法知道賓士當時的車速，但是因為慎介在當時供稱，「因為前方十字路口的交通號誌快要變紅燈了，所以想要快點過去」，推測他應該稍微超過了時速三十公里的速限，但是在車禍發生後，慎介主張自己並沒有超速，只是真假難辨。他現在完全不記得這件事，所以也無法說什麼。

然後，賓士就從後方撞上了岸中美菜繪的腳踏車。賓士保險桿的左側角落撞到了腳踏車。

腳踏車被撞到後失去了平衡，衝向前方後倒在地上。騎腳踏車的岸中美菜繪的身體被拋向前進方向左側建築物的牆壁前。這時，她背部撞到了牆壁。

賓士撞到腳踏車後，立刻改變了方向，衝到了對向車道。開車的慎介似乎在撞到腳踏車後，立刻轉動了方向盤。

這時，第二輛車從相反方向駛來。那是一輛紅色法拉利。

那輛車的車速也很快，無法及時對眼前發生的車禍做出反應，只能費力地避免撞上賓士。駕駛人當然踩了煞車，但是無法順利減速。

最後，法拉利撞向了右側那棟建築，但是岸中美菜繪就在那棟建築物前。法拉利的駕駛人雖然極力想要避免最糟的情況發生，可惜沒有足夠的時間。

岸中美菜繪的直接死因是全身挫傷和內臟破裂。

「雖然我知道自己這麼想很不負責任，但是老實說，我聽了詳細情況之後，心情稍微輕鬆了些。」慎介說，「我撞到的時候，應該並沒有造成她的重傷，而且另一輛車子也不是完全沒有疏失。但是我很清楚，如果我安全行車，這個姓岸中的女人就不會死。」

「車禍這種事，真的是運氣。」江島說完，吐了一口白煙，「你知道一年有多少人死於交通意外？一萬人。雖然幸運地撿回一條命，卻還是受傷的人應該有好幾倍。沒有發生車禍，只不過差一點就發生車禍的情況又是好幾倍。這種情況其實算是運氣很好，但是當事人並不知道自己走了好運。可以說，目前活在世界上的大部分人，都曾經因為這種幸運而躲過一劫好幾次。相反地，開車上路的人，如果之前不曾撞死人，或許也可以說一直很走運，我就是這樣。至於你，只是運氣不好而已，所以不必想太多。」

慎介低下了頭。他能夠理解江島的意思，聽了這番話，心情也輕鬆了不少，但是他不可能不想這件事。

慎介抬起頭說：

「江島先生，我想拜託你一件事。」

「什麼事？」

「我當時有一位律師吧？好像是……湯口律師？」

「對，是湯口律師，你記得這件事？」

「不，我忘記了，但是警察提醒後，我才想起來。」

湯口律師是和江島很熟的朋友，慎介記得他曾經來「SIRIUS」喝過好幾次酒。慎介也是因為這位律師大顯身手，才沒有被判重罪。

「我想請湯口律師告訴我一件事。」

「什麼事？」

「另一輛車的駕駛人身分。」

江島的右側眉毛挑了一下，微微撇著嘴角。

「你有什麼目的？」

「我只是想知道而已。警察沒有告訴我，但是湯口律師應該知道。」

「這就不知道了……」

「如果你把湯口律師的聯絡方式告訴我，我也可以自己去問他。」

江島在菸灰缸中捺熄了變短的香菸。

「慎介，我看你還是算了。事到如今，即使瞭解車禍的詳情，對你也沒有任何幫助。比起這個，你應該好好考慮將來的事。」
「我有在考慮。」慎介說，然後笑了笑，「但這是兩回事。」
「一直拘泥於過去，會無法看到未來。」
「我並不是拘泥於過去，只是想知道正確的情況。可以請你告訴我湯口律師的聯絡方式嗎？」
「真是拿你沒轍。」江島嘆了一口氣，「我知道了，晚一點我打電話給律師，幫你問他一下。」
「麻煩你了。」慎介向江島鞠了一躬。
「但是，」江島瞥了一眼周圍後，壓低聲音說，「除了我以外，不要再和別人談論車禍的事了。並不是每個人都像你一樣，想要回想一年多前的事。」
慎介不知道江島在說什麼，看著他的臉，眨了眨眼睛。江島說：「你上次不是一直追問由佳嗎？」
「喔喔。」慎介恍然大悟。原來江島在說他上次來這裡時的事。江島怎麼會知道？可能是由佳向他抱怨，也可能是岡部義幸告訴了他。
「你可以答應我嗎？」江島看著慎介的眼睛說。
「……可以。」慎介點了點頭說。他只能這麼回答。
慎介看了一眼手錶後站了起來。

「不好意思，耽誤你時間了。那我就先告辭了。」
「要不要留下來喝一杯？我讓岡部為你調一杯酒。」
「不，我上班已經遲到了。」慎介指著手錶說。
「是嗎？那改天再來好好喝幾杯。」江島也跟著站了起來。
江島送慎介到電梯前。
「對了，成美最近好嗎？之前在醫院看到她之後，就沒再見過她。」
「嗯……她很好。」慎介含糊其詞地回答。他不想談這個話題。
江島似乎立刻從他的表情中洞悉了他的內心。
「怎麼了？發生什麼事了嗎？」
「不，沒事。那個……江島先生，請留步，送我到這裡就可以了。」
電梯門打開，慎介立刻走進電梯，按了「1」的按鈕。
「我會聯絡湯口律師。」江島說。
「不好意思，麻煩你了。」慎介鞠了一躬，同時左手按了「關」的按鈕。

15

「茗荷」難得很早就有不少客人上門，所以千都子陰陽怪氣地數落慎介遲到的事。

「女人真的都不能相信。」坐在離慎介最近那一桌的客人大聲地說。他看起來像是上班族，大圓臉上架了一副看起來太小的眼鏡，而且眼鏡在鼻梁上有點歪掉了。

「為什麼嗎？你不是相信你太太嗎？」在這家店打工的艾莉嘟著嘴說。

「我不是相信她，而是覺得那婆娘沒本事在外面偷人。」

「不要叫自己的太太『那婆娘』啦，為什麼男人都會這樣叫自己的太太？」艾莉語帶責備地說。

「沒關係，就叫她那婆娘。如果有男人想要那傢伙，我會欣然送給他。」這個上班族對和他一起來的男人說：「對了，你想要那婆娘嗎？免費送給你。」

「我才不要。我回到家裡，已經有一個兇巴巴的女人了，家裡不需要兩個歐巴桑。」另一個男人說完笑了起來。

慎介在洗杯子時，聽著他們聊天。他想到了成美。

成美仍然下落不明。既沒有打電話給慎介，也沒有去店裡上班。她似乎真的失蹤了。

但是，慎介決定不去想這件事。因為他覺得成美似乎是基於她自己的意志隱匿行蹤。慎介的判斷有兩個理由。

第一個理由，就是成美打電話去「牧羊犬」請假，但是在慎介面前不動聲色，就像平時去上班一樣離開了家裡。

第二個理由，就是家裡少了幾樣東西。慎介從深川警察局回到家之後，發現了這件事。

他在仔細檢查成美的隨身物品後，發現成美帶走了出門旅行時使用的化妝包、攜帶型吹風機和洗面乳旅行組，也找不到她去一、兩天的小旅行時常用的ＬＶ皮包。也許還帶走了幾件衣服、內衣褲和鞋子，只不過慎介對她的衣物就不太有把握。

還有特別值得一提的事，那就是她的存摺和印章都不見了。慎介之前才確認過，原本和慎介的存摺、印章一起放在壁櫥的急救箱內。

成美帶著幾天的衣物和所有的財產失蹤了——根據她的行為，不難想像可能的情況。不是在躲債，就是在躲警察，或是和男人私奔了。慎介認為八成是第三種情況。因為如果是討債的或是警察在找她，他們早就來找慎介了。

問題在於即使她有了新歡，為什麼要逃走？成美和慎介並沒有婚姻關係，如果她喜歡上別人，只要老實告訴慎介就好。成美應該比任何人更清楚，慎介不是那種會糾纏女人的人。

慎介認為也許是對方的男人必須逃亡。雖然不知道那個男人在躲什麼，但是假設成美跟著這種情況的男人私奔，就能夠理解她的行為。

慎介努力不去回想成美之前的堅毅和專情。他憑著至今為止的人生經驗，知道人的本質無法只靠表面的行為進行類推。我無法相信他竟然會做出那種事——

每次發生重大事件，就會聽到的這句話，更加深了他對自己這種經驗的信心。

想到可能再也見不到成美，內心的確會感到寂寞，但是他並沒有太強烈的失落感，反而更在意她的失蹤，可能會帶給他的各種不便。最切實的問題，就是這個房子的問題。當初是以成美的名義租了這間房子，如今她失蹤了，之後該怎麼處理？

他洗完杯子，正在擦手時，吧檯上的電話響了。他立刻接起電話。

「你好，這裡是『茗荷』。」

「喂？是我。」電話中傳來江島低沉的聲音。

「喔喔，剛才打擾了。」

「你走了之後，我立刻打了電話給湯口律師，查到了另一輛車的駕駛人的姓名和身分，但是你千萬不要輕舉妄動，因為律師特別通融，才會告訴我。」

「啊，給你添麻煩了。」慎介慌忙拿了紙筆，他沒有想到江島會這麼快就問了律師。

「他的名字叫木內春彥。木頭的木，內外的內，春夏秋冬的春。」

「木內春彥……我知道了。」

「他在公司上班，地址是中央區日本橋濱町——」

慎介在記錄地址時，知道那輛車當天出現在那條路上的原因。沿著發生車禍的那條路北上，就是清洲橋路，再往西行駛一小段路，就是日本橋濱町。

「湯口律師雖然告訴了我這些，但是他也不贊成你去找木內。」江島說，「因為那起車禍的形態很複雜，當初因為責任分擔問題，和對方鬧得不愉快。只不過你可能不記得了，對方認為如果你沒有先發生那起車禍，自己也不會遭到池魚之殃。」

「我想也是。」慎介心想，如果自己站在相反的立場，應該也會如此主張。

「所以不要怪我沒有提醒你。這件事就到此為止，不要一直被已經過去的事困住了。」

「好……我知道了。不好意思，向你提出了這種無理的要求。」

「那就先這樣。」

「謝謝。」

掛上電話後，慎介暗自下定決心，以後不再和江島討論這件事。說起來，江島也是受害者。之前的員工開車撞死了人，他一定必須斡旋很多麻煩事。為前員工找律師就是其中之一，而且還要為慎介安排下一份工作，同時還要找人來接手慎介在「SIRIUS」的工作。慎介那天是開江島的車子，所以他應該也被警察找去問了好幾次話。江島一定很想趕快忘記車禍的事。

慎介小心翼翼地撕下便條紙，放在襯衫胸前口袋。

這時，他聽到了店門打開的動靜，他轉頭看過去，準備說「歡迎光臨」。但是在張嘴的同時，他愣在原地。他一時無法發出聲音。

那個女人站在那裡。今天晚上，她穿了一件藍色洋裝。不知道是不是眼睛的錯覺，她的頭髮比上次看到時又長了不少，髮梢差不多會碰到肩膀了。慎介記得她第一次來這裡的時候是極短的頭髮，不到一個月的時間，不可能長這麼快。

但是，站在眼前的就是那個女人。她的臉似乎也和上次有點不太一樣，但是好像會勾魂的神秘眼神依舊。

她的嘴唇微微動了一下。「……很差。」

「啊？」慎介問，「妳說什麼？」

「氣色，」她說，「你的氣色很差。」

「喔，是嗎？」慎介摸了摸自己的臉頰。

「是不是有什麼煩心事？」她在吧檯椅上坐了下來，和之前一樣，動作很慢條斯理。在她的身體活動時，慎介無法做其他事。因為目光會情不自禁追隨她的動作。

「我想喝美酒，今天不想喝甜的。」她靜靜地說。

「那用琴酒當基酒？」慎介問她。

「交給你處理。」

「好。」

慎介打開冰箱，拿出了琴酒的酒瓶，然後挑選了雞尾酒杯。

也許是因為這個女人的出現，所以自己並沒有太擔心成美。慎介突然閃現這個念頭。

16

女人似乎很喜歡吉普森[3]。她不時看著沉入細長的雞尾酒杯底的珍珠洋蔥，張開漂亮的嘴唇喝著。每喝一口，就閉上眼睛，似乎想要把味道留在記憶中。

「妳每次都是路過順便來這裡嗎？」慎介問女人。

女人拿著酒杯，抬頭看著他反問：

「我看起來像這樣嗎？」

「倒也不是，我只是在想，妳為什麼會走進這家店。」

「你猜猜看。」

「好難啊。」慎介笑了笑，「妳每次離開之後，大家都會討論，不知道妳是做哪一行的。」

「我看起來像是做哪一行的呢？」

「我想想……」慎介注視著她。

她不為所動地面對慎介的視線，絲毫沒有靦腆的樣子。

慎介說：「該不會是……藝人？」

她淡淡地笑了笑，放下了杯子。

「你曾經在電視或是其他媒體看過我嗎？」

「沒有。」

「對啊。」

「但是，」慎介再次打量她的臉，「我覺得好像在哪裡見過妳。」

「是嗎？」

「是啊。」慎介點了點頭。

慎介今晚第一次有這種感覺。正確地說，並不是曾經在哪裡見過，而是覺得她像某個人。她第一次走進這家店，和上次來的時候，都不曾有這種感覺。他也不知道為什麼今天晚上會產生這種感覺。也許是因為她的髮型和化妝的方式和之前不太一樣的關係。他從剛才就絞盡腦汁思考她到底像誰，但是仍然沒有想出答案。

「可惜我和演藝界沒有任何交集。」

「這樣啊，那我就猜不出來了。請妳告訴我答案。」

「要不要告訴你呢？」女人露出了嫵媚的眼神，微微歪著頭，「再來一杯和剛才一樣的。」

「沒問題。」慎介伸手拿起女人面前的空杯子。

3 由杜松子酒和乾苦艾酒製成的調酒，通常會用醃洋蔥裝飾。

女人喝了兩杯吉普森就站了起來。慎介還無法成功地問到她的身分。

慎介和上次一樣送她出去。想到不知道下次什麼時候可以再見到她，內心忍不住焦急，但又想不到什麼好方法。

「謝謝款待，很好喝。」

「謝謝惠顧。」

「我記得，」她注視著慎介的眼睛，「這家店營業到半夜兩點？」

「對。」

「這樣啊……」她的嘴唇露出了意味深長的笑容。

「怎麼了？」

「不知道那時候有沒有可以喝酒的地方。」

「有很多啊。」

「我希望是環境安靜一點的店。」

「有啊，也有很多安靜的店。」

「這樣啊。」女人不知道想到了什麼，打開了皮包，拿出一支口紅，然後打開了口紅蓋，抓住了慎介的右手。慎介一臉茫然，她在慎介的手掌中寫了起來。慎介的手上出現了十一個紅色的數字。

女人把口紅放回皮包後，轉身走向電梯。

「呃……」慎介叫住了她。

女人微微轉過頭。慎介對著她的側臉說：「路上小心。」

這時，電梯門打開，女人走進電梯，然後轉身面對慎介。她直視慎介的臉上帶著淡淡的笑容。

電梯門關上，在她的身影消失之前，慎介再次覺得，她真的很像之前曾經見過的某個人——

走回吧檯後，慎介急忙悄悄地洗了手，以免被千都子和其他人發現。他在洗手之前，當然沒忘記先抄下那幾個數字。

一看時鐘，還不到十二點。他知道接下來的兩個小時會超漫長。他興奮不已，就像是期待第一次約會的中學生。已經很久沒有這種感覺了。他差一點獨自苦笑。

他暫時把車禍的事和成美的事都拋在了腦後。

雖然慎介心急如焚，但是這天最後的客人直到半夜兩點二十分才離開。因為是熟客，千都子也不好意思趕人。在客人離開的同時，慎介就脫掉了調酒師的背心。

「辛苦了，今天有點晚。」千都子在收拾東西時說。

「媽媽桑，我今天自己回家。」

「啊喲，真難得啊。你和成美約好了嗎？」

「嗯，是啊。」慎介用笑容掩飾。

「的確需要偶爾約會一下。」千都子說完後，又壓低音量說，「那個人又來了。」

「哪個人？」

「就是每次都一個人來的客人啊，今天穿了藍色洋裝。」

「喔喔，」慎介露出這才想起來的表情說，「對啊。」

「你們好像聊了不少，知道她的背景了嗎？」

「沒有。」慎介搖了搖頭。

「是喔。」千都子似乎感到不滿，但隨即轉換了心情，「那就請你鎖門了。」

「好，辛苦了。」

「晚安。」

慎介聽到走出去的千都子搭上電梯後，立刻拿起了店裡的電話，撥下了她剛才留在自己掌心的十個數字。那是手機的號碼。

慎介聽著電話鈴聲，感受到自己的心跳加速。這真的是她的手機號碼嗎？會不會是她胡亂寫的號碼？接電話的會不會是和她的聲音完全不像的男人聲音？這些想法接連浮現在他的腦海中。

鈴聲響了三次之後，電話接通了。他吞著口水。

但是，對方沒有吭氣，似乎在等他先說話。於是，慎介小聲「喂？」了一聲。停頓了一下，電話中傳來女人的聲音。「這麼晚才打來。」

慎介暗自鬆了一口氣。因為讓人聯想到長笛的聲音，的確就是她。

「不好意思，因為客人遲遲沒有離開。」

「你還在店裡嗎？」

「對，妳在哪裡？」

女人沒有回答他，只回答說「我在一個好地方」，然後就呵呵笑了起來。她沒把我放在眼裡嗎？慎介感到有點煩躁。

「我去接妳，妳告訴我地點。」

「你就留在那裡，我再通知你。」

「但是——」

電話掛斷了。慎介看著話筒，輕輕搖了搖頭後，掛上了電話。他搞不懂那個女人的想法。

總之，現在只能在這裡等。慎介關掉了店裡的燈，只剩下吧檯上方的燈光，坐在吧檯椅上等電話。他從上衣內側口袋中拿出了Salem 淡菸的盒子，抽出一支菸叼在嘴上。雖然會弄髒剛洗好的菸灰缸，但反正是他自己洗。

吧檯角落有一本客人留下的週刊雜誌。慎介抽著菸，隨手翻了起來。這不是一本吸收知識的雜誌，純粹只是刺激性慾。先是女人的裸照，之後的篇幅都在介紹聲色場所。

慎介看著〈演藝圈的驚人房事秘技〉這篇報導，看到一半時，抬頭看向時鐘，發現已經深夜三點多了。

他把電話拿了過來，拿起話筒，按下了重撥鍵。鈴聲連續響了十一次。

但是，接下來聽到的內容讓他大失所望。因為他聽到了對方可能關機，或是收不到訊號之類的語音內容，只好掛上了電話。

那個女人可能在玩弄自己。他開始產生了這樣的想法。那個女人突然主動告訴自己電話號碼的行為也很奇怪。那個調酒師似乎對我有意思，那就來玩玩他——無法保證她沒有這種想法。

但是，果真如此的話，照理說不會留下真實的電話號碼。因為通常會覺得，一旦留下了電話，萬一調酒師變成了跟蹤狂，就會後患無窮。還是她一眼就看出慎介不是這種類型的人？

慎介繼續看〈演藝圈的驚人房事秘技〉這篇報導，但只是機械式地掃過上面的文字，一個字都看不進去。

他闔起了雜誌，從椅子上站了起來。他覺得那個女人應該不會再打電話來了。既然這樣，自己等到天亮就太傻了。

他走進廁所小便。也許是因為一直在昏暗的店內，所以覺得廁所內異常明亮，讓他有一種從夢中醒來的錯覺。沒錯，眼前的才是現實，我孤獨地在這個不夜城，沒有人等我回家，在這裡等不到人，自己的過去也模糊不清。

他洗完手後，順便洗了臉。洗手台上方有一面鏡子，他看著鏡子中的自己。真是一臉衰相，完全看不到一絲成功的預感。

他突然想起了公寓盥洗室的事，接著又產生了那種奇妙的既視感，和之前在家中盥洗室的感覺一樣。這是怎麼回事？這種感覺到底是怎麼回事？這次也和上次一樣，這種奇妙的感覺像氣球消氣一樣慢慢消失了。在完全消失之後，只剩下枯燥的現實。他對著鏡子輕輕搖了搖頭，走出廁所。

他走回吧檯，但是這次沒有坐在吧檯椅上，而是走進吧檯，洗了菸灰缸。他瞥了電話一眼，但並不打算再次拿起電話。因為他覺得即使撥打了，也不會接通。喝杯酒再回家吧——他產生了這樣的想法。

慎介把白蘭地、白蘭姆酒，還有橙皮香甜酒、檸檬汁一起放進雪克杯中搖了一會兒，倒進雞尾酒杯。在準備喝之前，把酒杯舉到眼前，享受著琥珀色的光芒。

這時，他的眼角掃到了什麼東西。

他的心臟劇烈跳動。他感受著加速的心跳，緩緩轉動上半身。

那個女人坐在最角落的座位上。

17

雖然光線昏暗，但是慎介也可以清楚看到女人看著自己的臉上帶著笑容。

她一定是在慎介剛才上廁所時悄悄走了進來，然後在黑暗中靜靜地看著他為自己調製雞尾酒。

兩個人注視彼此片刻。慎介想不出該說的話。

女人先開了口。

「這是什麼雞尾酒？」

「Between the sheets。」慎介回答。

「Between the sheets，所以……要翻譯成床笫之間嗎？」

「應該吧。」

「也給我一杯。」

慎介拿著雞尾酒杯，緩緩走向女人，然後把酒杯放在她面前的桌子上。

「請喝。」

「可以嗎？」

「當然。」

女人的手伸向酒杯，纖細的手指拿起了酒杯。她看著慎介的臉，把杯子舉到嘴邊。帶著一絲笑意的嘴唇張開，輕輕碰觸了杯緣。

她在喝酒時揚起下巴，眉頭輕蹙，微微閉上眼睛。慎介看到她臉上恍惚的表情，頓時感到全身酥麻。

女人睜開了眼睛。「真好喝。」

慎介退後幾步，把手伸向牆上的開關，打算打開店內的燈光。

「不用再開燈了。」女人對他說。

慎介把手縮了回來，看向女人。她正在喝第二口。
「你喜歡站著嗎？」她問。
慎介在女人的對面坐了下來。
「我記得妳剛才說，要打電話給我。」
「打電話比較好嗎？」女人反問他。
慎介舔了舔嘴唇。
「不是要去其他店嗎？」
「你想去其他店嗎？」女人微微歪著頭。
她似乎對眼前這個男人的表情隨著她說的每一句話而改變樂在其中。慎介很想擊潰她的從容，但同時也對被她玩弄於股掌產生了快感。
「我也可以喝嗎？」
「請便。」
慎介微微起身，假裝要站起來，但是下一剎那，他連同女人的手，握住了酒杯。女人臉上露出了驚訝的表情。
慎介把她的手拉向自己的方向，把酒杯舉到嘴邊，然後把還剩下超過半杯的液體咕嚕一聲喝光了。喝完之後，仍然沒有放開她的手。
但是，她的臉上已經沒有前一刻的驚慌。她揚起下巴，挺著胸，笑著看向慎介。她伸出拿著杯子的右手的樣子，很像是貴族小姐同意僕人親吻她的手指。

「請問芳名？」

「為什麼要知道我名字？」

「因為我想知道。我想瞭解妳，也想知道妳名字以外的事。住在哪裡，做什麼工作，有沒有結婚，有沒有男朋友，還有——」他更用力握著她的手，「為什麼會來這家店。」

「你知道這些有什麼意義呢？」

「至少知道了妳的名字之後，」慎介又繼續說，「就不需要在心裡叫妳『那個神秘女人』了。」

女人呵呵笑了起來，然後收起下巴，抬眼看著他。

「琉璃子。」她回答說。

「啊……」

「琉璃色的琉璃，藍色寶石的琉璃。」

「琉璃子。」慎介小聲重複著她的名字。可能放鬆了指尖的力氣，她把手抽了回去。

「給我一杯雞尾酒。」她說。

「要喝什麼呢？」

「床笫之間，和剛才一樣。」她舉起了酒杯。

「好。」慎介站了起來。

在他調製雞尾酒時，女人仍然坐在後方的座位。慎介在搖雪克杯時，不時瞄向她。她似乎察覺了慎介的視線，換了另一隻腳翹起了二郎腿。她的洋裝前面開了很高的衩，雪白的大腿露了出來，他手上的雪克杯差點掉在地上。

慎介不知道琉璃子是不是她的本名。她對玩弄慎介樂在其中，不可能輕易說出自己的真名。但是，慎介覺得琉璃子這個名字很適合她全身散發出的氛圍。

慎介把兩杯雞尾酒放在托盤上，端到女人面前。那個叫琉璃子的女人一直看著他。

「讓妳久等了。」他把其中一杯雞尾酒放在她面前。

琉璃子接過酒杯，看著他的臉，喝了一口雞尾酒。

「味道怎麼樣？」

「一百分。」

「謝謝。」慎介在對面的椅子上坐了下來，準備伸手去拿自己的杯子。

沒想到女人把自己手上的杯子遞到他面前。

「你要喝的是這杯吧？」

慎介看著女人的眼睛，女人露出妖媚眼神的雙眼也看著慎介。她的眼中同時散發出讓人聯想到貓科肉食動物的危險眼神。

就像剛才那樣喝酒。慎介認為她是這個意思。這個女人可能喜歡別人用強勢的態度對待她。

慎介像剛才一樣抓住了她的右手，然後又想要像剛才一樣，把她的手拉到自己面前。

沒想到女人開始抗拒，慎介覺得女人反而把他的手拉了過去。她比慎介想像中更有力。

他想要鬆開手，但是女人似乎早就猜到了，伸出左手握住了他的右手，似乎要求他「不要鬆手」。

琉璃子抓著他的手，把雞尾酒杯拿到自己的嘴邊。和剛才的情況完全相反。女人把杯子中的酒幾乎都喝完了，然後把杯子放在桌子上，但是並沒有鬆開慎介的手。

她抓著他的右手站了起來。慎介聽到了她的洋裝布料摩擦的聲音。她低頭看著慎介，露出意味深長的笑容。

他坐在椅子上，正準備開口說幾句話俏皮話，琉璃子突然跨坐在他身上，而且雙手摟住了他的脖子。

慎介還來不及發出聲音，當他回過神時，發現女人已經用自己的嘴唇堵住了他的嘴。他感覺到自己繃緊了全身，心跳加速。

琉璃子用舌頭撥開了慎介的嘴唇。他接受了她的舌頭，隨即感受到冰冷的液體流入自己的嘴裡。是剛才的雞尾酒。他把酒喝了下去，讓整個腦袋麻痺的甜味從嘴裡擴散到全身，他感到輕微的暈眩。

從嘴唇溢出來的酒順著下巴，流到了脖子上。慎介也伸出舌頭，纏住了她的舌頭。雙手摟住了她的腰，然後繼續向下滑動。

女人用吊襪帶固定了絲襪，所以慎介的手伸到她的大腿根部，可以充分感受她裸露的肌膚。琉璃子的皮膚很軟，很光滑。

女人終於抽離了自己的嘴唇，帶有黏性的唾液拉出了細絲。她舔了舔嘴唇，低頭看著慎介的臉。她的雙眼露出了可怕的眼神。

琉璃子扭動著身體，臀部緩緩向後移動。她離開了慎介的雙腿，慢慢蹲了下來。她的雙手不停地撫摸他的身體，十根手指就像詭異的蟲子般蠕動不已。

她的手指伸向了慎介長褲的皮帶。她就像魔術師般，用流暢的動作解開了慎介的皮帶，然後把他的拉鍊拉了下來。

慎介察覺了琉璃子的意圖，微微挺起了腰。她的嘴唇之間伸出了紅色舌頭，緩緩脫下了他的長褲和內褲，脫到一半時，內褲被卡住了。

琉璃子抬頭看著他的臉，喉嚨深處發出了奇怪的笑聲，然後手指著順著內褲的邊緣伸了進去，撥開了卡住的地方。

充分勃起的陰莖露了出來，在她臉部前方抽搐般抖動著，吧檯的微弱燈光將膨脹的前端照得微微發亮。

女人的右手伸向他的陰莖。她用五根手指輕輕握緊時，慎介的身體忍不住顫抖了一下，全身都起了雞皮疙瘩。

琉璃子稍微張開嘴唇，她的臉漸漸向慎介的胯下靠近。當她的舌頭觸碰到最敏感的部分時，他感覺一股電流貫穿了背脊。

她的嘴唇慢慢含住了他的敏感部分。快感就像波浪翻騰，支配了慎介所有的神經。他雙手輕輕抱著琉璃子的頭，抬頭看向天花板，好像缺氧的魚般張嘴喘息著。

慎介不太知道過了多久，當他覺得快忍不住時，琉璃子的嘴巴突然離開了。慎介重重地吐了一口氣，濕掉的胯下有點涼。

琉璃子站了起來，低頭看著他，把手伸進了自己的裙子內，扭著腰，把內褲脫了下來。吊褲帶真方便啊——慎介原本想開這個玩笑，但是嘴巴說不出話。

她穿著高跟鞋，把內褲脫掉後，和剛才一樣坐在慎介的身上，但是並沒有一下子完全坐上去，而是讓他的陰莖碰觸她肉體的一部分後，慢慢坐下去。慎介這時才發現，她已經濕透了。

兩個人的生殖器緊密結合後，琉璃子開始扭腰，隨即整個身體都動了起來。慎介也配合她的節奏搖動下半身。剛才稍微平靜的快感漩渦驟然籠罩他的全身，他雙腿用力，拚命忍耐著快要射精的衝動。

琉璃子的動作越來越激烈，呼吸也變得急促。熾熱的呼吸吐在他的臉上，她的呼吸中的甘甜香氣，讓他的情慾更加高漲。

她身體向後仰，手伸向自己的頭髮，然後雙手插進頭髮，雙眼注視著他的臉。幾秒鐘後，慎介看到了難以置信的景象。當琉璃子的手離開頭髮的瞬間，一頭長髮披在她的肩上。前一刻，她的頭髮才勉強到肩膀而已。

但是，慎介很快就知道了其中的原因。她的右手拿著一坨像是黑色頭髮的東西。她剛才戴了假髮。

她為什麼要特地用假髮掩飾一頭長髮？這個疑問閃過慎介的腦海，但真的只是一閃而過。接連出現的快感浪潮，推開了他所有的思考。

不一會兒，他的情緒也極度高漲，忍不住發出了呻吟。他全身上下起伏，把所有的慾望都攻向她身體的中心。

意識瞬間模糊的感覺傳遍全身，慎介射精了。他感覺到大量的精液送入了女人的身體。琉璃子閉著眼睛，身體向後仰。

當慎介結束後，她坐直了身體，低頭看著他的臉。這時，慎介再次覺得眼前的女人很像某個人，卻無論如何都想不起那個人是誰。

琉璃子輕輕抽離了身體，但是慎介完全不想動。他全身懶洋洋，卻是舒服的慵懶。

她離開慎介的身體，拿起自己的皮包，把剛才拿下的女用假髮塞了進去。

所以那次也是假髮嗎？——慎介回想起她第一次來這家店時的樣子。她當時一頭短髮，露出了耳朵，第二次來這裡時，髮型比第一次稍微長一點。

她每次來，都讓頭髮稍微變長。慎介覺得這個女人很奇怪。

他在想這些事時，琉璃子撿起了內褲，沒有脫下高跟鞋，就直接穿好了。慎介見狀，也慌忙把自己的內褲和長褲拉了起來。

她穿好內褲後，撥了撥頭髮。她自己的頭髮差不多到背部中間。

「拜拜。」她說完這句話，就走向門口。

「啊，等一下，」慎介叫住了她，「不要急著走嘛。」

她轉過頭，一臉納悶的表情問：「為什麼？」

「為什麼……」

「喔，對了，我要付雞尾酒的錢。」她打開皮包，從皮夾內拿出一張一萬圓，放在吧檯上，「晚安。」

慎介從椅子上站了起來，想要追上去。她伸出右手制止了他。

「晚安。」她又說了一次，消失在門外。

慎介無法追上去。他的兩隻腳就像中了魔法般無法動彈。當她的動靜完全消失之後，他又重新坐了下來。

他覺得剛才發生的一切簡直就像在做夢，甚至覺得自己在不知不覺中睡著了，那個叫琉璃子的女人並沒有實際出現在這裡。但是，他的下半身仍然殘留著性行為的感覺，證明這一切不是夢，而且桌上有兩個雞尾酒杯，其中一杯還完全沒喝。

他把兩杯酒放在托盤上，端去了吧檯。他的身體還在發燙，腦袋也昏昏沉沉。

收拾完畢後，他走出酒吧。當他關上門時，大吃一驚。因為門把上掛了一支手機。

慎介拿起手機，他的指尖在顫抖。
為什麼會有手機？
他把臉湊近手機，用力吸了一口氣。
有那個女人的氣味。

18

聽到門鈴聲時，慎介還躺在床上。非假日時，他也都睡到中午過後才起床，更何況今天是週六，酒吧休息。昨天晚上，到了打烊時間，仍然有客人遲遲不離開，直到快凌晨四點，才終於打烊，所以他關掉了鬧鐘，如果沒有被門鈴聲吵醒，他會睡到傍晚才起床。

門鈴聲響個不停，雖然他原本打算不理會，但最後還是起了床。因為他很清楚，以自己的個性，之後一定會在意到底是誰。

他拿起了對講機的話筒，用很冷淡的聲音「喂」了一聲。

「啊啊……雨村先生，好久不見。我是西麻布警察局的小塚。」對講機中傳來低沉但響亮的聲音。慎介聽過這個聲音，眼前浮現了聲音主人瘦臉和銳利的眼神。

「小塚先生……現在還有什麼事要找我？」

「我有事要和你說，可以請你開門嗎？」他可能發現慎介還記得他，說話的語氣頓時變得輕鬆起來。

「喔，好吧。」

慎介猜不透是什麼事，心想該不會是成美的事？她出了什麼事嗎？但立刻否定了這種可能性。他之前是去深川警察局報失蹤，和西麻布警察局沒有關係。

打開門之前，從門上的貓眼看向門外，看到虎背熊腰的刑警小塚站在門外。上次見到他時，和他在一起的年輕刑警並沒有一起來。

慎介打開門鎖，小塚露出了格外親切的笑容。

「嗨，你好，不好意思，打擾你休息。」

「有什麼事嗎？」

「也稱不上是有什麼事，只是關於那件事，發現了令人在意的問題，所以想來向你打聽一起。」

「哪件事？」

「就是岸中的事。」刑警說完，指著慎介的頭說，「你的傷勢已經完全沒問題了嗎？你的繃帶似乎拆掉了。」

「總算拆掉了，」慎介回答，「那個人怎麼了？」

慎介每次都不知道該怎麼叫岸中玲二。因為尊稱攻擊自己的人「岸中先生」

很奇怪，但他又是自己造成的那起車禍的死者家屬。

「嗯……如果可以的話，我想進屋再說。」刑警摸了摸下巴。

「喔，這樣啊，那就請進。」

「你太太，不，她是你的女朋友。她不在家嗎？」刑警在脫鞋時，伸長脖子看向屋內。

「對。」慎介猶豫了一下說，「她現在不在家。」

「喔，這樣啊。」刑警並沒有問成美為什麼不在家，八成是沒有興趣。

慎介請刑警在餐桌旁坐下，然後在咖啡機裡裝了水，從冰箱中拿出裝了巴西咖啡粉的罐子。

「喝咖啡可以嗎？」慎介放咖啡濾紙時問。

「你不必這麼費心。」

「我自己想喝，我才剛起床，腦袋還昏昏沉沉。」

他想要暗中諷刺刑警把自己吵醒了，但是刑警完全沒有反應。

「那我就不客氣了。」

「請問是怎麼回事？我以為那件事已經完全結束了。」慎介主動問道。

「我們也這麼認為。因為我們也很忙，說句心裡話，很希望可以早日擺脫那種莫名其妙的案件。」

「但是出現了什麼讓你們擺脫不了這個案子的狀況嗎？」

「嗯，雖不中，亦不遠。」小塚把手伸進了上衣口袋，慎介以為他要拿警察證出來，但最後發現他拿出了菸盒。「我可以抽菸嗎？」

「請便。」慎介把原本放在流理台上的菸灰缸放在刑警面前。

「那起事件發生後，你說你失去了記憶，之後的情況怎麼樣？現在全都回想起來了嗎？」刑警為香菸點火時問。

「不，目前還沒有完全恢復，還有很多遺忘的事。」

「這樣啊，看來頭部受傷，需要更長時間才能恢復。」刑警似乎瞭解了狀況，吐了一口煙，「關於岸中的記憶呢？你說遭到攻擊的那天晚上第一次見到他，在那天之前，沒有見過他嗎？」

「據我記憶所及，並沒有見過他。」

「這樣啊，所以在這件事上並沒有改變，」刑警點了點頭，又繼續抽著菸，「你說那天晚上，你和岸中聊了幾句，我記得你們是聊關於酒的事？」

「我們聊愛爾蘭奶酒。」

「除此之外，還有聊什麼？」

「之前不是說過好幾次了嗎？他稍微問了我工作的情況，問我有沒有不開心的事，怎麼處理不愉快的情緒之類的。」

「他沒有聊自己的事嗎？比方說，住在哪裡，以及平時經常去的地方。」

「他幾乎沒有聊自己的事，只說蜜月旅行時去了夏威夷，然後在回程的飛機上，喝了愛爾蘭奶酒。」

慎介從碗櫃中拿出兩個馬克杯放在咖啡機旁，咖啡機咻咻地冒出熱氣，深棕色的液體開始滴落在咖啡壺中。

「到底是怎麼回事？為什麼過了這麼久，還來問我這些問題？」慎介的聲音有點不耐煩。

刑警在吐煙時嘆了一口氣，再次把手伸進了上衣口袋。但是，他這次拿出來的不是菸盒，而是一個小塑膠袋，裡面有一把鑰匙。

「目前正在為這件事煩惱。」

「這把是什麼鑰匙？」慎介伸手去拿塑膠袋，但在他碰到塑膠袋之前，刑警立刻收了起來。

「這是岸中身上的鑰匙。在發現他的屍體時，放在他身上的長褲口袋裡。」

「這是他家裡的鑰匙吧。」

「正確地說，原本有兩把鑰匙，其中一把鑰匙如你所說，是他家裡的鑰匙。但目前完全無法知道這一把是哪裡的鑰匙。你有沒有看過？」

「給我看一下。」

慎介伸出手，小塚連同塑膠袋放在他的手掌上。

那是一把發黑的黑銅色鑰匙。也許擦一下，會散發出金色光芒，插入端的部分是扁平的長方形，表面有幾個凸起的部分。

「看起來不像是倉庫或是汽車的鑰匙。」

「我們也去問了他之前任職的公司，但沒有找到相符的鎖。這絕對是房間的鑰匙，而且只有高級的透天厝或是高級公寓會使用這種鑰匙。」

「和我家的鑰匙不一樣。」慎介把鑰匙交還給刑警。

「我知道。」小塚把鑰匙放回了口袋，「剛才在按門鈴時，我已經確認過了。」

慎介撇著嘴角說：

「這是你來找我的最大目的。」

「你說對了。」

「他身上有什麼鑰匙並不重要，不是嗎？沒有法律規定，不可以有自己家裡以外的鑰匙。」

「那是指正常的情況，但這次不一樣。」

「因為他自殺的關係？」

刑警小塚沒有回答，露出了意味深長的笑容，微微歪著頭。慎介猜到了刑警的想法。

「你們認為他不是自殺嗎？」慎介問，他有點驚訝。

刑警把香菸的菸灰彈在菸灰缸中，另一隻手抓了抓臉頰。

「當時的狀況明顯是自殺，也沒有任何證據可以推翻這樣的判斷，所以警視廳也沒有派人過來，也沒有成立搜查總部。我們警局的局長也對這起事件沒有太大的興趣。」

「但是，你並不這麼認為。你認為並不是自殺。」慎介指著刑警的鼻子說。

「我這麼回答好了，我認為不是單純的自殺。」

「是嗎？自殺也有單純和複雜之分嗎？我第一次聽說。」慎介站了起來，把咖啡倒進了兩個馬克杯問：「要牛奶和糖嗎？」

「不，不需要。」

慎介拿著兩個馬克杯，回到了桌子旁，把其中一杯放在刑警面前。

「不好意思啊，」小塚在香菸在菸灰缸中捻熄後，喝了一口咖啡，「太好喝了，果然是行家。」

「我是調酒師，和咖啡沒有關係。只要有咖啡機，誰都可以泡出相同的咖啡。」

「凡事心態最重要，嗯，真的很香。」刑警好像侍酒師一樣，把馬克杯放在鼻子下方輕輕轉動。

「小塚先生，到底發生了什麼狀況？可不可以再多透露一點情況？如果我知道任何情況，一定會鼎力相助。」

刑警聽到他這麼說，聳了聳肩說：

「即使我想要告訴你，手上也沒有什麼像樣的材料，所以也沒辦法告訴你任何事。」他繼續一臉享受地喝著咖啡，然後吐了一口氣，看著慎介說：「當初是在岸中的住家發現了他的屍體，我之前有沒有告訴你，他的住家在哪裡？」

「在江東區木場。」慎介回答，「好像是陽光公寓。」

「你記得真清楚。」

「只是剛好記得。」

他沒有告訴刑警，自己甚至實際去看過。

「這三個月期間，岸中幾乎沒有住在那棟房子。」

「這樣啊，那他住在哪裡？」

「不知道，但是他顯然住在其他地方。他的信件和報紙連信箱都塞不下了，管理員好幾次都把塞不下的報紙、信件堆在他的房間門口。親戚和朋友打電話給他，他也幾乎都不在家。在他死前三個月，水電和瓦斯的使用量也大減，冰箱幾乎是空的，僅有的食物也早就過了賞味期限，但是他並不是完全沒有回家，管理員有時候會看到他。」

「所以，剛才的鑰匙……」

「很可能是他另外住處的鑰匙，如果是這樣，就必須掌握是在哪裡，不查明這件事，總覺得心裡有一個疙瘩。但是，即使問了所有相關的人員，都完全沒有人知道，所以就來找你問一下。說起來，就是死馬當活馬醫的心態。」

慎介發現刑警說話時從原本比較客氣的語氣改成了熟絡隨意的，但是他決定不在意這件事。

「一個成年男人除了自己家裡以外，如果還有其他可以過夜的地方……」

「你是不是想說是女人？不用你提醒，我們也想到了。」小塚為第二支菸點了火，「但是你倒是想一想，如果他在外面有女人，會在現在這個時間點，為老婆一年半前發生的車禍報仇嗎？」

有道理。慎介沒有吭氣。

「話雖如此，」小塚噘著嘴，吐了一口煙，「岸中的周圍並不是完全沒有女人的影子。」

正準備喝咖啡的慎介抬起了頭。

「岸中的隔壁住了一戶有小孩的人家，」小塚說話的語氣有點故弄玄虛，「雖然房子並不大，是兩房一廳的格局，但獨生子目前讀高二，喜歡搖滾和機車，是很普通的小孩。那個兒子最近說了一件很奇怪的事，他說有一天晚上十二點多回到家時，看到有女人從岸中家裡走出來。」

「這樣啊。」慎介點了點頭，「這也沒什麼問題啊，他太太已經車禍身亡，可能偶爾也會有這種事。」

慎介想到每天都會放進信箱的那些粉紅色廣告單。為你介紹心儀的女性，無論飯店、公寓，保證隨叫隨到。如不滿意，更換幾次小姐都ＯＫ——廣告上寫了這些內容，岸中玲二為了消除失去太太的寂寞，很可能撥打了印在這些廣告單上的電話號碼。

「如果只是有女人出入，當然並沒有什麼大不了。只要沒有觸犯法律，甚至有益身心健康。問題在於鄰居小孩看到的日子。」

「是什麼時候？」

「是發現岸中屍體的前一天晚上。」

「啊？」慎介忍不住瞪大了眼睛，「前一天晚上，但是那個時候，他不是已經……」

「是啊。」小塚緩緩點了點頭，「岸中已經死了。」

「所以那個女人看到了屍體。」

「對，問題是她並沒有報警，我們是在調查你遭到攻擊的那起事件，去找岸中時，才發現了他的屍體。」

「那個女人為什麼沒有報警……」慎介喃喃說道。

小塚歪著嘴角笑了起來。

「所以你現在應該能夠理解，我剛才為什麼說這不是單純的自殺了吧？」

「那個女人和岸中並沒有很熟，為了避免捲入麻煩事，所以沒有報警嗎？」

「不可能。」刑警語氣堅定地說。

「為什麼？」

「你想一想，那個女人和岸中是什麼關係？你認為是應召女郎嗎？如果是應召女郎，是誰叫的？根據目前研判的死亡時間，那天晚上，岸中已經死了。屍體不可能打電話找應召女郎。如果不是應召女郎，岸中也沒有找她，她就突然在三更半夜上門，如果不是和岸中很熟，就太奇怪了。」

「也對……」小塚的分析很有道理。

「如果那名高中生更早說出這番證詞，我們就不會這麼快做出自殺的結論了，他到現在才說出這件事，就變得很難處理了。」刑警輕輕咂著嘴。

「你們之前沒有去向隔壁鄰居打聽嗎？」

「當然有啊，怎麼可能不問？但是那個高中生直到最近才說出這件事，而且是因為很無聊的理由。」小塚不悅地說。

「什麼無聊的理由？」

「你還是不要知道比較好，聽了之後，八成會後悔。」刑警看了一眼手錶後站了起來，「耽誤你太多時間了，因為出現了好幾件煩心事，所以忍不住發了點牢騷，你最好忘了我說的話。」

小塚走向玄關，慎介追了上去。

「不好意思，我想請教你一件事。」

「看你問的是什麼問題，才能決定我能不能回答。」小塚穿上皮鞋時說。

「岸中有沒有對木內春彥做出任何報復行為？」

「木內？」小塚露出錯愕的表情。

「木內春彥，就是和我一起發生車禍的人，是造成岸中美菜繪死亡的加害人之一。」

警方當然不可能不知道木內春彥的事，在偵查慎介遇襲的事件時，一定曾經詳細調查過一年半之前的車禍。

「你是說木內啊。」小塚把臉轉到一旁，嘆了一口氣說：「那個人也很不尋常。」

「不尋常？」

「我們也有一段時間因為遲遲無法見到他而傷透了腦筋。他說岸中玲二完全沒有和他接觸，所以警方只能認為他和你遇襲事件無關。」

小塚說話的語氣有點不乾不脆，可能木內身上有什麼刺激了他們的敏銳嗅覺。

小塚可能覺得不能再透露警方所掌握的情況，說了聲「那我就告辭了」，離開了慎介家。

19

下午三點多，慎介騎著腳踏車，出門吃午餐。他在門前仲町一家常去的天丼店吃了遲來的午餐。這是他第一次獨自走進這家店，之前都是和成美一起來。

吃完後走出餐廳，他突然想到了什麼，雙手伸進了棉長褲兩側的口袋，兩隻手都摸到了東西。他把手拿出口袋，兩隻手上都拿著手機。左手上是黑色手機，右手上是銀色手機。他把銀色手機放回了口袋。

黑色是慎介自己的手機，他用手機撥打了成美的手機號碼，但是他知道百分之九十九不會接通。

他猜對了，電話中傳來了語音聲音。您撥打的電話收不到訊號，或是已關機。他立刻掛上了電話，然後當場從通訊錄中刪除了成美的號碼。

雖然內心有一絲寂寞，但也僅此而已，也有不少終於為這件事做出了斷的快感。他決定以後不再去想成美的事。

慎介把黑色電話放進了口袋，從右側口袋中拿出了另一隻銀色電話。那天晚上，他把這支手機帶回家，希望可以聽到電話響起，一直等到早上都毫無動靜。因為這支手機不可能是她不小心遺忘的，所以慎介認為是她特地留下，作為和他的聯絡方式。

但是，已經過了好幾天，電話從來不曾響起，她也沒有再來店裡。即使如此，慎介仍然認為這支手機是和她保持聯絡的唯一線索，於是昨天去便利商店買了充電器，為手機充了電。如果手機沒電，唯一的線索也無法派上用場。

回想起那天晚上的事，慎介的下半身就無法按捺興奮，幾乎快勃起了，而且會產生錯覺，感受到她用嘴巴餵自己的雞尾酒味道也在嘴裡擴散，渾身發燙。她柔軟的嘴唇，光滑的肌膚，以及進入她身體時的快感，都深深烙印在他全身。

他想見琉璃子。他急切地想要見到她，卻又無計可施。

她留下的手機中只記錄了一個電話號碼，但是，即使撥打那個電話，也不知道那裡是不是她所住的地方。

慎介操作了手機，找出那個號碼，按下了撥號鍵，然後把手機放在耳邊。

電話鈴聲響起。三次、四次，在第五次響到一半時，電話接通了。

「您好……感謝您的來電，我目前不在家，請在嗶聲後留下您的姓名、聯絡事項和電話號碼，我將回電給您。」

慎介在嗶聲響起之前，就掛上了電話。

這不是他第一次聽到答錄機的這番話，當他得知手機上記錄了一個電話號碼後，立刻撥了電話。之後也撥過好幾次，但每次都聽到相同的語音聲音。

在第二次打電話時，慎介曾經留言。我是「茗荷」的雨村，請妳和我聯絡。雖然不確定她是否知道雨村這個姓氏，但聽到「茗荷」的店名，應該知道是自己。

問題在於琉璃子是否聽到了他的留言。因為答錄機中的聲音聽起來並不像她。慎介對自己的聽力很有自信，如果是同一個人，他一定可以聽出來。

也許手機上的電話號碼是別人家的。如果是這樣，電話的主人聽到答錄機中有一個陌生男人的留言，應該會覺得很可怕。基於這種想法，在第三次之後，慎介就沒有再留言。

但是，為什麼一直都不在家？

這件事也很奇怪。慎介覺得，即使接電話的人不是琉璃子也無妨。既然琉璃子的手機上有這個電話號碼，對方一定認識琉璃子。雖然對方可能會起疑，但是慎介原本打算編一些理由，問出琉璃子的聯絡方式。

但是，沒有人接電話，他就束手無策了。

慎介把手機放回了口袋，騎在腳踏車上，他準備騎回公寓。

騎了一會兒，他突然想到一件事，最後來到住家附近時，他仍然沒有放慢速度，而是繼續往前騎。來到葛西橋路時，剛好遇到了紅燈，他才終於停了下來。

在等紅燈時，他拿出皮夾。放紙鈔的地方有一張便條紙。

「木內春彥 中央區日本橋濱町 2—× 花園皇宮 505」

這是之前江島告訴他時，他用潦草的字跡寫下的內容。

他並不打算和木內見面，只是想去看一下他住的地方。和岸中那一次一樣，當慎介對一個人感到好奇時，就會想去看一下對方住的地方。他總覺得看一個人的居住環境，可以隱約瞭解對方是什麼樣的人。當然，這只是他的「感覺」而已。

慎介得知有兩輛車造成那起車禍後，就感到很不可思議。為什麼岸中玲二只攻擊自己？如果他要為妻子復仇，照理說，不是應該也要對木內採取某些報復行為嗎？還是岸中認為慎介是造成那起車禍的直接原因，必須由他負起所有的責任嗎？

而且他對小塚那天說的話耿耿於懷。小塚說木內這個人很「不尋常」，到底是怎麼回事？

交通號誌變成了綠燈，他再次騎了起來。穿越葛西橋路之後，筆直向前騎。雖然沿途遇到好幾個交通號誌，但幸好沒有車子，即使遇到紅燈，他仍然沒有停下來。

花園皇宮就在濱町公園旁，總樓層大約七樓，牆面散發出金屬光芒。濱町公園的另一側就是明治座。

慎介把腳踏車停在路旁，走進了公寓。一進門的右側就是管理員室，左側是門禁系統的玻璃門，玻璃門內是像飯店大廳般的電梯廳。

一名身穿制服的白頭髮男人坐在管理員室內，正低頭寫東西。他可能察覺到有人在看他，抬起了頭。

慎介若無其事地繼續往前走。裡面是有一排信箱的區域，那裡剛好位在死角的位置，周圍看不到。

他看向505室的信箱。信箱上並沒有插上寫了屋主名字的牌子。

慎介用手指微微撥開投遞口。今天的早報還沒有拿，信件就放在報紙上。他用食指和中指，小心地把信件抽了出來。

總共有兩個白色信封和三張明信片。慎介立刻檢查了信件內容，發現明信片都是廣告信函，但是廣告的內容令他驚訝不已。因為都是一流的男裝店和首飾店寄來的。慎介家的信箱中絕對不會收到這種廣告信。

他看了兩個信封的寄件人欄，不禁感到驚訝。因為上面都寫了銀座知名酒店的名字。只要曾經在銀座的夜店打過工，都不可能不知道這兩家一流的酒店。

信封內應該是帳單。既然寄到家裡，顯然不是工作上的應酬。慎介放在燈光下，但是完全看不到信封內的東西。

這是怎麼回事？慎介忍不住思考著。聽江島說，木內春彥只是上班族，在目前經濟不景氣的情況下，難以想像有上班族能夠在一流的商店購物，出入高級酒店花天酒地。雖然一樣米養百種人，不能因為他是上班族，就認定他沒錢。但是木內春彥在一年半前發生了死亡車禍，照理說，在公司內的處境會受到影響。

慎介擔心逗留太久，會引起管理員的懷疑，於是把信件塞回信箱，走回了玄關。這時，管理員室的門打開，管理員剛好走了出來。一頭白髮的男人手上拿著掃帚和畚箕，他瞥了慎介一眼，不知道是誤會了什麼，對他說了聲「辛苦了」。

晚上的時候，慎介打了一通電話。他打給以前在「SIRIUS」的同事岡部義幸。

「真難得啊。」岡部在電話中發現是慎介，驚訝地說。

「我有事想要拜託你。」

岡部聽到慎介這句話，陷入了短暫的沉默。他可以察覺到岡部心生警戒，岡部雖然沉默寡言，但是觀察能力向來很強，直覺很敏銳。

「如果會惹麻煩，就敬謝不敏了。」岡部說。他遇到不喜歡的事會明確拒絕。這也是他的個性。

「對不起，的確是有點麻煩的事。」慎介實話實說。

岡部在電話的另一端嘆著氣。

「你先說來聽聽，我瞭解一下是什麼事。」

「我記得你以前說過，你有朋友在『水鏡』上班。」

「『水鏡』？有是有啊……」

「水鏡」就是寄帳單給木內春彥的那兩家酒店之一。

「你上次說，那個朋友在外場當少爺？」

「是啊，怎麼了嗎？」

「可不可以請你介紹我們認識？」

岡部再次陷入沉默。這次的沉默比剛才更久。

「雨村，」岡部用低沉的聲音說道，「你到底在打什麼主意？」

「我並沒有打什麼主意。」慎介笑著回答。

「不，你最近很奇怪，一下子問由佳一些奇怪的問題，一下子又讓江島先生很為難。」

岡部似乎在吧檯內發現慎介在「SIRIUS」打聽一些事。他果然是精明的人。

「這是有原因的。」慎介說，「我想你應該已經從江島先生口中得知，我自從上次的事件之後，記憶出了點問題，我想自己調查清楚，所以就開始問很多相關的人。」

「我聽說了這件事，也能夠理解你的心情，但是江島先生叮嚀我，要我別理會你，說你目前精神狀態不穩定，不要刺激你。」

「照這樣下去，我的精神狀態一輩子都沒辦法穩定，所以拜託你助我一臂之力。」

岡部再次閉口不語，但並不是完全沉默。隔著電話，可以聽到他低吟的聲音。

「你為什麼要我介紹『水鏡』的少爺給你認識？」岡部問。

「因為我想瞭解不時去那家店消費的一個客人的情況。」

岡部用力嘆了一口氣說：

「雨村，你應該很清楚，在夜店上班的人，即使是同行，也不宜隨便討論客人的事。」

「所以我才拜託你幫忙啊。你只要介紹我們認識就好，我會向對方妥善說明，不會給你添麻煩。」

「怎麼可能嘛！只要看你最近的行為就知道，我可以打包票，你絕對會惹怒對方。」

「別擔心，我可以向你保證。」

「我怎麼可能相信？」岡部很不客氣地簡短回答。

這次輪到慎介陷入了沉默。他思考著如何才能說服岡部。

「你聽我說，」慎介說，「拜託了。」

「你不要強人所難。」

「我之前也曾經冒險幫過你啊。」

這句話似乎發揮了不小的作用。岡部一時說不出話。

岡部應該知道慎介在說哪一件事。幾年前，岡部曾經向非法管道借了錢，為了還債，他曾經盜賣「SIRIUS」的酒。只有慎介發現了這件事，於是協助岡部竄改了酒單和帳簿，而且建議他和江島討論債務的事。因為當時順利解決了債務問題，所以他解決了非法管道的債務，盜賣的事也沒有被人發現。

「你想威脅我嗎？」

「不是你想的那樣。」慎介立刻否認，「我也不想提陳年往事，只是希望你知道，我真的走投無路了。」

岡部再次發出低吟。

「好吧，」岡部似乎妥協了，「我會想辦法。」

「不好意思啊。」

「但是，我不會介紹你們認識，而是由我代替你向他打聽，因為這樣比較不會讓他起疑心。這樣沒問題吧？」

「好啊，也只能這樣了。」慎介無法繼續堅持。

慎介告訴岡部，他想瞭解一個叫木內春彥的客人。在哪家公司上班，做什麼工作，每次都和誰一起去店裡，最近有沒有什麼變化，他希望可以問到有關木內所有的事。

岡部說，雖然很不願意，但還是會幫忙打聽看看，然後就掛上了電話。

岡部當天晚上就打電話給慎介。因為「水鏡」週六不營業，所以很快就聯絡到了那個朋友。

「我朋友說，那個姓木內的客人的確經常去『水鏡』，多的時候一個星期會去兩、三次，通常都是每週一次。」岡部的語氣比剛才柔和了不少，慎介對此感到納悶，岡部又繼續說：「不瞞你說，我問我朋友，是不是認識姓木內的客人，他立刻主動告訴我很多事。那個客人似乎很奇特，在銀座的好幾家店都小有名氣。」

「是變態嗎？」

「不是這個意思，而是神秘莫測的意思。據目前所掌握的情況，他在帝都建設這家公司任職，但是不清楚他在公司的詳細頭銜，年紀大約三十歲左右，所以可能沒有一官半職。通常都是一個人去喝酒，偶爾也會帶朋友一起去，但每次都是木內付錢。」

「所以並不是帶客人去應酬。」

「是啊，一晚的消費經常超過二十萬圓。」

「他哪來這麼多錢？」

「帝都建設並不是什麼大公司，即使他的薪水再高，也不可能一個晚上就花二十萬，但是他付錢很爽快，所以對店裡來說，他是好客人。」

當然是好客人。慎介心想。如果「茗荷」有這樣的客人，媽媽桑千都子會喜極而泣。

「但好像並非完全是好事，當木內開始出入後不久，之前經常去店裡捧場的帝都建設高層，就不再上門了，所以對店裡來說，損失反而比較大。」

「是那些高層不想和普通的職員在同一家店喝酒嗎？」

「店家似乎只能這樣解釋，但是都感到難以理解。」

「這樣啊。」慎介也越聽越感到奇怪，「木內從什麼時候開始去『水鏡』喝酒？」

「聽我朋友說，差不多半年前。」

所以是發生車禍的一年後，但是他一度開車撞死人，有辦法這樣花錢如流水嗎？

「他本人有沒有向別人提過，他為什麼有這麼多錢可以揮霍無度嗎？」

「好像從來沒有說過，店裡的小姐好幾次開玩笑問他，為什麼有這麼多錢花天酒地，他每次都很不高興地對小姐說，不關她們的事。」

慎介不知不覺地發出了低吟。他完全無法想像是怎麼一回事。

「這就是我打聽到的所有情況，我有言在先，這次是因為對方是特殊的客人，所以我朋友也是覺得好玩，主動和我聊了這麼多，你下次不要再找我做這種事了。」

岡部在電話中說，說這句話時的聲音也變得有點尖銳。

20

隔天星期天，慎介騎著腳踏車，再度前往木內春彥住的公寓。

他下定了決心。不要只是調查木內，今天打算去見對方。

他一直想著昨天晚上從岡部口中得知的情況。在造成岸中美菜繪死亡這件事上，他和慎介同罪，但木內並沒有為此感到痛苦，過著慎介望塵莫及的優雅生活。慎介想要瞭解為什麼會這樣，他對岸中玲二完全沒有去找木內的麻煩感到不滿。雖然能夠理解岸中想要為太太復仇的想法，但是無法理解為什麼只恨自己一個人。

慎介覺得必須和木內談一談車禍的事。雖然江島要求他不要接近木內，但是如果不解決這件事，他的精神狀態會撐不下去。

來到濱町公園，他把腳踏車停在和昨天相同的地方，走進了公寓。管理員正在公寓門口用繩子綁舊紙箱，可能準備拿去做資源回收。

慎介站在門禁系統的玻璃門前，看著裝在牆上的數字鍵盤，上面的按鍵看起來就像是傳統計算機。他呼吸了一次，按了５、０、５幾個數字，螢幕上顯示了這個數字。接著，他又按了呼叫按鈕。

慎介在腦海中回想著假設對方出來應門時要說的話。雖然無法避免對方對自己心生疑竇，但是必須避免對自己產生敵意。

數字鍵盤上的小型揚聲器完全沒有任何反應。他又試了一次，結果還是一樣。

「你找木內先生有事嗎？」這時，後方響起一個聲音。管理員站在他的身後。

「對。」慎介回答。

「他可能不在家。因為他經常不在家。」

「這樣啊。」

「宅配經常送貨上門，就連週六、週日也經常由管理室代為保管，但非假日的時候，經常看到他晃來晃去，不知道他是做什麼工作。」

這個管理員很多話，可能是管理員的工作很無聊。

「木內先生在這裡住了很久嗎？」

「也沒有，才一年多而已。」

搬到這裡才一年多——所以，是在車禍發生後不久搬進來的。

「他一個人住嗎？」

「應該是。雖然原本聽說是新婚夫妻入住，但最後只有他一個人搬進來。」

「新婚夫妻？所以他原本要結婚嗎？」

「應該吧，雖然我也不太清楚。」管理員歪著頭，走進了管理員室。

慎介騎上腳踏車，離開了木內所住的公寓。他對無法見到木內感到失望，但同時也很慶幸，也許沒有在毫無準備的情況下和對方見面反而是一件好事。木內這個人身上有太多匪夷所思的情況了，只是不知道和那起車禍是否有關係。但是，那起造成被害人死亡的車禍，似乎並沒有對木內的生活造成任何影響。

慎介想要蒐集更多關於木內的情況。

他騎在清洲橋路上，想到了另一件事。他在腦海中回想起之前刑警小塚告訴他的事，其中有好幾個問題都讓他耿耿於懷。

他一口氣騎到了木場，看到了熟悉的加油站。岸中住的公寓就在加油站後方。他在那棟老舊的土黃色房子前停下了腳踏車。地點、外觀和屋齡——都和木內的公寓不一樣。加害人過著優雅的生活，被害人夫妻雙雙離開了這個世界。雖然慎介也是加害人，但仍然對這個事實感到極大的矛盾。

和上次來的時候一樣，管理員室今天也沒有人。這種地方也和花園皇宮不一樣，而且這棟公寓也沒有電梯。

他沿著樓梯來到二樓。岸中之前住在二〇二室。他站在稍遠的位置看著那個房間，看起來不像有人住在裡面。雖然不知道岸中遺留的物品如何處理，但應該還沒有找到新的租客。

慎介來到二〇二室前，然後看向兩側的鄰居家。聽小塚說，住在隔壁的高中生，看到女人從岸中家走出來。到底是哪一戶鄰居呢？是從樓梯上來後，在二〇二室後方的二〇一室，還是前面的二〇三室？

他站在二〇三室前，門口沒有名牌。

他正打算伸手按門鈴，身後傳來了動靜。原來是二〇一室的門打開了，慎介收回了準備按門鈴的手。

一個身穿喪服的女人從二〇一室走了出來。年紀大約四十五、六歲。

「老公，你動作快一點，否則會遲到。」女人對著屋內大聲說道。

一個看起來像是女人丈夫的胖男人走了出來，身上也穿著喪服，領帶也是黑色。脖子後方有一坨肉。

「喂，純一，那就讓你鎖門了。」男人說。屋內傳來說話聲，慎介沒有聽到內容，但一聽就知道是完成變聲的少年聲音。

身穿喪服的夫妻向慎介微微欠身打招呼後，經過他的身旁，走向樓梯的方向。

當那對夫妻走下樓梯後，慎介走去二〇一室前。門口掛著名牌。這戶人家姓堀口。

慎介按了門鈴。他已經想好對方出來應門時要說的話。

幾秒鐘後，門打開了。少年從門縫中探出頭。一臉好勝的少年看起來差不多是高中二年級。慎介確信找對人了。

「你是堀田純一嗎？」慎介用剛才聽到的名字和門口名牌上的姓氏結合後問。

少年露出狐疑的眼神看向他後，輕輕點了點頭回答：「我就是。」

「關於那件事，想再詳細瞭解一下情況。就是在隔壁岸中先生的屍體被人發現之前，你看到女人的事。」

少年聽了慎介的話，臉上的表情明顯發生了變化。他臉色發白，神情變得很緊張。

「那件事，不是已經說了很多次嗎？」少年把頭轉到一旁說。

「我想再問你一次，最後一次就好。問清楚之後，以後就不再問了。」

慎介故意用這種方式說話，讓少年誤以為自己是警方的人。雖然他也可以假冒刑警，但想到事後萬一被戳穿的可能性，所以就用這種隱瞞真實身分的方式發問。

「反正即使我說了，你也不會相信最重要的部分。」少年說。

「啊？什麼意思？」

少年沒有回答，仍然沒有把頭轉回來。從他的側臉上，可以看到十幾歲的少年特有的反抗心。

「根據你之前的說法，」慎介開了口，「你深夜回到家時，看到一個女人從岸中先生的家裡走出來。當時的確是從屋內走出來嗎？你看到她打開門走出來嗎？」

少年咬著大拇指的指甲，他似乎不太想回答。

「你忘記了嗎？所以你並沒有記得很清楚。」慎介故意用略帶挑釁的方式說。

少年注視著自己的大拇指，冷冷地說：「門打開了，然後……就走出來了。」

「是女人走出來嗎？」

少年不耐煩地輕輕點頭，他並沒有看慎介。

「所以那個女人應該也看到了你。」

「沒有看到我。」

「為什麼？」

「因為隔壁的門打開時，我就站在那裡。」少年說完話，指了指慎介所站的位置，「我想拿鑰匙出來時，那道門突然打開了，然後那個女人就走了出來，但是沒有看這個方向。她沒有看這裡，就走去樓梯了。」

慎介看向二〇二室。如果那個女人走出房間，直接走向樓梯時，的確可能沒有看到少年。

「那個女人看起來怎麼樣？有沒有很匆忙，或是看起來很害怕？」

少年聽了慎介的問題，搖了搖頭。

「我不太清楚這種事。反正……更何況只是一眨眼的工夫。」

「一眨眼的工夫？」

「我不是說了很多次嗎？我大吃一驚，腦袋一片空白，一下子無法動彈……」

這時，慎介才終於發現一件事。

少年在顫抖。他臉色蒼白，眼神空洞。

「怎麼回事？」慎介問，「你為什麼大吃一驚？你說腦袋一片空白，為什麼會這樣？」

這時，少年才終於轉頭看著慎介。他的雙眼充血。

「你是不是從別人那裡聽說了我說的事？」

「沒有啦……雖然我聽說了，但對方沒有說細節，所以我來向你確認。」

「是喔……」

「所以請你告訴我，為什麼你看到那個女人會那麼驚訝？」

少年搖了搖頭說：

「算了，反正我說了，你也不會相信，所以我之前都沒有說這件事，因為我知道一旦說了，大家都會笑我。」

少年沒有穿鞋子，就走到脫鞋處，想要關門。慎介慌忙把手伸進去，不讓他關上門。

「你、把手拿開啦。」少年說。

「請你告訴我，我會相信你說的話。」

「大家都這麼說，說什麼會相信我，要我說明當時的情況，但是完全沒有一個人真的相信我，大家都在我說到一半時就笑了起來。」

少年的聲音中充滿了不耐煩，他似乎除了刑警以外，也和其他人說了這件事。他到底看到了什麼？為什麼大家都不相信他說的話？

「如果我笑的話，你可以揍我，」慎介對他說，「所以請你告訴我。」

少年露出驚訝的眼神，同時握著門把，想要關門的手也放鬆了。慎介趁這個機會，再次把門開得更大，身體擠進了門縫。

「請你告訴我，你看到那個女人，為什麼會那麼震驚。」

少年看著下方。幾秒鐘後，再次注視著慎介，他純真的眼神似乎在說，如果你說謊，我不會原諒你。

「因為我認識她。」他說。

「你是說那個女人嗎？」慎介驚訝地問。

少年點了點頭。

「她是誰？」

少年舔著嘴唇，猶豫片刻之後，終於開了口。

「就是隔壁的太太。」

「啊？」

「就是岸中先生……的太太。我和她很熟。」

21

慘了。當慎介這麼想時，已經來不及了。袖子勾到了威士忌杯，杯子掉在他的腳下。隨著哐噹的聲音，碎玻璃四濺。

「不好意思。」坐在吧檯和桌位的客人都被嚇了一跳，驚訝地看了過來。慎介向他們道歉後，拿起掃帚和畚箕開始打掃，他的眼角掃到千都子皺起了眉頭。

過了一會兒，千都子走了過來。

「你怎麼了？今天有點怪怪的，剛才也搞錯了客人點的酒。發生什麼事了？」

「不，沒事。」他握著冰鑿，鑿著手上的冰塊，搖了搖頭回答，「對不起，今天精神有點渙散。」

「認真點。」千都子拍了一下他的背，又回去桌子旁找客人了。

慎介悄悄嘆了一口氣。他知道自己是因為什麼原因，注意力無法集中。

昨天去岸中玲二的公寓時所聽到的事，一直在他腦海中打轉。

住在隔壁的高中生說，他看到了岸中美菜繪。那是發現岸中玲二屍體的前一天晚上。

「太荒唐了。」慎介說。那個名叫堀田純一的高中生立刻怒目圓睜地說：

「看吧，你果然不相信。剛才還說什麼如果你笑了，我可以揍你。」

慎介看到少年氣勢洶洶的樣子，有點慌了神。少年看起來不像在說謊。

「你是不是認錯人了？」慎介問。

「絕對不可能有這種事。雖然我只是瞥到她的臉一眼，但一定就是她，而且髮型也一樣。她穿了一件淡藍色洋裝，我之前也看過她穿好幾次。」

堀田純一當然知道岸中美菜繪已經死了。

「所以我也很害怕，一開始都不敢告訴別人。因為即使告訴別人，別人也一定不會相信。但是請你相信我，那個女人真的就是隔壁的太太，就是一年半前，已經死去的太太。」

堀田純一拚命訴說的表情深深烙在慎介的腦海中，似乎可以感受到他當時所產生的恐懼。

慎介當然覺得不可能有這種事。岸中美菜繪已經死了，這是無法動搖的事實。死人無法復活。

他想到一個可能性，就是岸中美菜繪有一個雙胞胎姊妹，那個姊妹去了岸中玲二家中。雖然並不是完全沒有可能，但他認為美菜繪應該並沒有雙胞胎姊妹。如果真的有這樣的人，小塚從堀田純一口中得知這件事後，一定會去調查那個姊姊或是妹妹，但是目前那名刑警針對堀田純一看到很像是美菜繪的人這件事，認為「很無聊」。

所以……難道是幽靈？

他覺得一股寒意貫穿背脊，忍不住搖了搖頭，擺脫不吉利的想像。這時，拿著冰鑿的手抖了一下，差一點刺中自己的手。

十二點過後，電話響了。慎介立刻接起了電話。

「您好，這裡是『茗荷』。」

「雨村嗎？是我，岡部。」電話中傳來壓低聲音說話的聲音。

慎介看了千都子的方向一眼，發現她正在和客人聊天，於是轉身遮住了電話。

「怎麼了？你竟然主動打電話給我，太難得了。」

「我也不想打啊，只是想要告訴你一聲。」岡部說話的聲音聽起來似乎有什麼內幕消息。

「真好奇啊，發生了什麼事嗎？」

「你不是想要知道那個姓木內的人嗎？他等一下會來店裡。」

「去『SIRIUS』嗎？」

「對。」

「為什麼？」

「木內今晚去了『水鏡』，是我那個朋友告訴我的，然後木內問他，知不知道哪裡可以喝到像樣的雞尾酒。那個朋友就想到我前天剛好問他木內的事，於是就向木內推薦說，『SIRIUS』這家店還不錯。我那個朋友剛才打電話來問我，店裡有沒有空位，木內差不多三十分鐘後就會過來。」

「原來是這樣啊。」

慎介看了一眼手錶，在腦袋中計算著。「SIRIUS」半夜兩點打烊，現在趕過去，完全來得及。

「那就先這樣。」岡部打算掛電話。

「啊，等一下。江島先生今晚在店裡嗎？」

「他今天晚上不會來店裡。因為要在外面和別人談在大阪開店的事。」

「這樣啊，江島先生不在啊……」

「雨村，你打算來這裡嗎？」

「我可能會去。」

「你來也沒有關係，但是不要鬧事。否則如果事後被江島先生知道，他一定會罵我。」

「我知道，謝謝你特地通知我。」慎介說完，掛上了電話。

千都子還在和客人聊天。慎介一直盯著她，她可能察覺到視線，把頭轉了過來。慎介向她舉起一隻手。

「失陪一下。」千都子向客人打了聲招呼後走過來。

「媽媽桑，不好意思，我可以先下班嗎？」

「現在嗎？」千都子皺起眉頭。

「剛才刑警打電話來，說有事要馬上問我。」

「刑警？那起案件不是已經結案了嗎？」

「好像還沒有。刑警說，如果我走不開，他可以來這裡。」

千都子聽了，立刻臉色大變，搖著手說：

「那怎麼行？客人一定會覺得奇怪。你先去吧，接下來的事我會處理。」

「不好意思。」

「沒想到那起事件會拖那麼久。既然兇手已經死了，我以為事情就這樣結束了。」千都子皺起了眉頭。

「我也希望可以趕快放下這件事。」慎介說。雖然說刑警要找他是謊言，但他的確希望可以趕快放下這件事。

他在深夜一點多時抵達了「SIRIUS」。一推開門，立刻看向吧檯內，和正在搖雪克杯的岡部四目相對。慎介默默在吧檯椅上坐了下來。

「萊姆伏特加。」慎介說。

岡部點了點頭，然後看向店內深處，用眼神告訴慎介，就是坐在那裡的傢伙。

慎介扭轉身，不經意地看向那個方向。後方的桌子旁有兩男兩女，兩個女人看起來都像是酒店小姐，應該是從「水鏡」帶來的小姐。兩個男人都三十歲上下，坐在離慎介比較近的那個座位上的男人戴著眼鏡，頭髮也很整齊，看起來像是業務員。他一直和身旁的小姐聊天，逗小姐發笑。坐在後方的男人只是敷衍地附和著。雖然木內說要來可以喝像樣雞尾酒的地方，但是慎介看他們的樣子，完全不覺得在享受雞尾酒。慎介猜想板著臉的那個男人應該就是木內春彥。

岡部把裝了萊姆伏特加的杯子放在慎介面前，露出了銳利的眼神，似乎叫他不要亂來。

慎介也沒有打算突然走去那張桌子和木內說話，只是想觀察一下木內這個人，瞭解他到底是何方神聖。

慎介看了一會兒，覺得以前好像在哪裡見過他。仔細一想，就發現在那起車禍開庭時，兩個人都曾經以對方證人的身分站在證人席上，除此之外，可能也在其他場合見過面。木內很可能更清楚記得慎介的長相。

慎介正在這麼想，發現木內突然站了起來。他似乎打算上廁所。這家酒吧內沒有廁所，必須去外面。似乎有人告訴木內這件事，他直直走向門口。

慎介低下了頭，木內從他的身後走了過去。

慎介放下萊姆伏特加的酒杯，也站了起來。

「雨村。」站在吧檯內的岡部叫了他一聲。

別擔心──他用眼神告訴岡部，然後推開門，走了出去。

廁所就在電梯旁。慎介在走廊上抽著菸，等木內走出廁所。走廊上的窗戶敞開著，可以看到黯淡的夜空。沒有月亮，也沒有星星，但是稍微往下看，就可以看到到處都是五顏六色的霓虹燈光。

木內春彥從廁所走了出來，他雙手插在長褲口袋裡，撇著嘴角，一臉厭世的表情，完全沒有喝醉酒的感覺。

木內瞥了慎介一臉，慎介也直視著他。木內立刻移開視線，從他面前走了過去，似乎稍微加快了腳步。

但是，他隨即停了下來。停頓了一秒後，緩緩轉頭看了過來。他再次注視著慎介的臉。

「你、該不會是……？」木內問。

「我是雨村。」慎介回答。

「雨村。」木內好像在唸書般重複了一遍之後，點了點頭，「沒錯，就是這個名字，我記得當時就覺得你的姓氏很少見。」

「你似乎還記得我。」

「當然記得啊，」木內聳了聳肩，「你也在『SIRIUS』喝酒嗎？」

「對，我坐在吧檯，看到你，所以就在這裡等你。」

「原來是這樣，太巧了。這個世界真是太小了。」木內吐了一口氣，「你特地在這裡等我，有什麼事嗎？照理說，我們之間應該沒什麼好敘舊的。」

「因為我有幾件事想要請教你。」

「都已經那麼久了，還有什麼事要問？」

「我在幾個星期前遭到了攻擊，三更半夜時，突然被人從後方用扳手毆打。兇手是岸中玲二，你當然知道他是誰吧？」

「嗯嗯，」木內微張著嘴，連續點了幾次頭，「之前有刑警來找我，也提了這件事，然後就離開了。」

「岸中攻擊我，應該是為了報仇。因為我造成了他太太的死，但是我有一件事難以理解。」

「為什麼另一個加害人木內春彥沒有遭到攻擊嗎？」木內說完，露齒一笑。

「是啊。」慎介點了點頭。

「刑警也問了我這個問題，問我是否知道其中的原因。我回答說不知道，因為我真的不知道，所以只能這麼回答。岸中可能認為，你要為那起車禍負起主要責任，是你害死了他太太。只能這麼解釋了。」

「即使是這樣，我還是無法理解他完全沒有和你接觸。」

「你問我這種問題，我也很傷腦筋。因為不是我攻擊你，而是岸中。」木內轉身走向酒吧。

慎介慌忙追了上去。

「木內先生，請問你目前做什麼工作？」

「工作？我的工作有什麼問題嗎？」

「你非假日不是也經常在家嗎？你不用去公司上班嗎？」

木內聽到他的問題，停下了腳步。

「你是聽誰說的？」

「聽誰說的不重要，請你回答我的問題。」

木內嘆了一口氣，露出不耐煩的表情：

「如果你在我住家附近打聽或是監視我，我只能說你真的很閒。我們公司是彈性上班制，非假日的白天，我也可能在家裡。」

「白天在家，晚上在銀座，到底是什麼工作呢？」

「要不要我告訴你，像你這樣追根究柢叫什麼？這叫多管閒事。」木內說完，再次邁開了步伐。

「你會回想起車禍的事嗎？」慎介走在木內身旁問。

「當然會啊，但是並沒有太多罪惡感，你應該也差不多吧？」

「你有沒有去過岸中玲二住的公寓？」

「沒有。」木內冷冷地回答，把手伸向門把。

「幽靈呢？」慎介故意這麼問。

木內停了下來，轉頭看著慎介，眼中充滿了血絲。

「你說什麼？」木內問他。

「有沒有看過幽靈呢？」慎介又說了一次，他覺得這句話產生了某些效果，

木內臉上露出了驚訝、猶豫和不安，讓他的臉部表情產生了微妙的扭曲。他隨即搖了搖頭說：

「有沒有看過岸中美菜繪的幽靈。」

「我不知道你在說什麼，完全聽不懂。」

「你知道幽靈的事。」慎介窮追不捨，同時也想套他的話。

「完全聽不懂，你腦筋是不是有問題。」木內推開門走了進去，慎介也跟在他身後。

木內一臉不悅，走向自己那一桌。因為他出去了很久，所以其他人都有點驚訝，問他剛才在幹什麼。木內回答說，他剛才用手機和別的女人聊天，兩名酒店小姐假裝很嫉妒，表現出生氣的態度。

慎介也坐回剛才的座位，喝著萊姆伏特加。酒已經不冰了，所以他又向岡部點了一杯。

岡部把新的萊姆伏特加放在慎介面前時，用眼神問他，你沒有惹什麼麻煩吧？慎介也用眼神回答，沒事啦。

木內一行人打算離開。由木內結了帳。當問他是否需要收據時，他回答說「不需要」。

當他們離開後，慎介用力嘆了一口氣。

岡部探出身體問：「那個姓木內的客人怎麼了？」

「就是那起車禍的另一個加害人。」慎介回答。

「另一個？」岡部似乎不瞭解情況。

慎介小聲地把車禍的情況告訴了岡部，以免被其他客人聽到。

「雖然我聽江島先生說過那是一起複合型車禍，原來是這麼一回事啊。」

「我們同樣是加害人，我腦袋被扳手重擊，他卻在銀座花天酒地，你不覺得未免差太多了嗎？」

「所以你想在他身邊打轉，沾一點他的好運嗎？」

「嗯，差不多就是這樣。」

慎介在回答時，年輕的少爺走了過來，在岡部耳邊說了幾句話。岡部立刻臉色大變。

「雨村，你該走人了。」他壓低聲音說。

「怎麼了？」

「剛才接到江島先生的電話，他等一下要來店裡。」

「那可不太妙。」慎介站了起來。如果江島知道自己在這裡，不知道又會說什麼。如果他和千都子聯絡，他說謊翹班的事就會敗露。「那我就先走了，你再把帳單寄給我。」

岡部默默點了點頭，示意他趕快離開。

走出酒吧，搭電梯下樓時，他回想著剛才和木內的談話。當他提到「幽靈」時，木內顯然很慌張。木內的表情顯然知道什麼。這意味著堀田純一的證詞並非看走眼，的確有幽靈存在。當然，正確地說，是「很像幽靈的人」，但到底是怎麼回事？木內為什麼知道？

慎介想起木內說的另一句話也很奇怪。當慎介問他會不會想起車禍時，木內回答說，「當然會啊，但是並沒有太多罪惡感」，然後又接著說，「你應該也差不多吧？」

慎介起初聽到時，並沒有太在意，以為他的意思是，造成岸中美菜繪死亡的並不是只有自己一個人，所以覺得「沒有太多罪惡感」，但即使是兩個人一起肇事，慎介還是無法理解木內說那種話的態度。

電梯抵達一樓，慎介走出大樓。因為還不到兩點，馬路上有許多喝醉酒的人和酒店小姐的身影。

慎介正準備走去計程車站，猛然停下了腳步。他在剛才離開的那棟大樓和隔壁大樓之間縫隙的小巷內，看到了兩個男人。雖然兩個人都背對著他，但是從他們的背影，不難發現其中一人是木內，另一個男人並不是剛才和木內在一起的那個男人。

慎介偷偷看向他們，以免被他們發現，然後難以相信自己看到的那個人。神情凝重地和木內說話的，不是別人，竟然是江島。

為什麼江島和木內——？

慎介離開小巷時，忍不住歪著頭納悶。江島不可能之前就認識木內，之前慎介說，想要瞭解車禍的另一名肇事者時，江島表現得完全不認識對方。

這是怎麼回事？正當慎介打算再次回頭看向小巷時，手機響了。而且不是他自己的手機，而是那個叫琉璃子的女人留下的手機。

慎介走到人行道旁，按下了通話鍵。「喂？」

對方沒有回答，但是電話已經接通了，對方只是沒有發出聲音而已。

「喂？是不是妳？請妳回答我。」慎介說。

對方終於開了口，「你現在人在哪裡？」

就是那個聲音，那個有點模糊的神秘聲音。慎介頓時感到全身的血液在沸騰。他想起了觸摸女人肌膚時的感覺。

「我在銀座。」他回答。

「銀座啊。」琉璃子想了一下說：「好，那你現在過來。」

這是慎介等待已久的一句話，不枉他每天都把這支手機帶在身上。

「我要去哪裡？」

「你坐上計程車，然後告訴司機，去日本橋的環球塔。」

「環球塔？就是那棟摩天大樓嗎？」

「就是那棟又細又長、外觀很醜的大樓，」琉璃子說，「4015室。」

「4015……」所以就是四十樓。慎介心想。

「那就等你過來。」

「啊啊，等一下……」慎介的話還沒說完，電話就掛斷了。他原本想問對方的電話號碼，因為手機上的來電顯示為「未顯示號碼」。

他攔了計程車，按照琉璃子的指示告訴了司機。司機知道那棟大樓。

「這位先生，你住在那棟豪宅嗎？」司機用帶著疑問和感嘆的語氣問。可能看了慎介的打扮，覺得有點寒酸，不像是那棟豪宅的住戶。

慎介覺得很不高興，於是回答說：「對啊，我住在四十樓。」

「是喔！」中年司機這次發出了驚訝的聲音。

環球塔是大型房地產公司在日本橋建造的超高層公寓，聽說總共有五十幾層樓，總戶數超過七百戶，價格從數千萬到三億不等。

她住在那種地方啊——她整個人散發出不是泛泛之輩的氣場，完全有這種可能。

不一會兒，那棟建築物出現在前方。這棟超高層公寓名副其實，長方形的高塔聳立在夜空下。周圍也有好幾棟超高層公寓，這一帶讓人有一種身處異國的感覺。

計程車從普通道路進入公寓內，經過兩側是英國庭園風植樹的車道，來到像是高級飯店的大門口。

「感覺會有門僮為住戶開門。」司機也這麼說。

慎介拿出兩張一千圓紙鈔，然後收下找零的錢。司機原本以為可以拿到小費，所以露出了失望的表情。

走進自動門，進入了門廳。左側是很像飯店櫃檯的服務檯，上面有呼叫鈴，只要按鈴，應該就會有管理員走出來，而且走出來的男人一定穿著和管理員這個稱呼不相稱的浮誇制服。

前方有一道玻璃門，旁邊是一張大桌子，桌子上是門禁系統用的數字鍵盤。慎介站在數字鍵盤前，按了４０１５的號碼後，又按了呼叫鈴。

他以為會從擴音器中聽到琉璃子的聲音，但是沒有聽到任何反應，旁邊的玻璃門就打開了。

慎介走進門內，裡面是放了會客沙發的大廳，感覺會有一臉恭敬的侍者出來迎接。天花板垂著巨大的水晶燈。

繼續往裡面走，是電梯廳。兩側各有四座，總共有八座電梯。慎介以前從來沒有看過公寓內有這麼多電梯。

他搭上電梯，從一整排觸控感應式的數字鍵中找到了40。電梯門重重地關上，靜靜地開始上升。電梯的移動太安靜，他一時不知道自己在上升還是下降。

電梯停下來時也很安靜。電梯門打開，他才知道電梯停下了。而且電梯門外的景象不一樣了，他知道電梯的確移動了。

慎介走在鋪設了沉穩棕色地毯的走廊上。這層樓的住家呈口字形排列，每一戶的大門都很厚實。

他在4015室前停下了腳步。門旁有對講機，他按了對講機的按鈕。對講機也沒有任何應答。慎介站在門口，聽到門鎖啪答一聲打開的聲音。他以為裡面的人會開門，但是大門完全沒有動靜。於是，他握住了L字形的門把，轉動了一下，門就順利打開了。

屋內很暗，但有濃烈的香水味。他定睛細看，立刻看到前方有一道對開的門。門敞開著，後方的房間看起來是客廳。

他關上了玄關的門，立刻聽到了喀答的金屬聲。他大吃一驚，想要試著打開門，但是門已經鎖上了，完全打不開。

我被關起來了？

慎介閃過這個念頭時，不知道哪裡傳來了鋼琴聲。他脫下鞋子，走進屋內。聲音是從左側傳來的。

他循著聲音沿著走廊往裡面走，在走廊的牆壁上有看起來像是電燈開關的東西。他按了一下，但是沒有任何變化。

走廊盡頭有一道門。聲音似乎就是從那道門內傳出來的。他打開了門。

那裡是臥室，超過八坪的房間中央，有一張加大的雙人床。除此以外，幾乎沒有什麼像樣的家具，只有一個小型床頭櫃。

一個女人躺在床上，身上的衣服不知道是洋裝還是睡裙，但似乎並沒有太大的差異。因為光線昏暗，所以看不清楚，看起來像是紅色。她坐了起來，看向慎介的方向，手上拿著像電視或是錄影機的遙控器。

「你終於抵達終點了。」她說。

「這裡是妳的住家嗎？」慎介向前一步。

琉璃子把遙控器朝向床頭櫃，按了某個按鍵，悠揚的鋼琴聲戛然而止。慎介看向自己的正上方，發現牆上裝了揚聲器。

她在床上扭動著身體，發出了衣服摩擦的聲音。她的裙襬掀了起來，黑暗中，露出了雪白的大腿。

「你想我嗎？」她問。

「妳呢？」慎介問。

「你說呢？」她向慎介伸出手。

慎介走去床邊，長毛地毯吸收了他的腳步聲。他伸出手，碰到了女人的指尖。

「我很想妳，想死了。」慎介的手指纏住了她的。

22

慎介脫下琉璃子身上的衣服時，知道她穿的不是睡裙，而是洋裝。但是，洋裝內一絲不掛。

她喜歡騎乘在上面，慎介的下體進入她的身體，她白嫩的身體像蛇一樣扭動。雖然她很瘦，但是胸部很豐滿。她的胸部就像軟體動物般搖晃。慎介揉著她的胸部，捏著她的乳頭，抱著她的腰，然後從下方往上頂。慎介每次挺腰向上頂，琉璃子的身體就用力向後仰。她的一頭長髮跳動。

她尖瘦的下巴朝向天花板，嘴裡發出嬌喘聲。纖細的脖子上流下好幾滴汗珠，汗水一直流到了她的胸部。

她的雙手不時放在慎介的胸口，低頭看著他。只有床頭燈的微弱燈光照在她的臉上。她的眼中充滿了慾望和算計，好像肉食動物看著獵物，從嘴唇之間，可以看到她粉紅色的舌頭。

慎介感受著大腦深處酥麻的快感，神經變得格外敏銳，就連後背碰到床單的感覺，也刺激著他的性慾。

他幾乎失去了思考能力，除了沉溺於這份快樂以外，他完全無法思考。他希望這一刻永遠不要結束。

但是——

在像海浪般襲來的快感縫隙中，一個念頭掠過他的腦海。

這個女人到底是誰？

他之前也曾經思考過琉璃子的身分，也有過各種臆測，但是目前浮現在他腦海中的念頭和之前完全不一樣。

我見過她。

我見過這個女人。以前曾經在哪裡見過她。不是在「茗荷」，而是其他地方，而且並不是很久之前，就是最近。

之前第一次和這個女人做愛時，他也曾經有過相同的想法。這個女人很像某個人，但到底像誰呢？

她並不是像某個人而已。慎介心想。我之前就認識這個女人，但是想不起來她是誰。

奇怪的是，為什麼琉璃子第一次來店裡的時候不曾這麼覺得，現在才有這種感覺？

但是，這些想法只維持了短暫的片刻。快感的漩渦吞噬了他所有的一切。他身體的中心好像岩漿爆發一樣，他試圖忍住。他不想這麼快就結束，想要繼續和她的身體連結。這兩種力量保持微妙平衡的剎那，簡直是無比幸福的時刻，但是，他無法持續克制從體內噴發的熾熱。

慎介發出了吼叫聲，激烈地衝撞著琉璃子的身體。全身痙攣，手腳繃緊。琉璃子的身體就像被打進了熾熱的木樁般挺得筆直，然後繃緊了全身。

慎介朝向她的身體中心射精。

慎介似乎睡了一會兒。當他醒來時，發現自己躺在床上。他身體全裸，但並不覺得冷，但垂萎的陰莖有點涼涼的。

琉璃子不見了。他坐了起來，剛才脫掉的衣服掉在地上。雖然身體懶洋洋，但他還是下了床，穿好內褲，穿上了棉長褲。穿好襯衫後，把襪子也穿上了。

「琉璃子。」他叫了一聲。這是他第一次叫她的名字，他覺得這個舉動打破了他們之間的一道厚牆。

他沒有聽到回答的聲音。他的聲音沒有持續太久，就消失無蹤了。這裡的空氣似乎異常乾燥。

他聽到了隱約的動靜。他走出房間，沿著走廊走向聲音傳來的方向。聲音是從客廳傳來的。

慎介走進客廳。那是足足有十坪大的寬敞房間。

客廳角落有一個小吧檯，身穿蠶絲睡袍的琉璃子正在吧檯內，把雪克杯中的雞尾酒倒進杯子。慎介剛才聽到的就是搖雪克杯的聲音。

「妳加了哪些酒？」

「白蘭地、白蘭姆酒，還有橙皮香甜酒、檸檬汁。」她流利地回答。

「是床笫之間？」

「和那天晚上一樣。」

琉璃子雙手各拿了一個酒杯，把左手上的酒杯遞給了他。

慎介接過酒杯，和她手上的酒杯輕碰了一下，發出了叮的碰撞聲。然後，他大口喝了起來。

「怎麼樣？」她問。

「和妳家一樣。」慎介回答。

她歪著頭，似乎在問「這句話是什麼意思？」

「就是完美無缺，無懈可擊的意思。」

琉璃子露出了妖媚的微笑，小聲說：「謝謝。」慎介看了她的表情，又忍不住思考著，她是誰？這個女人到底是誰？

他喝了半杯雞尾酒，就把杯子放在吧檯桌上。

「我可以參觀一下妳家嗎？」

「請隨意。」

吧檯旁有一道拉門。慎介首先打開了那道門，門後方是開放式廚房和餐廳，U字形的系統廚房應該很好用，愛下廚的人應該會很喜歡這個廚房，但是據慎介的觀察，至少這一、兩個星期，無論水槽和流理台都完全不曾使用過。

穿越飯廳來到走廊，走回玄關的方向。前面有一道門，似乎是另一個房間。慎介握住了門把，但即使轉動門把之後，門仍然無法打開。雖然是室內的房間，但是房門鎖上了。

「那道門打不開。」慎介看著鑰匙孔，後方傳來了聲音。琉璃子站在他的身後。

「為什麼？」

「因為上了鎖。」

「我是問為什麼要上鎖？裡面放了什麼貴重的東西嗎？」

「這個嘛，」她側著頭，「誰知道呢？」

「太好奇了，不能讓我看一下嗎？」

「裡面沒放什麼重要的東西，」琉璃子緩緩走向慎介，她的睡袍下襬微微敞開，露出了她纖細的腿。「每個人家裡總有一、兩樣不想被人看到的東西。」

「妳這麼一說，我更想看了。」

「你好幼稚。」她的身體緊貼著慎介，用纖細的手臂勾住了慎介的手臂，「別管這裡了，我們去那裡喝雞尾酒，要討論接下來的事。」

「接下來的事？」

「對，是重要的事。走吧。」

說完，她拉著慎介的手臂。他被她一路拉著走回了客廳。

寬敞的客廳內，也只有最低限度的家具，只有放了高級餐具的古董碗櫃，和窗邊的沙發，以及沙發前的大理石茶几。

慎介跟著琉璃子，在沙發上坐了下來。沙發很高級，雖然很軟，但並不會讓整個人都陷下去。大理石茶几上放著剛才的雞尾酒杯。

她也在慎介的身旁坐了下來。

「你喜歡這個房子嗎？」她問。

「很滿意啊，超讚的。」他喝著雞尾酒。酒有點苦。

「這樣啊，那真是太好了。我還擔心萬一你不滿意該怎麼辦。因為你接下來要一直在這裡。」

「一直？」慎介看著琉璃子的臉，「一直是什麼意思？」

「就是永遠的意思。」她的雙眼炯炯有神，不，也許該說她露出了妖媚的眼神，「如果這個世界上不存在永遠，那就換一種說法，是到死為止。」

「等一下，妳要我住在這裡嗎？」慎介問，他的臉上仍然帶著笑容。因為他覺得她在開玩笑。

「我並不是請你住在這裡，」琉璃子笑著說，「而是你必須住在這裡，這是已經決定的事，你無法違抗命運。」

「命運嗎？所以，妳和我是被命運的線綁在了一起。」

「是啊，而且這根線，」她再次用手指纏住了慎介的手指，「絕對不會鬆開，也不會斷掉。」

「我也覺得是命運的安排，我想永遠和妳在一起。但是在此之前，請妳告訴關於妳的一切。妳究竟是什麼人？為什麼會去『茗荷』？又為什麼找上我？」

她露出含蓄的笑容，拿起酒杯站了起來。

「你為什麼想知道這種事？我是琉璃子，除此以外，還需要知道什麼呢？」

「妳不是知道我的情況嗎？也知道我在哪裡上班。」

「今天晚上之後，這種事沒有任何意義。」

「為什麼？」

「難道不是嗎？因為你從今晚之後，就不會在那種廉價酒吧，面對喝醉酒的客人。你所有的一切，都會變成過去。」

「等一下。妳說我不會再面對客人是什麼意思？妳要我辭職嗎？」

琉璃子搖了搖頭說：

「你不會再去那家店，不僅是那家店，你不會去任何地方。你會一直在這裡，和我在一起。」

「琉璃子……」

「你不滿意嗎？」

琉璃子鬆開了睡袍的腰帶，蠶絲的布料滑了下來，就像蛇蛻皮一樣，只剩下她雪白的裸體。

慎介拿著酒杯，凝視著她的身體。他就像中了邪一樣動彈不得。

這時，他內心敲響了警鐘，本能告訴他有危險。但是他不知道是什麼危險。我到底在害怕什麼？我想要逃離什麼？

睡魔突然襲來，他連眼睛都睜不開了。

全裸的琉璃子來到他身旁。她在笑，但是她的臉也漸漸模糊起來。

「我們要永遠在一起唷。」她在慎介耳邊呢喃。

慎介感受到她纖細的手臂抱著自己。自己的眼睛已經閉上，臉部感受到柔軟的東西。她似乎把乳房貼在自己的臉上。

慎介拚命想要讓自己保持清醒。他睜開像鉛塊般沉重的眼睛，抬頭看著琉璃子。

她已經收起了笑容，面無表情地低頭看著慎介。慎介覺得她的臉好像是假人。

就在這時，有什麼東西在漸漸模糊的意識中彈了出來。就像電線短路，火花四濺的衝擊貫穿了他的大腦。

他想起了曾經在哪裡遇過這個女人。不，「遇過」這種說法並不正確。自己只是看過這個女人的臉，而且是看照片。

極度的恐懼貫穿他的全身，他感覺寒意爬上了他的背脊，全身都起了雞皮疙瘩。

就在同時，他墜入了黑暗的意識黑洞。

23

慎介在醒來時感到頭痛欲裂，甚至想嘔吐。他揉了揉臉，一時想不起自己身在何處。

灰色的天花板最先映入他的眼簾，他看到了陌生的精巧圖案。他的視線向下移。白色牆壁、深棕色的門。

他想起來了。對了，這裡是那個叫琉璃子的女人的家。和她在一起時，突然很想睡覺，似乎就這樣睡著了。

慎介躺在床上，身上蓋著毛毯，但是沒有穿衣服，連內褲也沒穿。

他感覺到左腳的腳踝不太舒服，好像被什麼東西套住了。他掀開毛毯，看向左腳，忍不住驚叫起來。

因為他的腳踝被手銬銬住了。而且手銬的另一端連著鐵鍊。

慎介在床上跳了起來，試圖解開腳踝上的手銬，但是他無法徒手解開手銬。

他順著鐵鍊往下摸，發現鐵鍊繞成一圈一圈地堆在床邊，另一端鎖在牆上。

開什麼玩笑——

他找自己的衣服，但是床邊完全沒有看到他的衣服，他也打開衣櫃，發現衣櫃是空的。他產生了不祥的預感。

他拖著鐵鍊往外走。他來到走廊上，鐵鍊在地上拖行的聲音一路跟著他。鐵鍊似乎很長。

客廳的門關著。他打開了門，走進客廳。沙發、茶几、吧檯都和他睡著之前一樣，只是不見她的身影。

「琉璃子。」慎介叫著她的名字，「喂，琉璃子。」他又叫了一次，但是沒有聽到任何回答。

客廳仍然很昏暗，他看向窗戶，瞭解了其中的原因。因為遮光窗簾拉得密密實實。那是像電影院的黑色帷幕般黑色的窗簾，可能因為遮光性很強，完全沒有一絲光線照進室內，所以慎介甚至無法判斷目前是白天還是黑夜。

他走向窗戶的方向。他想看一下窗外的風景。沒想到距離窗戶還有兩公尺時，他的左腳無法繼續走向前。因為鐵鍊的長度不夠。

他忍不住咂著嘴，又走去走廊，然後走向玄關的門。鐵鍊的長度讓他可以勉強走到那裡。他想要打開門鎖。

但是，門鎖打不開，完全動不了。

他想起來了。雖然不知道是什麼樣的設計，但是這把門鎖似乎有特殊的構造，可以用遙控的方式操作，但是無法直接打開。

他準備走回臥室，走到一半時，發現盥洗室的門敞開著。他探頭向裡面張望，盥洗室很寬敞，和大學生的宿舍差不多。後方有兩道門，一間是廁所，另一間應該是浴室。

慎介不顧拖著的鐵鍊發出了嘎啦嘎啦的聲音，走了進去。他想的沒錯。鐵鍊的長度經過設計，讓他可以走進廁所和浴室。

洗手台也像是高級飯店一樣寬敞，上面放著全新的牙刷、牙膏、刮鬍刀和鬚後霜。

慎介走出盥洗室，回到了臥室。他再次打量室內，想要尋找自己的衣服。這時，他的目光停留在床頭櫃上。因為床頭櫃上有裝在盤子裡的三明治、小型熱水壺和咖啡杯。

「搞什麼啊。」他小聲嘀咕著，然後大叫起來：「這是怎麼回事？」

但是，完全沒有人回答他的問題，只聽到自己的聲音。

慎介跑到窗邊。在這個房間內，他可以自由活動。他抓著遮光窗簾，用力拉開了窗簾。

沒想到窗簾後方是白色的牆壁。窗戶被封住了。

慎介愣在那裡。他完全搞不懂是怎麼回事。

他搖搖晃晃地回到床邊，一屁股坐在床上，用力抓著頭。

他憤怒不已。為什麼自己會遇到這麼莫名其妙的事？但是，他的內心被另一種想法支配。在睡著之前，看著那個女人的臉想起的事，又重新浮現在他眼前，內心也再次湧現了恐懼。

慎介想起了一張照片。那是岸中玲二製作的假人模特兒的照片，而且是根據岸中美菜繪的長相製作的假人模特兒。

琉璃子和那個假人模特兒長得一模一樣。

24

慎介躺在床上，又在不知不覺中睡著了。但是，因為室內伸手不見五指，所以他一時不知道自己睜著眼睛，還是仍然閉著眼睛。他把右手舉到臉前，握起後又鬆開，在黑暗中看到了自己手掌在動。

他對時間失去了感知，同時也沒有空間的感覺。他無法立刻想起自己在哪裡，又為什麼會發生這種事。當然，他並不需要太多時間回想自己遭遇的事，只不過難以想像發生在自己身上的事，竟然是事實。

可惜的是，自己一絲不掛，腳踝上綁著鐵鍊都不是夢，他被那個神秘的女人關在這個房子。

他把手伸向床頭燈的開關，打開床頭燈，看到了放在桌上的三明治。慎介甚至不太清楚自己肚子是否餓了，只知道距離最後一次吃飯已經過了很久。

他拿起了火腿三明治塞進嘴裡。雖然三明治的表面有點乾掉了，但味道還不錯。他吃下第一塊後，頓時感到飢腸轆轆，接連吃著剩下的三明治。吃到第五塊時，把熱水壺中的飲料倒進了杯子。咖啡的香氣刺激著他的鼻腔，他的神志終於徹底清醒了。

他坐在床上，喝著第二杯咖啡，思考著到底發生了什麼事。

他想起琉璃子的臉，全身立刻起了雞皮疙瘩。

她為什麼和那個假人模特兒，也就是岸中美菜繪長得一模一樣？

慎介想起了堀田純一說的話。在發現岸中玲二屍體的前一晚，他看到了美菜繪，而且還斷言，一定就是美菜繪本人。

純一看到的會不會也是琉璃子？不，百分之九十九就是琉璃子。這種判斷最合理。

琉璃子到底是誰？慎介想到了岸中美菜繪有雙胞胎姊妹的可能性，如果是這樣，就意味著警方因為某種原因，並沒有掌握這個事實。

但是，假設真的有這個人，為什麼現在才對慎介採取報復行動？

不。慎介搖了搖頭。如果突然想要報仇，也不是不能理解，令人費解的是，她到底想要做什麼？如果目的是報仇，至今為止，有好幾次機會可以幹掉自己。對她來說，比起用鐵鍊綁住自己的腳，把自己軟禁在這個房間，乾脆殺了自己反而更輕鬆。

「完全搞不懂。」慎介嘀咕著，雙手捂住了臉。

就在這時，他聽到了動靜。

那是打開門鎖的聲音。是玄關的門鎖。門打開後又關上，接著是鎖門的聲音。有人沿著走廊走了進來，然後這個房間的門緩緩打開。

「你醒了。」琉璃子說。

她雪白的臉出現在昏暗中。就是那張臉，絕對沒有錯。

她今天穿了一件淺色的洋裝，因為光線昏暗，慎介不知道正確的顏色，但是看起來像藍色。

她一頭大波浪長髮披在肩上。

為什麼之前都沒有發現琉璃子和那個假人模特兒長得一模一樣？慎介現在才終於知道其中的原因。因為她第一次走進「茗荷」時，看起來和現在完全不一樣。

不僅化妝的方式不同，頭髮的長度也不一樣。她慢慢露出了本性。

「三明治好吃嗎？」她看著床頭櫃走進了房間。

「這是在玩什麼把戲？」

琉璃子停下腳步，低頭看著他，雙唇露出了詭異的笑容。

「你不喜歡嗎？」

「幫我解開鐵鍊。」

「那可不行。」她緩緩搖著頭。

「妳到底是誰？為什麼要做這種事？」

「理由根本不重要，你只要在這裡就好了。」

琉璃子俐落地脫掉了衣服，也脫下了內衣褲，一絲不掛地走向他。

當她來到慎介面前，雙膝跪地後坐了下來。她掰開了他的大腿，右手伸向他的下體。他前一刻還沒有勃起，在這個瞬間，立刻感受到血液的流動。慎介明明覺得這個女人有點可怕，很想趕快離開這裡，但仍然無法抗拒她。

琉璃子把玩著他的下體，當他的下體開始夠大、夠硬後，她的嘴唇靠近。當她的嘴唇碰觸到前端的剎那，慎介忍不住抖了一下。快感從背脊竄向大腦，他忍不住發出了叫聲。

她用嘴唇和舌頭，不時用手充分愛撫慎介的敏感帶。極度的快感讓慎介的身體忍不住向後仰，繃緊了手腳。

當慎介即將射精時，琉璃子似乎察覺到了，嘴唇離開了他的下體，然後站了起來，輕輕推了推慎介的雙肩，把他推倒在床上。

她也爬到床上，緩緩撫摸慎介的胸口，突然騎在他的身上。她的右手抓著他勃起的下體，放進自己的私處。

她慢慢往下坐，慎介的下體進入了她的體內。他感到腦袋深處麻痺，無法順利思考。

琉璃子的動作越來越激烈，慎介也從下方往上頂。她微張著嘴唇，下巴微微向前伸出，低頭看著他。她的表情不像是沉浸在快感中，眼中完全沒有感情，簡直就像是玻璃珠。

玻璃珠、人偶、假人模特兒——

不吉利的聯想掠過慎介的腦海，隔離了所有的感覺。貫穿全身的快感瞬間消失了。

慾望急速萎縮，腦袋冷靜下來，身體也變得無力。

琉璃子當然不可能沒有察覺他的變化，她停了下來，注視著他，似乎想看清他內心產生了什麼樣的變化。

萎縮的慾望並沒有復活。

琉璃子默然不語地注視著他，慎介也沒有移開視線。奇妙的沉默持續了好幾秒。

琉璃子的臉頰泛起笑容，她的嘴角也露出了笑意。她注視著慎介，身體微微前移，來到肚臍上方後，將體重壓在他的身上。慎介為了承受她的體重，必須腹部用力。

「原來是這樣，」她說，「你想起我是誰了。」

「妳……是誰？」

「你不是想起來了嗎？我是你很熟悉的人。」

慎介搖了搖頭說：「不可能有這種荒唐的事。」

「因為……我已經死了？」

「妳是誰？回答我的問題。」

女人沒有回答，只是嘴角露出笑容。她開始用雙手撫摸慎介的胸口。

「我跟你說，」她說，「即使肉體消亡了，仍然有方法可以留在這個世界。」

「妳在說什麼？」慎介抓住了女人的肩膀，「妳腦袋是不是有問題？」

女人像蛇一樣扭著身體，掙脫了他的雙手。她逃下床，裸著全身，站在床邊低頭看著他。

慎介也立刻想要站起來，但是看到她的眼睛，身體就像中了邪般動彈不得。

「視線有力量。」她瞪大了眼睛說，她的雙眼和前一刻像玻璃珠完全不一樣，感覺深不見底，眼睛深處綻放出可以勾魂的光芒。

慎介無法發出聲音，他的身體好像不屬於自己。

「有朝一日，你會更清楚地瞭解，我會讓你瞭解。」

琉璃子光著身體，走向房門。慎介無法追上去，因為他甚至無法活動自己的手指。

她走出了房間。走廊上傳來腳步聲。她似乎走進了客廳，接著聽到了餐具的聲音。不知道她在幹什麼。

不一會兒，就聽到她走去玄關，然後聽到她穿鞋子的聲音。

「親愛的，晚安。」玄關響起女人的聲音。

就在這個剎那，壓制慎介身體的無形力量突然消失了。他動了動手臂，接著坐了起來。

「等一下，」他大叫起來，「妳不要走。」他衝去玄關。

但是，當他跑到玄關時，門啪地一聲關上了，接著聽到喀答的巨大聲音，門鎖上了。

「琉璃子！」他大叫著。

但是，沒有任何反應，門外完全聽不到腳步聲。

慎介看著自己的腳。手銬卡進肉裡，微微滲著血。

他走去客廳，發現茶几上放著餐點。有開胃菜，有湯，還有沙拉和牛排，甚至開了紅葡萄酒，杯子裡倒了半杯酒。

他走過去，拿起盤子直接喝了湯。他猜的沒錯，湯已經冷掉了。只是不知道她從哪裡帶來這些食物，然後放在茶几上。

慎介一口氣喝完了葡萄酒。葡萄酒似乎是高級酒，但是他沒有心情品酒。他倒了第二杯，也倒進了喉嚨。

餐點附了塑膠的湯匙和叉子，但是沒有刀子。也許怕他會想不開。

他沒有用湯匙和叉子，直接用手抓著開胃菜，大口咬牛排。他食不知味，並不是因為餐點冷掉的關係，而是失去了味覺。

怒氣和煩躁突然湧上心頭，慎介站了起來，大喊一聲：「喂！」這裡是公寓，上下左右應該都有鄰居，他期待有人可以聽到他的聲音。

「對不起，有人在嗎？」

他用力跺著腳，敲打著牆壁。如果慎介在自己住的門前仲町的公寓做同樣的事，不僅是上下左右的住戶，恐怕周圍所有的住戶都會抗議。

但是，這棟房子所有方面都和慎介住的公寓不一樣，也許同樣稱為「公寓」就有很大的問題。無論慎介再怎麼大聲叫喊，製造噪音，都沒有人會來抗議。

這到底是怎麼回事？現在是什麼狀況？

慎介在客廳的地上躺成了大字。

這時，不知道哪裡傳來了電話的鈴聲。

25

雖然聽到聲音的瞬間，他覺得是電話鈴聲，但是他對是否確實是電話鈴聲沒有自信。因為那個聲音太小聲，太模糊了，而且他不認為那個女人會犯下把電話忘在這裡的錯誤。

但是，連續響了四、五次的聲音，是他熟悉的手機來電鈴聲。聲音從玄關那裡傳來。

慎介拖著鐵鍊走到玄關，鈴聲還在想。

脫鞋處旁邊有一個鞋櫃，鈴聲似乎就是從那裡傳出來的。他想要打開鞋櫃的門，但是鐵鍊不夠長，手離鞋櫃只剩下數十公分的距離。

他回到了客廳，尋找是否有任何可以作為工具使用的東西，但是他放眼望去，完全沒有任何東西可以派上用場。他又回到走廊上，然後走進臥室，再次感到失望。

電話鈴聲已經停了，慎介走進盥洗室，也探頭向廁所內張望，但是沒有找到任何可以當作工具使用的東西。

他搥了一下牆壁，在盥洗室的地上坐了下來。他覺得自己太可悲了，竟然連一根棍子都找不到。

他站了起來，思考著是否有其他解決的方法時，看到了毛巾架。毛巾架的長度有五十幾公分，是塑膠材質，兩端用十字螺絲固定。

慎介走去客廳，拿著湯匙，再次走回盥洗室。

他把湯匙的前端伸進螺絲的溝槽，雖然無法完全吻合，但至少可以施力。他指尖用力，朝向鬆開螺絲的方向緩緩轉動。螺絲原本就沒有鎖得很緊，所以漸漸開始旋轉鬆動。雖然一開始需要很用力，但之後就越來越輕鬆。

慎介突然產生了一種奇妙的感覺。那就是在盥洗室照鏡子時，曾經多次體會過的既視感，但是這一次比之前更加清晰。

沒錯，我之前也曾經這樣旋轉螺絲。

慎介想起自己住的公寓盥洗室內，有一個簡陋的洗手台，自己曾經用螺絲起子鬆開把鏡子固定在牆上的螺絲。不僅鬆開了螺絲，而且把鏡子拿了下來，然後又裝回去，再用螺絲鎖好。自己為什麼做這種事？

他想起是為了藏什麼東西。自己藏了什麼東西？隱約記得是白色包裹，但是想不起裡面裝了什麼東西。

自己為什麼會做這種事？

難道是擔心包裹內的東西被人發現嗎？自己為什麼會有這麼危險的東西？

慎介搖了搖頭，他決定晚一點再思考這件事。當務之急，就是必須擺脫眼前的困境。

但是，當他繼續轉動螺絲時，想起了一件事。不由得停下手。

成美失蹤時，她的梳妝台上有一把螺絲起子。是一把十字螺絲起子。

成美會不會用那把螺絲起子拆下了盥洗室的鏡子，然後偷走了藏在鏡子後方的東西？

想到這裡，他又想起一件事。在他出院回到家時，家裡變得完全不一樣了。是不是因為成美為了掩蓋她在家裡翻找「某樣東西」的痕跡，所以才假裝整理房間？她持續尋找「那樣東西」，最後發現藏在鏡子後方，於是就帶著「東西」遠走高飛了——

必須回家把盥洗室的鏡子拆下來。他這麼想著。當然首先必須逃離這個地方。

雖然花了一番工夫，但是總算把毛巾架從牆上拆了下來。慎介拿著毛巾架走去玄關，鞋櫃的門並沒有把手，他用毛巾架壓向鞋櫃的門，有一種按到彈簧的感覺。當他鬆開時，門就彈開了。

慎介的衣服揉成一團，塞在鞋櫃內，鞋子也在裡面。他伸長了手，用毛巾架勾住自己的衣服和鞋子，然後拉了過來。他有一種在迷宮中終於找到出口的感覺。

他攤開長褲，把手伸進口袋，立刻摸到了手機。那是慎介自己的手機。女人之前留在酒吧的手機已經被拿走了。

女人應該沒有想到，慎介長褲的兩個口袋裡都放了手機，所以只拿走一支手機，沒有確認長褲的另一個口袋，就塞進了鞋櫃。

總之，這是自己的救命繩。慎介心想。

到底該向誰求助？他思考這個問題。只能報警了。

但是，當他按了兩次「1」的數字鍵後，立刻掛斷了。因為他想起了藏在家中鏡子後方的東西。在明確知道那是什麼之前，他不想把事情鬧大。

他看向玄關的門。這道門的門鎖無法從裡面打開，絕對需要專用的鑰匙。

鑰匙……？

他想到了什麼。「鑰匙」這兩個字刺激了他的記憶。

慎介又檢查了自己的長褲，發現後方口袋裡有皮夾。他打開皮夾，從裡面拿出一張名片。那是刑警小塚之前給他的，上面有小塚的手機號碼。

他按了電話號碼，等待電話接通。鈴聲響了三次之後，聽到了男人低沉的聲音。

「喂？」

「請問是小塚先生嗎？」

「是。」

「是我，我是雨村。」

「喔喔。」小塚提高了說話的音調，「原來是你，這個時間打電話給我，有什麼事嗎？」

「我有急事。小塚先生，你可以馬上出來嗎？」

「馬上？」隔著電話，也可以感受到小塚的驚訝，「雖然也不是不行，請問到底是什麼急事？」

「前幾天，你不是給我看了一把鑰匙，說是岸中玲二身上有一把神秘的鑰匙嗎？」

「嗯。」

「我找到了可能和那把鑰匙相符的房子。」

「什麼？這是真的嗎？」

「如果你問我有沒有十足的把握，我就沒自信了，所以我想確認一下，可以請你帶著那把鑰匙來這裡嗎？」

「你在哪裡？」

「你要來嗎？還是你並不打算過來？」

小塚聽了慎介的問題，沉默了一下。可能在思考慎介說的話是否值得相信。

「好，我過去。」小塚說，「你告訴我地點。」

「你知道日本橋的環球塔嗎？」

「那不是有名的超高層公寓嗎？我當然知道，就在那裡嗎？」

「4015室。」

「4015……你在哪裡？你在4015室嗎？」

「對。」

「那是誰的房子？」

「我不知道。」

「不知道？」小塚沒有繼續說下去，慎介不難想像他驚訝地皺起眉頭的樣子，「你為什麼會去那裡？在我去那裡之前，想先瞭解一下這件事。」

「說來話長，而且我也有很多事情還沒搞清楚。總之，請你趕快來這裡，而且還有另一件很難解釋的事，我目前無法離開這裡。」

電話中傳來小塚咂嘴的聲音。

「雖然我完全搞不清楚是怎麼回事，但是會先去看看。我必須回警局拿那把鑰匙，可能會耽誤一點時間，你要做好心理準備。你是用手機打給我嗎？」

「對。」慎介把手機號碼告訴了小塚，「另外，還想請你帶一樣東西過來。」

「什麼東西？」

「如果你帶可以剪斷金屬的剪刀，我會感恩不盡。」

「剪金屬的剪刀嗎？為什麼需要這種東西？」

「你來這裡就知道了。百聞不如一見。」

「你真會賣關子，好吧，我會想辦法張羅。」

「我還想請教你一件事。」

「你催我趕快過去，還要在這個時間點發問嗎？」

「在車禍中喪生的岸中美菜繪有沒有姊妹？即使不是姊妹，有沒有和她長得很像是表姊妹之類的……我知道這麼問很奇怪。」

小塚再次陷入了沉默，但是慎介覺得並不是因為自己的問題很奇怪的關係。

「你也看到了嗎？」小塚說。

「啊？你說什麼？」慎介在問出口之後恍然大悟，瞭解了小塚這個問題的意思。慎介又接著問：「你是說……岸中美菜繪的幽靈嗎？」

電話中傳來嘆息的聲音。

「你親眼看到了嗎？還是聽別人說的？」小塚的聲音中帶著一絲緊張。

慎介想了一下後回答：「我看到了。」

「在哪裡？」

「就在這裡。」

「好，我馬上過去。」

「請等一下，她沒有姊妹嗎？」

「既沒有雙胞胎的姊妹，也沒有和她長得很像的親戚。」小塚說完這句話，就掛上了電話。

慎介看了手機螢幕上所顯示的時間，發現是凌晨四點多。難怪小塚剛接起電話的聲音好像還沒睡醒。

26

等待的時間極其漫長。慎介在等待時，一直看著手機螢幕。他很想打電話，想和外面的世界聯繫，但是他不敢浪費電池，而且小塚也可能打電話進來。

在他打電話的兩個小時後，終於聽到了門鈴聲。慎介抱著膝蓋，坐在玄關，大聲問：「哪一位？」

「是我。」門外響起了小塚的聲音。

「請把門打開。」慎介說。

門外傳來鑰匙插進鑰匙孔的聲音。鑰匙似乎相符。這並不令人意外，正因為鑰匙相符，所以才能夠打開一樓門禁系統的門。

門打開了，穿著白色 Polo 衫的小塚走了進來。這名刑警一看到慎介，瞪大了眼睛問：「怎麼回事？你怎麼會這樣？」

「所以我不是說了嗎？百聞不如一見。」

「我見了之後，更加搞不清楚是怎麼回事了。」

「可不可以先請你處理這個？」慎介拿起鐵鍊說。

「是誰幹的？」

「女人。」

「女人？」小塚訝異地皺起眉頭，「你先向我說明是怎麼回事，等一下再幫你剪斷鐵鍊。」

慎介無可奈何，只能簡短說明了至今為止發生的情況。小塚不時說出了帶著問號和驚嘆號的話，聽著他的說明。

「該怎麼說，」小塚聽完之後開了口，「真是令人難以相信。」

「但是，這是事實。最好的證明，就是我變成了這樣。」

「看起來的確不像是在開玩笑。」

小塚把運動包拿了過來，打開之後，從裡面拿出了鋼鋸。

「這是我擅自從警局借來的，絕對沒有第二個刑警會為你這麼兩肋插刀。」

「不好意思，我永生難忘。」

小塚用鋼鋸鋸斷了銬住慎介腳踝的手銬。

「終於自由了。」慎介重新穿好剛才從鞋櫃裡拿出來的衣服。

「這裡到底是誰的房子？」小塚打量著室內，「那個女人平時住在這裡嗎？」

「我也搞不清楚，門鎖有特殊的機關，窗戶也都封了起來，而且這裡也沒有像樣的家具。我覺得不可能有人在這裡生活。」

「有道理。」小塚拿著鋼鋸，在室內走來走去。慎介也跟在他的身後。

小塚打開了衣櫃和櫥櫃，發現裡面都空無一物。

「好像並沒有人住在這裡。」

「是啊。」
小塚站在玄關旁的房間前，他想打開那個房間，但是門打不開。
「這個房間鎖住了。」慎介說。
「所以你並不知道裡面有什麼。」
「對。」
「這樣啊。」小塚轉動門把好幾次，發出嘎答嘎答的聲音後，轉頭看著慎介說：「你既然被關在這裡，當然會想盡辦法逃走。你為了拿到手機，破壞了洗手台的毛巾架。」
「是啊……」
「雖然損毀別人家東西的行為不值得鼓勵，但是我想在這種情況下，應該可以被原諒，不會有人怪你。即使打破一道門，也是情非得已。」
慎介領悟了小塚想要表達的意思。
「你是叫我打破這道門？」
「我並不是叫你這麼做，只是說，即使你打破了，也不會有人怪你。」
慎介看著小塚的臉。刑警狡猾的臉上露出了笑容。
「真是服了你。」慎介嘆了一口氣，「這個可以借我一下嗎？」
「當然沒問題。」小塚遞上了鋼鋸，「破壞門把上方應該最簡單。」
「請你往後退。」

慎介雙手拿著鋼鋸，把鋼鋸當成斧頭，朝向那道門敲了下去。牢固的刀刃刺進了門板。他敲了好幾次，門板終於敲破了一個洞，手剛好可以伸進去。

「ＯＫ，可以停了。」小塚制止了慎介，把手伸進了那個洞。他打算從裡面把門鎖打開。

「你不是不方便動手嗎？」慎介喘著氣問。

「不必這麼計較嘛。」接著聽到了嘎嚓的金屬聲音，「太好了，門鎖打開了。」

小塚打開了門。室內伸手不見五指。他打開了牆上的電燈開關，日光燈的燈光照亮了室內。

「啊！」小塚尖叫一聲，然後嘆著氣說：「這個房間是怎麼回事？」

慎介也從門口看向室內，也嚇了一大跳，終於理解了刑警為什麼會發出慘叫聲。

房間內有許多假人模特兒。

27

這個房間差不多四坪大，但是能夠走路的範圍不到一半。房間內有兩張鐵桌，上面放了電腦和周邊設備，對面的牆壁上有一個金屬架，上面放著裝了液體和粉末的塑膠容器，和慎介從來沒有看過的機器，以及看起來像是裝了什麼藥品的瓶子。

房間後方站著假人模特兒，總共超過十個。有光溜溜的假人，還有穿了衣服的，或是只有下半身，各不相同。

「岸中玲二是做假人模特兒的技師，」小塚巡視室內後說，「他特地每天來這裡工作嗎？」

「不，這應該不是工作。」慎介走向假人模特兒，「我認為……這才是他來這裡的目的。」

「什麼？」小塚走到慎介的身旁。

「這些假人模特兒的臉都一樣，都是岸中美菜繪的臉。」

「啊？是嗎？我不記得她長什麼樣子。」

「就是岸中美菜繪的長相。」慎介說。

所有假人模特兒的臉都是岸中美菜繪，也就是琉璃子的臉，只是表情都不相同。有的在笑，有的在生氣，有的在賭氣，沒有哭泣的臉，但是所有表情的深處，都帶著悲傷。

其中一個假人模特兒吸引了慎介的視線。那絕對就是那張照片上的模特兒，和照片中一樣，也穿著婚紗。假人模特兒的雙眼注視著他，好像要對他訴說什麼。

慎介移開了視線。

「岸中玲二在這裡製作長得很像他死去太太的假人模特兒嗎？」小塚問。

「看起來是這樣。」

「聽起來真可怕，雖然他很可憐。」小塚戴上手套，打開了鐵桌的抽屜，裡面放滿了文件和筆記本，小塚翻了翻說：「好像都是製作人偶的資料。」

慎介也想伸手去拿，小塚說了聲「給你」，把什麼東西塞給了他。原來是手套。

「留下一大堆指紋，百害無一利。」

慎介點了點頭，戴上手套後，從抽屜中拿出一本檔案夾。那是最厚的檔案夾。打開一看，發現裡面有很多論文的影本。慎介隨手翻著，只看了標題。「研究使用了矽膠的人工皮膚」、「油壓式義肢」、「電磁式活動義眼的研究和問題」、「微電腦控制人偶的表情變化・智慧型機器人研究第十三集」——慎介當然不可能理解論文的詳細內容，但是看了標題，就可以想像蒐集這些論文的目的。岸中玲二打算製作接近真人的人偶，當然是長得很像他死去妻子的人偶。不只是外貌長得像，還必須能夠活動，同時能夠有各種表情。

這時，突然響起響亮的電子聲。轉頭一看，小塚坐在電腦前。電腦已經打開了。

「你太厲害了。」慎介語帶佩服地說。

「你是不是以為中年刑警不會用電腦？」

「老實說，我真的這麼以為。」

「你可別小看我，別看我這樣，我還曾經自己架設了網站。」

「真的嗎？」

「後來因為完全沒人看，我覺得很無聊，就放棄了。」

電腦螢幕上出現了 Mac 電腦特有的畫面。

「雖然我沒用過 Mac 電腦，但應該可以搞定。」小塚自言自語地說。

慎介打開了另一個抽屜。那個抽屜裡有許多辦公用品，還有一本 B 5 尺寸的大學筆記本。他拿出筆記本，隨手翻了一下，忍不住輕聲叫了起來。因為他看到筆記本上寫了密密麻麻的文字。

「七月十日

試做了顏面部分。用現成的頭部修正、著色，完成了很接近美菜繪的臉，但只是很接近而已，完全是不同的感覺。必須重新翻模，製作專用的頭部。

七月十二日

用黏土製作了美菜繪的頭部。鼻子的形狀很難，將照片進行圖像處理後計算出尺寸，意外發現她的鼻子高於日本人的平均值，也比平均值更細。深夜乾燥後，用石膏翻模。

七月十三日

將矽膠倒進模型，同時調顏料。調不出美菜繪皮膚的顏色，也找不到適合製作頭髮的材料。

七月十四日

為頭部著色。重現了美菜繪的臉，但還是有哪裡不對勁。果然是眼睛嗎？」

這似乎是製作過程的紀錄，岸中玲二每天或是隔天都會做紀錄。

慎介從第一頁開始看。岸中玲二起初似乎充滿熱情地想要製作和亡妻很像的假人模特兒，雖然慎介不太瞭解專業知識，但岸中似乎運用了在製作傳統假人模特兒時不會使用的技巧，比方說，他採用了只有眼球使用另一種塑膠製作，在製作顏面部分時，預先把眼球放進去的方法。這種方法很特殊，一般並不會使用。

九月中旬，岸中玲二終於完成了第一階段的目標。他完成了可以稱之為妻子複製品的假人模特兒，他為假人模特兒取名為「美菜繪娃娃」，為她穿上了婚紗。

就是那個假人模特兒。慎介心想。

在完成「美菜繪娃娃」第一號的那天晚上，岸中把她放在自己面前，舉杯慶祝。當時喝的就是愛爾蘭奶酒，就是岸中玲二去「茗荷」時點的酒。

根據筆記本上的紀錄，他之後仍然持續製作「美菜繪娃娃」。因為他想要擁有不同表情和服裝的人偶，他似乎把人偶放在房間的每一個角落，感覺隨時都和她在一起。

但是，幸福的時光並沒有持續太久。

「十月十日

我和美菜繪聊天，但是話不投機。這一陣子一直都這樣，我的心情也不太好。看著美菜繪的眼睛，我知道她想要說什麼。她想要有生命，她想要有可以活動的聲音，想要有可以發出聲音的喉嚨。

但是，我無法讓美菜繪重生。我比螻蟻更加無力。

我想這就是美菜繪的眼神如此悲傷的原因。」

之後，岸中玲二有很長一段時間沒有再記錄，日期一下子跳到了十二月二十日。

「十二月二十日

搬去新地方後的第一項工作，就是用電腦畫美菜繪的臉。用第一號娃娃記錄立體座標，同時還必須研究材料的問題。除了矽膠以外，是否還有其他理想的材料？

骨骼要使用鈦金屬還是碳纖維？動力要用馬達嗎？

十二月二十一日

針對肌肉系統的研究。如果可以，我希望可以不要使用馬達。因為聲音太吵，而且動作也不自然。我不想把美菜繪變成機器人，我希望可以找到人工肌肉。我搜尋了義手、義足的相關論文，雖然沒有找到可以應用的點子，但還是把論文內容列印了下來。

十二月二十三日

在人工皮膚的問題上，找到了有效的資料。基本上是矽膠，但構造不一樣。根據資料顯示，維護保養是最大的問題，要維持皮膚有滋潤的感覺會很費工夫。只要能夠製作出美菜繪的皮膚，這完全不是問題。

至於肌肉，以油壓系統為優先。至於細部，可能需要脈衝馬達。

蒐集假牙的相關資料。」

紀錄中提到了新地方。也許是那時候開始把工作室搬來了這裡。岸中玲二似乎並非只是製作假人模特兒，他想要製作更像真人的人偶。

新年之後，岸中玲二正式開始製作。時序進入二月，他終於完成了可以稱為原型模型的人偶。

「二月五日

首先完成了MINA—1的頭部，我對成果很滿意。外形和之前的假人模特兒基本相同，眼瞼和嘴唇可以活動，但活動幅度還太小。皮膚的感覺太出色了，當閉上眼睛時，簡直就像美菜繪生前的樣子。我親吻了她的嘴唇，感覺有點硬，必須重新考慮材質。

我在眼睛中裝了紅外線的感應器，但看起來沒有任何不自然。

二月七日

上半身進入了完成前最後的收尾階段。用矽膠袋調節乳房的大小，形狀的調整難度很高。乳頭部分改用樹脂的材質，結果很理想。

手臂連結肩膀的皮膚很難做得很漂亮，雖然腋下改用其他材質可以解決這個問題，但我不希望增加接縫。

腹肌的金屬線太明顯很傷腦筋。還有很多需要解決的問題。」

原本看著筆記本的慎介抬起了頭。他打量周圍，想要尋找紀錄中提到的MINA—1人偶，但是並沒有看到。

他再次低頭看著筆記本。進入三月之後，岸中開始組裝MINA—1。將上半身和下半身組合在一起，針對各個部分進行調節。

「三月三日

原本想在人偶節為MINA—1穿上衣服，可惜時間來不及。手臂的動作太生硬，一方面是因為和腿相比，動作更複雜的關係，但最重要的原因是重量超過原本的預估。只不過目前的狀況下，很難再減輕重量。如果犧牲手指的動作，就可以解決這個問題，但是我不想放棄。美菜繪很會彈鋼琴，無法彈鋼琴的美菜繪就不是美菜繪。

三月五日

美菜繪的頭部完成了，表情可以自由變化。我在電腦內輸了十二種表情，測試結果良好。

手臂的問題，我決定藉由減少動作進行改善。即使減少了動作，外觀上也完全沒有任何問題。由於動作變得流暢，所以感覺更自然了。

明天要去植髮。

三月六日

身體植髮完成。明天要將頭部和身體組合。希望一天就可以搞定。」

雖然他希望一天就可以搞定，但是從三月七日開始的最後組裝工作並不順利。因為並非只是機械式地組裝起來，皮膚也要接得完全不會有奇怪的感覺，如果測試時動作不順暢，就必須重新拆解。岸中玲二在兩個星期內，總共把頭部裝上、拆下了十次。

「三月十九日

裝上頭部。修復皮膚接合的部分耗費了很多時間和心力。

我讓她坐在椅子上，用紅外線遙控器發出指示。雖然手腳的動作有所改善，但是身體扭轉的動作很不自然。頭部的重量似乎對腰部旋轉的部分產生了不良影響。雖然有點猶豫，但最後還是決定把頭部拆下來。今晚累了，先睡覺。

三月二十日

拆下頭部後，檢查腰部旋轉的部分。果然不出所料，旋轉部分產生了歪斜。這是根本性的計算疏失，要重新製作旋轉部分嗎？但是，現狀和尺寸都無法改變，該怎麼辦呢？」

不知道為什麼，之後有一頁被撕掉了，所以直接跳到了三月三十日。慎介看了那天的內容大吃一驚。因為MINA—1完成了。

「三月三十日

今天是美菜繪的第二度生日。這是她華麗復活、值得紀念的日子。

我為MINA—1穿上了衣服。我之前就已經想好，在完成之後，要為她穿什麼衣服。就是那件白色洋裝。雖然和目前的季節不太相符，但那是我第一次買給她的衣服。

不用說，衣服穿在她穿上當然剛剛好。她復活了。美菜繪回到了我身邊。

『歡迎回家。』我對她說。

我回來了。她回答。我可以聽到她的聲音。

「妳不要再離開我了。』我說。

我不會離開。她說。」

這是最後的紀錄，之後就是白紙。慎介把筆記本闔起來。

雖然經過了千辛萬苦，岸中玲二終於完成了和妻子一模一樣的人偶。但是，慎介很納悶為什麼這個房間內沒有那個人偶。根據他的紀錄，那個人偶很大，而且似乎也沒有拆開後收了起來。

岸中玲二把人偶搬去其他地方了嗎？有什麼目的？

慎介正在思考這個問題，小塚問他：「上面有寫什麼有趣的內容嗎？」小塚剛才都在看電腦。

「會不會覺得有趣，恐怕會因人而異。」

「你覺得有趣嗎？」

「很有趣。」慎介把筆記本放在桌上，「雖然也有點可怕。」

「這樣啊。」

「你有沒有查到什麼？」

「我正在檢查所有的檔案，岸中玲二似乎很會用電腦，老實說，我真的自嘆不如。」

「有沒有關於人偶的內容？」

「有相關的資料。」小塚在回答時看著螢幕，然後叫了一聲：「喔，這個！」

他操作著滑鼠問：「DOLL 應該就是人偶的意思吧？」

「對。」

「有用這個名字命名的資料夾。喔喔，裡面好像都是照片。」

慎介站在小塚身後，看著電腦螢幕。

螢幕上出現了「DOLL 美菜繪」的照片。

「喔喔，原來他把自己的作品拍下來保存建檔。」小塚說。

檔案分別取了「DOLL. 1」或是「DOLL. 2」之類的名字，「DOLL 美菜繪」中應該保存了各種版本的照片。

其中有一個檔案是「MINA—1」，慎介指著那個檔案說：

「請打開這個看一下。」

「ＯＫ。」小塚把滑鼠的游標移向那個檔案，然後點了兩下。

螢幕上出現了照片。慎介看到照片，一時說不出話。

小塚也驚訝不已，他把臉湊到螢幕面前，終於擠出了一句話。

「喂……這是人偶嗎？」

螢幕上有一身穿著白色洋裝的女人面對著鏡頭坐在那裡。是琉璃子。慎介嘀咕著。

28

走出公寓，豔陽籠罩了慎介的全身。他用手遮住了眼睛，走向地鐵車站。早上的通勤尖峰已經開始，柏油路上揚起的塵土，黏在微微冒汗的身上。

小塚說要繼續調查，所以仍然留在那個房子。慎介不想在那裡多逗留一秒鐘，所以就先逃了出來。小塚問他打算去哪裡，他回答說要回家。他並沒有其他地方可去。

「你不要到處亂走，我晚一點會聯絡你。」慎介穿鞋子準備離開時，小塚對他說。

岸中玲二到底在那個詭異的房間內幹什麼？慎介思考著這個問題。他能夠理解岸中想要製作很像亡妻的人偶，但是，「MINA—1」到底是什麼？根據筆記本上的紀錄內容，岸中想要製作很像真人的所謂人造人，而且也實際完成了。但是，真的有可能嗎？

慎介回想起電腦中的圖像。「MINA—1」的圖像和「DOLL. 1」、「DOLL. 2」不一樣，無論怎麼看，都像是活生生女人的照片，但是，臉的確和那些假人模特兒相似度極高。

那個人就是琉璃子。難道琉璃子是岸中玲二製作的人偶嗎？慎介認為不可能有這麼荒唐的事。她是如假包換的真人。又不是科幻電影，現實生活中，不可能有可以和真人一樣活動、說話，和人類做愛的人偶。

那麼，琉璃子到底是誰？岸中美菜繪並沒有雙胞胎的姊妹，小塚說，也沒有長得和她很像的親戚。

慎介想起了岸中玲二的手記。那份手記中最後一句話一直在慎介的腦海中打轉。

「『妳不要再離開我了。』我說。

我不會離開。她說。」

岸中玲二到底在和誰說話？

慎介覺得好像已經很久沒有回家了。一打開門，發現家裡有股霉味。他拉開窗簾，打開窗戶。灰塵在廉價的玻璃茶几上方飛舞。

慎介打開了成美的梳妝台抽屜，抽屜中有一把塑膠握把的十字螺絲起子。他拿起螺絲起子，走進了盥洗室。盥洗室的牆上有一面簡陋的鏡子，四周用十字螺絲固定。

他把螺絲起子塞進螺絲的溝槽，按逆時針方向旋轉。螺絲一下子就鬆了，顯然曾經多次拆下和鎖起。

慎介把四個螺絲都拆了下來，小心翼翼地把鏡子拿了下來。鏡子後方有一個大洞，牆壁被挖了三十公分見方的空洞。

對了。他想起來了。

他曾經把錢藏在這裡。那是一大筆錢。他記得是三千萬圓，用報紙包起後藏在空洞內。他沒有把藏錢的事告訴任何人，連成美也沒有說——

慎介感到嚴重的暈眩，拿著鏡子跪在地上。他開始頭痛，同時想要嘔吐。許多拼圖碎片自動拼在一起，記憶在慎介腦海中逐漸成形，原本模糊的東西漸漸有了明確的輪廓，原本雜亂的東西逐漸排列整齊，原本缺失的部分也開始補充。可惜的是，他的記憶仍然不完整，缺少了重要的部分。

當這種感覺消退後，他稍微舒服了些。他緩緩站了起來，把鏡子放回原位，用螺絲鎖好。

必須找到成美的下落，他告訴自己。因為成美帶著三千萬圓逃走了。

他有點搞不清楚今天是星期幾，但似乎是星期四。中午過後，慎介打了電話給千都子。

「你去了哪裡？昨天和前天都無故曠職，多讓人擔心啊！」千都子的聲音聽起來很不高興，顯然不僅是因為她還沒睡醒的關係。

「對不起，因為臨時有急事。」

慎介不可能告訴千都子，自己被那個神秘女人軟禁了。即使說了，千都子恐怕也不會相信。

「是什麼急事？至少可以打一通電話給我啊。」

「我朋友意外身亡，他舉目無親，所以我必須幫忙處理守靈夜和葬禮的準備工作，所以就忘了打電話。」

千都子在電話彼端嘆了一口氣。

「既然是這種事，那也沒辦法。下次要記得打電話。」

「嗯，我知道，真的很對不起。」

「你今晚會來上班嗎？」

「現在還說不準，可能去不了，我可以請假嗎？」

「啊？是嗎？真是傷腦筋。」

千都子抱怨著。

「對不起，事情就是這樣。」

「那也沒辦法。」

慎介保證明天會去上班，然後掛上了電話。

到了傍晚，仍然沒有接到小塚的聯絡。慎介撥打了小塚的手機，但是電話打不通。

他突然想起一件事，走出了家門，攔了計程車，對司機說：「請去日本橋的環球塔。」

來到高層公寓，他走進了大廳。一個身穿灰色制服的男人站在左側的服務台前，當慎介走過去時，他抬起了頭。

「請問有什麼事嗎？」男人問。他的頭髮梳得很整齊。

「我是貨運公司的人，請問4015室的住戶是不是姓岡部？」

「岡部？不，你搞錯了。」男人看著自己手邊的資料說，「四十樓的屋主全都是上原先生，並沒有聽說他出租給姓岡部的人。」

「上原先生？」

「就是帝都建設的董事長。」男人說到這裡，露出了後悔的表情。他可能發現自己說太多了。

「你說的帝都建設……」

「總之，4015室並沒有姓岡部的住戶。」男人冷冷地說。

如果繼續追問，可能會引起懷疑。慎介道謝後，轉身離開了。而且他也擔心在這裡逗留太久，會被琉璃子發現。

走出公寓，他繼續思考著。說到帝都建設，他想起一件事。木內春彥就在那家公司上班。

為什麼琉璃子可以自由使用那間房子？岸中為什麼在那個房間製作妻子的人偶？

走去地鐵站時，慎介停下腳步，拿出了手機。他站在路上，打電話給岡部義幸。慎介預料會聽到他不耐煩的聲音，沒想到電話中的聲音比想像中更尖銳。

「怎麼又是你？這次又有什麼事？」

「請你介紹我認識那個在『水鏡』的朋友。」

電話中傳來嘆息的聲音。

「你還在調查木內嗎？」

「你說對了。」

「『水鏡』的朋友只知道上次我告訴你的那些事，即使去找他也沒用。」

「有沒有用，要問了之後才知道。」

「真是受不了你。」岡部又嘆了一口氣，「既然你這麼想調查木內，剛好有一個適合的對象，你要不要去問他一下？」

「是誰啊？」

「木內上次不是來店裡嗎？你記得當時和他一起來的那個男人嗎？」

「就是戴著眼鏡，看起來像跑業務的男人嗎？」

「沒錯，他似乎很中意這家店，隔天又帶著不知道哪家店的小姐來喝酒。」

「木內沒有一起來嗎？」

「只有他和那個小姐兩個人。他當時留下了名片，那張名片就在我手上。」

「他叫什麼名字？」

「他叫樫本幹男。樫樹的樫，書本的本，樹幹的幹，男人的男。好像在電腦軟體公司上班，公司的名字叫 Head Bank。」

「他和木內是什麼關係？」

岡部輕聲笑了起來。

「這種事，你自己去問他啊。」

「也對。請你把聯絡方式告訴我。」

「名片上印了他的公司地址和手機號碼，啊，還有電子郵件信箱，你想知道哪一個？」

「手機號碼比較好。」

「OK，但你不要說是我告訴你的。」

「我知道。」

慎介拿出家裡的鑰匙，把岡部說的十一個數字刻在旁邊的護欄上。掛上電話後，立刻把數字記在自己手機上。

他立刻撥打了電話。鈴聲響了五次後，電話接通了。

「喂？」樫本幹男的聲音很高亢。

慎介為冒昧打這通電話道歉後自我介紹，但是他並沒有說自己的真名，而是自稱小塚。

「因為有事想要和你聊一聊。」

「請問是什麼事？」樫本警戒地問。這也是正常的反應。

「想請教你幾個有關木內先生的事。」

「木內？他怎麼了？」樫本直接叫木內的名字，難道他們並不是工作上的關係嗎？

「能不能和你約在外面見面？」慎介盡可能客氣地說話，「不好意思，在你百忙之中打擾，也可以等你下班之後再碰面。」

「我不知道什麼時候才能下班。」

「那我晚一點再打電話給你，一個小時後可以嗎？」

「嗯，你等一下。」

他可能在確認工作表，慎介等了三分鐘左右。

「好，七點左右應該有空，那個時間可以嗎？」

「沒問題，要在哪裡見面呢？」

「我公司對面有一家名叫『和諧』的咖啡店。」

「『和諧』嗎？我瞭解了，那就七點見。」

慎介掛上電話後，立刻又打電話給岡部。

「又怎麼了？」岡部問，聲音中帶著一絲怒氣。

「你把 Head Bank……就是樫本那家公司的地址告訴我。」

29

Head Bank這家公司位在神田小川町，在一棟小型大樓的三樓和四樓。馬路對面就是那家名叫「和諧」的咖啡店，那是一家氣氛沉穩的咖啡專門店。慎介在六點五十分走進咖啡店，點了一杯巴西咖啡。

他喝著咖啡，等了超過十五分鐘，看到一個熟悉的男人身影走進店內。他就是之前和木內一起去「SIRIUS」的男人，今天穿了一身灰色西裝。

「樫木先生。」慎介向他打招呼。

樫本一臉訝異地走了過來，眼睛細微地上下移動，似乎在打量他。

慎介有點擔心他是否記得曾經和自己在「SIRIUS」有過一面之緣，但樫木露出了面對陌生人的眼神。

「請問是小塚先生嗎？」

「對，不好意思，在你百忙之中打擾。」

樫本在慎介的對面坐了下來，向服務生點了一杯哥倫比亞咖啡。

「這是我的名片。」慎介遞上一張名片。那是小塚的名片，樫本拿起來一看，立刻瞪大了眼睛。

「你是刑警……」

「不好意思，」慎介把樫本手上的名片拿了回來，「因為上面規定，不能隨便留名片給別人。」

「喔，是。」

樫本頓時露出了緊張的表情。

「你似乎和木內春彥先生很熟，請問你們是什麼關係？」慎介立刻開始發問，不讓樫本有時間產生懷疑。

「我們是大學同學，是××大學的資訊工程系。」

「原來是這樣。你們很頻繁見面嗎？」

「也沒有很頻繁……每個月差不多都會有一次，他突然打電話給我，約我一起去喝酒。」

「然後由木內先生付錢——是不是這樣？」

樫本聽了慎介的話，露出了心虛的表情。慎介看著他的臉，輕輕笑了笑，希望他覺得自己很可怕。

樫本點的咖啡送了上來，他喝著黑咖啡，手有點發抖。

「木內先生在帝都建設上班吧？」慎介看到樫本點頭後，又接著說，「不知道他在公司做什麼工作？」

「這我就不知道了，因為他幾乎不聊工作的事。」

「根據我的調查，他很少去公司上班，但是生活很優渥，所以我們認為其中有什麼原因。」

「不知道，我不瞭解。我們真的只有偶爾見面喝酒而已……」汗水從他的太陽穴流了下來。

「樫本先生，」慎介壓低聲音說，「如果有人用髒錢請客，被請客的人也會被追究責任。」

慎介覺得自己說的這句話完全沒有真實感，但似乎對樫本發揮了威脅的效果。他頓時臉色發白。

「請你相信我，我真的什麼都不知道。自從那次意外後，他整個人都變了，什麼事都不告訴我。」

「你說的意外，是指那起車禍嗎？」

「對。」

「你說他變了，具體來說是怎麼變了呢？」

「該怎麼說呢，他之前很開朗，但是車禍之後，他變得很少說話，也就是個性變得陰沉了。畢竟撞死了人，會有這種變化也很正常。」樫本說完後又補充說：「解除婚約這件事，可能也對他造成了影響。」

「解除婚約？」慎介對這句話有了反應，「請問是怎麼回事？」

樫本眨了眨眼睛看著慎介，似乎在問，原來你不知道這件事。同時也露出了後悔的表情，覺得自己太多嘴了。

慎介想起了木內住的公寓的管理員說的話，原本是新婚夫妻打算入住，但最後只有木內一個人搬進去。

「木內先生當時已經有結婚的對象了嗎？」

樫本聽了慎介的問題，點了點頭回答說：「對。」

「對方是什麼樣的女人？你知道她的名字嗎？」

「我不知道她叫什麼名字，但是，那個……」樫本突然猶豫起來。他似乎有點驚慌，喝了一口咖啡，似乎想要讓自己平靜，然後才看著慎介，壓低聲音說：

「我聽說……是董事長的千金。」

「董事長是……？」慎介驚訝地問。

「就是帝都建設的董事長。」樫本說，「木內在公司的網球比賽獲得冠軍時，認識了剛好來觀賽的董事長千金，然後他們就越走越近。」

「太厲害了……」

慎介本來想說，他可以少奮鬥三十年，但是把話吞了下去。因為他覺得那不是刑警會說的話。

「但是，最後他和董事長千金的婚事破局了。」

「對，雖然木內沒有告訴我詳細情況，但我想應該是那起車禍造成的。」

「董事長不希望女兒嫁給曾經撞死人的男人嗎？」

「應該是吧，也可能是千金本人不想和這種男人結婚。」

「如果是這樣，董事長不是不想讓木內先生繼續留在公司嗎？」

「但也不可能逼迫他辭職，所以就把他調去虛職，這只是我自己亂猜的。」樫本說。

慎介點了點頭，但是並沒有完全接受這種推測。他注視著咖啡已經喝完的杯子片刻，再次抬起了頭。

「你知道名叫環球塔的公寓嗎？」

「你是說最近在日本橋落成的……」

「木內先生有沒有在你面前提過那棟公寓？」

「你是指哪方面的事？」

「比方說，有朋友住在那裡。」

「不清楚欸，」樫本歪著頭說：「我們從來沒有聊過這種事。」

「這樣啊。」

「不好意思，」樫本看了一眼手錶，「還有其他事嗎？我還沒有下班，我是偷溜出來的。」

「不好意思，那就問你最後一個問題，木內先生有沒有向你提過那起車禍的事？」

樫本搖了搖頭說：

「幾乎沒有。因為我不好意思主動問他，他似乎也刻意避談這件事。」

「原來是這樣。」這也情有可原。慎介心想，「你知道木內先生還有其他親近的朋友嗎？」

「有這樣的人嗎？因為車禍之後，他似乎疏遠了所有人，只有偶爾會聯絡我而已，我也不知道為什麼。」樫本頻頻歪著頭感到納悶，最後輕輕拍了一下手說：「啊，對了，那裡的人可能現在也和他有來往。」

「那裡是哪裡？」

「木內對遊艇很有興趣，我記得他和朋友合買了一艘遊艇，那些人經常在惠比壽聚會。」

「那家店名叫什麼？」

「叫什麼呢？因為我只去過一次……」樫本輕輕拍了拍自己的腦袋，「好像是『海鷗』。」

「海鷗……那是什麼店？」

「就是雞尾酒吧，氣氛很開朗，聽說那家店的老闆也是共同船主之一。」

慎介點了點頭，覺得很值得去見一面。

30

我今天真像刑警——慎介在日比谷換了地鐵，前往惠比壽的途中，忍不住這麼想。但是，他完全看不到真相，只覺得事態越來越錯綜複雜，卻完全看不到解決的頭緒。

還有成美的事。不，也許該說是三千萬的事。到底是怎麼回事？只要試圖想這件事，就會開始頭痛。

走出惠比壽車站，他繼續往南走。

他事先打了電話，確認了「海鷗」所在的地點。電話號碼當然是問了查號台。他要找的那家店就在過了保齡球館後，繼續走二十公尺的位置，那家店比馬路高，所以門口設置了石階。

店內並沒有很大，只有一張吧檯和三張小桌子。吧檯應該坐不下十個人，目前坐了七個人，看起來都像是熟客。只有一張桌子坐了人。

慎介在離吧檯最近的桌子旁坐了下來，但因為是很高的高腳椅，所以坐下後也和站著時差不多高。他看向牆壁，牆上掛著在碧海中馳騁的遊艇照片。

看起來像是老闆的男人站在吧檯內。他留著鬍子，長髮綁在腦後，無論臉、脖子和挽起袖子的襯衫下露出的手臂，都黑得像巧克力。

來桌邊為慎介點酒的並不是那個男人，而是一個穿著藍色T恤，二十來歲的女生。她也曬得很黑，完全不輸給老闆，但是慎介一眼就看出她是在日曬沙龍曬黑的。

「給我一杯苦精琴酒。」慎介說，女服務生回答說：「好。」

吧檯內的老闆雖然聽著眼前客人聊天，但是用眼角觀察著第一次走進酒吧的客人，同時全神貫注地聽著客人點什麼酒。如果不這麼做，就稱不上是專業的調酒師。

「啊，請等一下。」女服務生正準備離開，慎介叫住了她，「請問有一位木內先生經常來這裡嗎？」

「木奈先生？」

「不，是木內先生。」

「木內先生……我不太清楚。」女服務生歪著頭。

「沒事，妳不知道就算了。」

「不好意思。」女服務生鞠了一躬後離開了，慎介並不認為沒有收穫。因為他發現當他說出木內的名字時，吧檯內的老闆轉頭看了他一眼。

他的直覺沒錯，老闆親自為他送來了苦精琴酒。

「好冰啊。」

慎介說，老闆笑了笑。老闆收起笑容之前，慎介就喝了第一口。刺激卻又恰到好處的苦味從舌尖擴散到大海。

「太讚了。」他說。

「謝謝。」

「木內先生來這裡的時候都喝什麼？」慎介問。

老闆並沒有收起笑容，但笑容中帶著一絲猶豫的表情。他一定在納悶，眼前這個客人到底是誰？

「你是木內先生的朋友嗎？」老闆說。

「不能說是朋友，他是店裡的客人。」

「店裡的客人？」

「是位在麻布的這家店。」慎介拿出了「茗荷」的名片，「他以前常來店裡。」

「原來是這樣啊。」老闆露出了輕鬆的表情，可能得知慎介是同行，頓時自在多了。

「這家店就是聽木內先生說的，他叫我一定要來一次。」

「太感謝了。」老闆有點害羞地說。

「木內先生最近也常來嗎？」

「不，」老闆搖了搖頭，「他最近都沒來。」

「這樣啊，從什麼時候開始？」

「嗯，從什麼時候開始呢？」老闆露出思考的表情，但無法得知他是否真的在思考。也許只是不想隨便聊涉及客人隱私的話題。

於是慎介試探地說：「他是在車禍發生後，就沒有再來我們店裡。」

老闆得知慎介也知道車禍的事，似乎終於放了心，點了點頭說：「差不多也是那個時候。」

「聽說你們共同擁有一艘遊艇。」

「是啊，但是在車禍發生後，他打電話給我，說暫時不想出海，叫我不必邀他。雖然這也是理所當然的事，我想他應該受到很大的打擊。」

「我想也是。」慎介又喝了一口雞尾酒後說：「聽說他的婚事也告吹了。」

「對啊。」老闆點了點頭，他也知道這件事，兩道細細的眉毛皺成了八字形，「真是太遺憾了，他們以前經常一起來這裡。」

「他和他的未婚妻嗎？」

「對。」

「我記得他的未婚妻是上原……小姐？」

「對，上原碧璃，她是不是很漂亮？」

「不，我沒見過她，聽說是帝都建設董事長的千金。」

「是啊，大家都起鬨說他可以少奮鬥三十年。上原小姐很愛花，每次來這裡的時候，都會帶花過來。這附近就有一家花店。」

吧檯前的客人叫著老闆，老闆對慎介說了一句「請慢用」，就走回了吧檯。

慎介舉起裝了苦精琴酒的杯子，放在燈光下。

上原……碧璃嗎？

這應該就是此行唯一的收穫了，而且他也不知道上原碧璃這個名字的寫法是否正確。總之，木內在那起車禍之後，幾乎斷絕了之前的所有人際關係。

他在腦海中逐一確認了樫本和酒吧老闆說的話，發現其中有一件令他感到不解的事，而且是一件很根本的事。

幾天前，木內明確對慎介說，他「並沒有太多罪惡感」，但是無論樫本和老闆都說他很受打擊。到底哪一個才是他的真心話？

雞尾酒杯空了。慎介思考著要不要再來一杯，但又覺得繼續在這裡耗時間也沒有意義。

這時，打工的女服務生走了過來，手上拿著什麼東西。

「老闆要我把這個拿給你看。」說完，她把一本相簿放在桌子上。

慎介看向吧檯。

「那是最後一次和木內先生他們一起開遊艇去玩時的照片。」老闆說。

「這樣啊。」慎介翻開了相簿。

碧藍的大海下，幾個男人在遊艇上擺出各種姿勢，每個人的臉都曬得和老闆一樣黑，木內也在其中。他也曬得一身黝黑，雖然白色短褲下露出的雙腿很細，但是可以清楚看到肌肉的形狀。一看就知道是熱愛海上運動的人。

接下來也是幾張類似的照片，其中一張照片中，木內摟著一個女人的肩膀。
「和木內先生在一起的女人……」
「她就是上原碧璃。」老闆說。
慎介重新打量著照片。上原穿了一件橘粉色的Ｔ恤，臉有點圓，看起來很健康。她應該抹了防曬霜，但是乍看之下，臉上的妝很淡，感覺不像是董事長的千金小姐。
慎介闔起相簿，拿去吧檯說：「謝謝。」
「原本加洗了這些照片準備交給木內先生，但是一直沒有機會。」老闆苦笑著。
慎介付了一杯苦精琴酒的錢後走出了酒吧。他邊走邊操作手機。他想和小塚聯絡，但電話仍然無法接通。
他到底在幹什麼？──慎介出聲嘀咕，然後把手機放回口袋。
他抬頭準備走向車站，發現旁邊有一家花店。花店當然已經打烊了，但是他看到了招牌。
慎介停下了腳步。因為招牌上的店名讓他停下了腳步。
幾秒鐘後，他靈光一現，立刻轉身往回走。
當他衝進「海鷗」時，打工的女服務生露出了驚訝的表情問：「啊，你忘了什麼東西嗎？」

「剛才的照片，」慎介對吧檯內的老闆說，「請你再給我看一下。」

31

慎介在十一點多抵達日本橋的濱町。這一帶附近都是辦公大樓，一到晚上，路上就黑漆漆的。有五個車道的清洲橋路和白天不同，路上空蕩蕩的，只有亮著「空車」燈的計程車不時經過。

他站在人行道上，抬頭看著花園皇宮公寓。只有這棟建築物的窗內亮著燈，慎介祈禱其中一個亮著燈的窗戶是木內春彥家。

記得他是住在505室。

慎介邁開步伐。他覺得目前唯一的方法，就是向木內本人問清楚。慎介無法想像，木內知道什麼事，但是一定知道某些事，這件事很確定。

當他準備走進公寓時，隔著門禁系統的玻璃門，看到電梯門打開了。走出電梯的人正是木內。

慎介立刻轉身離開了公寓，走去對面的馬路，然後躲在停在路旁的轎車後方觀察著。

木內穿著深色上衣，單手插在長褲口袋裡，走向清洲橋路。

慎介大吃一驚。木內要搭計程車。

他躡手躡腳地快步來到馬路上，以免被木內發現。立刻有一輛空車駛來，他舉起手，攔下了計程車。

「不好意思，請你等在原地，等一下再開車。」

戴著眼鏡的中年司機聽了慎介的話，露出詫異的表情。

木內來到馬路上。慎介猜得沒錯，他舉起一隻手。一輛白色計程車停在他面前。

「請你跟在那輛計程車後面。」慎介對司機說。

「啊？」司機毫不掩飾內心的不願意，「前面的人知道你跟在他後面嗎？」

「不，我不希望被他發現。」

司機咂著嘴。

「如果是這樣，可以請你改搭其他車子嗎？」

前面那輛車子已經開了出去，但是慎介搭乘的那輛計程車的司機遲遲不願發車。

慎介探出身體，一把抓住了司機的胸口。

「少囉嗦，趕快開車。小費不會少給你。」

雖然慎介的態度並沒有很兇，但似乎發揮了相當的效果。司機默默地打了檔，踩下離合器，車子立刻開了出去。

前方的計程車駛入了右側車道，那是右轉車的專用車道，似乎打算進入新大橋路。慎介搭乘的計程車也同樣改變了車道。

計程車沿著新大橋路駛向茅場町的方向。這時，慎介忍不住想，他該不會要去那裡？

「追車很不容易，」司機嘀咕著，「因為有交通號誌，而且會有其他車子擠進來。」

沒問題。慎介在嘴裡嘟囔。我已經知道他要去哪裡了。

「司機先生，可以了，追車遊戲結束了。」

「啊？是嗎？」

「嗯，你在那裡停車就好。」慎介指著前方說。

聳立在高空下的環球塔就在前方。

計程車很快就進入了環球塔的英國庭園風社區內，木內搭乘的計程車就在前方，慎介猜想對方已經發現遭到了跟蹤。

慎介搭乘的計程車也跟著前方的車子停在車子臨停區。慎介正在付錢，木內下了車，露出訝異的眼神看了過來。

慎介也下了計程車。木內一看到他，立刻皺起了眉頭，然後把頭轉到一旁。

「上次很高興見到你。」慎介走過去問。

「你在跟蹤我嗎？」

「是啊，從你家門口開始，但是，」慎介點了點頭，「中途就知道你要來這裡了。」

木內露出不解的表情。他皺著眉頭，左手仍然插在長褲口袋內。慎介指著他的手說：「你手上拿的是4015室的鑰匙嗎？」

木內瞪大了眼睛，臉頰抽搐了一下。

「你是不是很納悶，我怎麼會知道4015室的事？她都沒有告訴你嗎？」

「我完全聽不懂你在說什麼。」

「那我們一起去4015室，你是不是打算去那裡？」

「我是因為工作來這裡，沒有閒工夫陪你玩。你趕快去路上攔計程車回家，只有住戶可以進去裡面。」

木內說完，打開玻璃門走了進去。慎介當然也跟著他走了進去。木內停下腳步，露出不耐煩的表情轉過頭。

「你不要跟著我，我要叫管理員。」

「請便，也可以報警。不，搞不好警方已經開始搜索了。」

木內聽了慎介的話，瞪大了眼睛問：

「什麼意思？」

「你應該認識西麻布警局的刑警小塚吧？他應該去找過你好幾次，那名刑警去過4015室。」

「你到底在說什麼？為什麼那名刑警擅自進入那裡？」

「我並不想聽，因為我沒空理會你的胡說八道。」木內走向門禁系統的數字鍵盤。

「你真的要我說出來嗎？」

「我沒空理會你的幻想，到底是誰軟禁你？」

「昨天深夜之前，我被軟禁在４０１５室，小塚來救我。」

「救你？」

「他去救我。」

慎介對著他的背影說：

「上原碧璃，你的前未婚妻。」

木內正把鑰匙插進鑰匙孔，他的手停了下來，一臉凝重地轉頭看著慎介。

「你在胡說什麼？」

「那請你告訴我，上原碧璃小姐在哪裡？」

「你為什麼要問她的事？她和你有什麼關係？」

「我剛才不是說了嗎？她軟禁了我，軟禁在這棟房子的４０１５室。」

「太可笑了！她為什麼要軟禁你？」

「我也想問她這個問題，不，除了這個問題以外，還有很多問題想問。你的未婚妻為什麼會變成那樣？」

慎介發現木內咬緊了牙關。他的雙眼都是血絲，從他的表情，可以發現他內心百感交集，但是他拚命忍著不說出口。

「你應該知道岸中玲二在做什麼吧？『MINA—1』並不是人偶，而是你的未婚妻上原碧璃。」

木內瞪著他，把臉湊了過來，輕輕搖著頭說：

「聽我一句話，不要輕易提這個名字，否則你會後悔。」

「她目前人在哪裡？在做什麼？」

「這和你沒有關係。」

「她在４０１５室。」慎介看著木內的眼睛，「對不對？」

「你走吧，」木內說：「不要再來煩我。」

「是她來煩我，我不能袖手旁觀，還是你希望把事情鬧大？」

木內咬著嘴唇，眼中充滿憎恨。

「如果當時沒有發生那起車禍……」

「你說什麼？」

「沒事……」木內把頭轉到一旁，看著那個方向片刻後，再次轉回來看著慎介，「好，既然你這麼說，我就帶你去看。你說的沒錯，我打算去４０１５室。」

他把手上的鑰匙出示在慎介的面前。

他們走進電梯，面對面站在電梯內。木內看著慎介，好像在觀察他。慎介也沒有移開視線。

「她自稱叫琉璃子。」慎介開了口，「她用這個名字接近我。她真是太奇怪了，說她是真人，更像是人偶……就是這樣。」

木內用力深呼吸了一下，接著眨了眨眼睛。慎介解讀為他示意自己說下去。

「她為什麼會自稱是琉璃子，我想你應該知道吧？」

木內沒有回答，看著顯示樓層的數字板。已經過了二十樓。

「我去了『海鷗』，」慎介繼續說了下去，「在那裡看到了你和上原碧璃的照片。當時看到她的臉，完全沒有任何感覺，也完全沒有想起任何事，在走去車站的路上，看到花店的招牌時，才終於想起來。」

電梯經過了三十樓。

慎介說：「琉璃屋……這就是花店的名字。聽說碧璃小姐經常在那家花店買花。」

經常有人說，女人在化妝前後判若兩人，但是上原碧璃的改變更加驚人。慎介認為如果自己沒有看到花店的招牌，恐怕一輩子都不會發現碧璃和琉璃子是同一人。在懷疑她就是琉璃子後，再重新看照片，才終於發現了幾個相似之處。

因為臉型和身材都完全變了樣，不難想像她曾經激烈減肥，至於臉部的改變，應該是手術的結果。

慎介毫不懷疑，上原碧璃故意想要變成岸中美菜繪。問題在於她的動機是什麼。

「為什麼?」慎介問,「她為什麼要變成岸中美菜繪……」

「我在一年多前就已經和她解除了婚約,」木內說,「之後就沒有再見過她,所以完全不知道她目前在做什麼。」

「木內先生,別再說謊了。」

「相不相信都是你的自由。」

木內說這句話時,電梯靜靜地停了下來。木內按著「開」的按鍵,揚了揚下巴,似乎示意他先走。

慎介站在熟悉的走廊上。回想起來,今天早上才剛從這裡逃走。

走廊上有好幾間房子,他站在寫著4015室的門前。木內也跟著走了過來。

「我有一個條件,希望你看了房間之後,什麼都別問就離開。」

「這怎麼可能?因為這個房子裡有太多我想問的事了。」

「那我同意你可以針對房間內的東西發問,除此以外,我恕不回答。」

「沒問題。」

木內在慎介的注視下,打開了門鎖。

門打開後,慎介探頭向屋內張望,他立刻用力吸了一口氣。

「怎麼……可能?」

房間內已經整理乾淨,桌椅和遮住窗戶的窗簾全都消失了。慎介打開了岸中玲二曾經使用的那個房間的房門,裡面也空無一物。

「什麼時候搬走的？」慎介問。

「我剛才已經說了，我不會回答。我同意你針對房間內的東西發問，但是這裡什麼都沒有。」

慎介看著岸中使用的那個房間，門鎖的部分遭到了破壞。那是慎介和小塚破壞的。這是他在今天早上之前，曾經被軟禁在這裡的唯一痕跡。

「請你離開。你已經看了這個房間，應該感到滿意了。」

「她在哪裡？」

木內沒有回答慎介的問題，又對他說了一次：「你走吧。」

慎介無可奈何，只能離開。木內鎖好了門。

「你不要再來這裡了。」木內壓低聲音說完，走向電梯。

32

一看手錶，發現已經過了半夜十二點。慎介走出環球塔，站在人行道上等計程車。

木內春彥已經離開了。他比慎介早一步走出公寓，剛好攔到一輛空車。

他拿出香菸，用拋棄式打火機點了火。他用力吸了一大口，感覺到腦袋深處開始麻痺。神經在短暫的麻痺後甦醒，感覺似乎變得更加敏銳了。他想要吸入更多尼古丁。

接下來該怎麼辦——？

慎介在吐煙的同時思考著。木內說不想再和他有任何牽扯，難道該聽從他的意見嗎？雖然也可以就這樣回到正常的生活，即使這麼做，也不會對生活產生任何影響。慎介沒有失去任何東西，只要回家好好睡一覺，明天又可以開始平凡的日常生活，只是會對幾件事留下「到底是怎麼回事？」的疑問。

琉璃子的臉突然浮現在他眼前。

慎介完全無法理解她的想法。她為什麼要變成岸中美菜繪？又是基於什麼理由軟禁慎介？她到底想幹什麼？現在又在哪裡？

曾經和她做愛這件事，就像是遙遠的過去。雖然有明確的記憶，卻沒有真實感，一切都像是惡夢。

還有岸中玲二做的那些人偶——

慎介回想起那些人偶的臉，感到不寒而慄。他覺得那些人偶顯然在訴說什麼。

終於有一輛計程車出現了，而且亮著空車的燈。慎介鬆了一口氣，舉起了手。

「你要去哪裡？」戴著眼鏡的司機問。

慎介原本打算回答去門前仲町，但看向駕駛座旁時，發現座位和手煞車之間塞了一本書。司機可能在等客人時，看書打發無聊。

這本書的書名吸引了慎介的興趣。書名是《居家調酒樂》。司機應該很愛喝酒，也許他的生活樂趣，就是每天睡前喝一杯自己調的酒。

看到「調酒」這兩個字，慎介想到一件事，於是對司機說：「請你去四谷。」

司機淡淡地回答了一聲「好」，轉動了方向盤。

慎介深深地靠在椅背上。江島住在四谷。

他在深夜兩點之前下了計程車。那是「SIRIUS」打烊的時間。慎介去附近的便利商店買了三明治和罐裝咖啡，站在便利商店門口吃了起來。江島的家就在這家便利商店旁的路上，江島和他的妻子、女兒三個人住在那棟可以稱為豪宅的洋房內。聽說他太太是茶道老師，他的女兒今年考上了女子大學。

慎介吃著宵夜，看著來往的車輛。江島應該會開自己的車回來，他向來很少在下班後去其他地方，所以他的賓士應該會在兩點半左右出現。

深夜兩點二十五分，一輛深灰色賓士右轉進來。開車的一定就是江島，車上也沒有其他人。慎介確認之後，邁開了步伐。

來到江島家門口，江島正在倒車進入車庫。慎介站在不遠處看著他倒車。江島的開車技術並不好，明明是熟悉的車庫，但是他倒了兩次車，才終於停好車。

引擎熄火，車頭燈暗了下來。江島打開車門下了車，慎介看到他走出車庫，立刻走了過去。

「江島先生。」

江島昂首闊步走向家門口，聽到他的叫聲，立刻緊張地停下了腳步。路燈的燈光剛好從慎介的身後照過來，江島可能沒有立刻發現是誰在叫他。

「是慎介嗎？」他露出探詢眼神問。

「對。」慎介站在路燈下方。

江島的臉上仍然充滿警戒，「這麼晚了，有什麼事嗎？」

「因為有一件事，無論如何都想要問你，所以在這裡等你。」

「有事要問我？」江島驚訝地皺起了眉頭，「既然你在這裡等我，想必是很著急的事？」

「嗯，是啊。」慎介回答。

「這樣啊。」江島點了點頭，目不轉睛地看著慎介的臉，似乎想要洞悉慎介的內心。

「那要不要進屋聊？」

「我不想打擾你太太和女兒，在這裡說就好。」

「站著就可以說完嗎？」

「就是關於站著說話的事。」

「什麼？」

「就是關於站著說話的事，」慎介回答，「你幾天之前，不是和木內春彥站著說話嗎？就在『SIRIUS』旁。」

「木內？你在說什麼？是不是有什麼誤會？」

「我親眼看到了，」慎介對江島笑了笑，但是他意識到自己的臉頰抽搐，「那個人絕對就是木內春彥，和他站在一起說話的就是你，請你不要再掩飾了。」

江島的嘴角前一刻還帶著笑意，聽到這句話，立刻嚴肅起來，露出了冷酷無情的眼神。

「那天我向你打聽車禍的另一名肇事者，你回答說，你和對方並不熟，所以要問湯口律師，事實上，之後你很快就告訴了我木內的名字，你是不是和木內很熟？」

「即使我認識他又怎麼樣了？對你會有什麼影響嗎？」

「你為什麼要騙我？」

「關於這個問題，我已經說了很多次，我希望你趕快擺脫之前的車禍，不希望你一直對已經過去的事耿耿於懷，就只是這麼簡單。」

「你之前就認識木內春彥嗎？」

「是啊。」

「請問你們是怎麼認識的？」

「怎麼認識？還不就是因為那場車禍認識的，就這麼簡單。也許你忘記了，雖然是你發生了車禍，但車主是我，我必須處理包括保險相關的所有手續，在處理過程中，當然也必須和另一名肇事者見面。」

「那天晚上，你和他在說什麼？」

「只是打招呼而已，我沒想到會在那裡遇到他，我們只是閒聊了彼此的近況之類的話題，你剛才不是也說了嗎？我們當時就像這樣站著聊天而已。」

「但是我覺得你們似乎在密謀什麼事。」

「因為我和他並不是那種見到彼此會開心的關係，即使只是打招呼，也不可能滿臉喜色，所以你才會這麼覺得。」

江島的聲音聽起來有點不耐煩，而且可以感受到他努力掩飾。即使聽了他的說明，也完全無法說服慎介。他們那天晚上的樣子，絕對不只是站在那裡閒聊而已。

但是，江島似乎並不打算說實話，慎介也沒有方法逼他實話實說，只能握起拳頭。

「你都問完了嗎？」

「江島先生，」慎介舔了舔嘴唇，「你知道帝都建設嗎？」

「帝都建設？我聽過這家公司的名字。」江島的臉上並沒有慌亂的樣子。

「那你認識那家公司的董事長千金嗎？」

「董事長千金？我不知道，」江島歪著頭苦笑，「我連董事長叫什麼名字都不知道。」

「董事長姓上原，董事長千金的名字叫碧璃。」

「我從來沒聽過，」江島語氣堅定地說，「怎麼了嗎？和你我有關係嗎？」

「她曾經是木內春彥的未婚妻。你真的不知道嗎？」

「木內的未婚妻？這樣啊，我不知道這件事。我剛才也說了，雖然因為那起車禍認識了他，但是並不瞭解他的私生活。」

慎介陷入了沉默，江島笑了起來。

「我說慎介啊，真的該讓這件事結束了，你想太多了，你打算被過去影響到什麼時候？比起這件事，你不是還有其他必須做的事嗎？你不是要研究雞尾酒嗎？」

「我目前要做的事，就是查明我難以理解的事。」

江島無奈地搖著頭說：

「我和木內到底有什麼要密謀的？做這種事有什麼好處？你稍微冷靜一下。我送你回家，等你冷靜之後，你再來找我，我們再好好聊一聊。」

「我很冷靜。」

「這就像是喝醉酒的人說的話，每個醉鬼都說，我沒有醉——」江島走回車庫，打開了賓士的車門。

「不用了，我自己回家就好。」

「你不必跟我客氣。」江島坐上車，發動了引擎，車頭燈的燈光很刺眼，慎介皺起眉頭。

賓士從車庫開了出來，停在慎介面前。慎介無可奈何，打開了副駕駛座的門。坐在車上的江島隔著窗戶玻璃，指了指後方的座位。慎介打開了後車門上了車。

「前幾天，我老婆打翻了果汁，座椅還沒有清理。」

「你太太也會開車嗎？」

「很少開車，那天她和朋友一起去打高爾夫時開了車，她很久沒開車了，我一直擔心她會發生車禍，幸好只是弄髒座椅而已。」江島開玩笑說，已經完全恢復了往日的從容。

慎介靠在寬敞的座椅上，思考著多久沒有像這樣坐江島的車子了。之前在「SIRIUS」上班時，江島曾經送他回家過好幾次。

慎介從斜後方看著江島的臉時，突然有一種奇妙的感覺。他再次產生了既視感。以前也曾經發生過相同的情況，也曾經像這樣從後方看著江島。但是，照理說不可能有這種事。雖然江島曾經多次開車送他回家，但是他每次都坐在副駕駛座上。

隔著擋風玻璃，可以看到夜晚的街頭。對向車的車頭燈接連一閃而過，慎介注視著這些燈光，意識漸漸模糊，好像中了催眠術。

催眠術——

想到這幾個字時，突然想起了琉璃子的眼睛。在那棟超高層公寓的房間內，當她注視著自己時，全身都動彈不得。那是催眠術嗎？

「慎介，我以前不是曾經和你聊過，一年之中，有多少人死於車禍嗎？你還記得嗎？」江島問他。

「你說了什麼？」慎介回答。

「就是每年有一萬人死於車禍。以一億人口來計算，就是每一萬人中就有一人，每四十秒就會發生一起車禍，每五十分鐘，就有一個人死於車禍，而且這只是平均值。每個人接觸車子的頻率不一樣，舉一個極端的例子，每天晚上都慢跑的人，遭遇車禍的機率比剛出生的小嬰兒高很多。居住的地區不同時，機率也不一樣。北海道每年的車禍發生率最高，其次是愛知縣，東京當然也名列前茅。住在這些地方，如果經常出門，搞不好每二十秒或是三十秒就有一個人死亡。」

「車子真的太多了。」慎介說。在說話的同時，覺得自己並沒有權利事不關己地談論這件事，但他不知道該怎麼回答。

「被害人當然有話要說，但是慎介，這就像是丟骰子，只是剛好丟到不幸的點數。據說目前有大約七千萬人有駕照，包括機車在內，總共有八千萬輛車子。這麼多車子在日本各地的路上行駛，在這種情況下，難免會發生車禍。這就像是把好幾十顆彈珠丟進臉盆，沒有相互碰撞才奇怪。碰撞很正常，可能會碰撞到別人，也可能會被別人碰撞，你只是剛好開車碰撞了別人，就只是這麼簡單。」

「被害人家屬應該無法接受這種說法。」

「我只是從客觀的角度談論事實。如果有一萬人中了一億圓的樂透，日本就會陷入混亂，但是發生這麼多車禍，也沒有造成混亂，這就意味著車禍是很普通的事。」

慎介無言以對。雖然他知道江島說這些話，是試圖勸他趕快忘記車禍的事，但他覺得毫無意義。因為他對車禍並沒有太多記憶。

江島大幅度轉動方向盤，慎介的身體因為離心力發生了傾斜。他的右手撐著座椅，支撐身體。

就在這時，他的手掌壓到了什麼東西。他感到一陣刺痛，於是把那個東西拿了起來。

那是長一公分，寬五毫米左右的碎片，厚度應該不到一毫米，看起來像是塑膠材質。

碎片的顏色吸引了慎介的目光。那是帶著一抹紫色的銀色。他覺得好像在哪裡看過這個顏色，並不是很久遠的以前。到底在哪裡看過？

他在手掌上把玩著碎片，突然大吃一驚。因為他想到了那是什麼。

這是指甲——

而且是美甲片。有一個女人貼了相同的美甲片。

是成美。絕對不會錯。慎介可以清楚回想起她在指甲上，擦各種顏色指甲油的身影，帶著紫色的銀色是她喜愛的顏色。

成美坐過這輛車嗎？什麼時候？為什麼會坐江島的車子？

江島和成美並非不認識，但都是透過慎介見面，成美不可能瞞著慎介，和江島見面。

你和成美見過面嗎？——慎介正想這麼問時，車子又用力轉彎，慎介手上的指甲片掉了。

他慌忙蹲了下來，在座椅下方尋找。但是光線太暗，他看不清楚。

「你在幹什麼？」江島似乎察覺後車座的奇怪動靜，轉頭問道。

「不，沒事。」慎介在回答時，繼續尋找指甲片。他的身體從座椅上滑了下來，最後發現指甲片掉在前方座椅下方。

他撿起指甲片，想要重新坐好。

就在這時，一個聲音突然在慎介的耳邊甦醒。

那是一個女人的慘叫聲。

33

記憶突然重現，很強烈，也很鮮明，慎介產生了錯覺，以為是現在聽到那個聲音。

慎介想起以前也曾經在這樣的狀態下聽到那個聲音。也就是說，他當時也在後車座。不，並不是坐在後車座上的普通狀態，而是像現在一樣，從椅子上滑了下來。為什麼會這樣？

急煞車。

因為車子急煞車，所以身體往前衝。

輪胎擠壓的聲音，輾壓的聲音都在慎介的耳邊甦醒，接著，當時的景象清晰地浮現在腦海。

沒錯，當時也——

慎介想要吞口水，但是嘴裡完全沒有一滴口水。他想起來了。當時自己坐在後車座，他在後車座看到了發生的一切。

他全身起了雞皮疙瘩，渾身冒著汗。呼吸變得急促，心跳加速。他感覺到自己的體溫慢慢上升。

周圍變成了熟悉的景色，車子行駛在他熟悉的街道上。但是，慎介有一種走進了異次元世界的錯覺，甚至覺得眼前的一切都不是現實。

江島放慢了車速。慎介的公寓就在前面。賓士靜靜地停了下來。

「到了，改天我們再慢慢聊，最好是白天的時間，這樣你比較能夠冷靜。」江島開玩笑說，他從後視鏡中看著慎介，露出了意味深長的笑容。

慎介仍然坐在座椅上，各種想法在他腦海中翻騰。

「你怎麼了？」江島驚訝地問，「不下車嗎？」

「江島先生，」慎介看著他的後腦勺說，「你把成美怎麼了？」

從後面看，江島似乎完全沒有反應。慎介以為他沒有聽到自己說的話，但是，不可能有這種事。

「成美……你是說你的女朋友成美嗎？」

「對。」

江島放在右腿上的指尖動了起來。他的食指敲打著膝蓋，好像在打拍子。

江島的手指停了下來，同時身體微微轉了過來，但慎介看不到他臉上的表情。

「你問我把成美怎麼樣了，是什麼意思？」

「成美不是坐過這輛車嗎？就在最近。」

「我聽不懂你在說什麼，她為什麼會坐這輛車？她告訴你的嗎？」

「成美不見了，她失蹤很久了。」

「真的嗎？我不知道這件事。」

「江島先生，」慎介微微提高了音量，「你瞞不過我的。成美是不是來找過你？然後向你提出了交易，是不是這樣？」

「你腦筋是不是有問題，我為什麼——」

江島的話還沒說完，慎介就伸出左手。手上放著剛才的指甲片。

「這是成美的指甲，是美甲片，掉在座椅上了。」

江島伸手想拿指甲片，但慎介立刻把左手縮了回來。

「這是重要的證據，不能交給你。」

「我完全不知道，」江島說，「成美從來沒有坐過我的車子，指甲片可能是我太太或是我女兒的，她們好像也會去美甲店。」

「既然這樣，就請警察查一下指紋，反正一查就知道了。」慎介說完，拿出手帕攤在腿上，然後把指甲片放在手帕上，小心翼翼地包了起來，「我明天就會報警，我想刑警應該很快就會去找你，如果你有什麼話要說，請你到時候對警察說。」

慎介打開車門，作勢準備下車。

「等一下。」江島說，「你說這種話，簡直就好像在說我把成美怎麼了。」

「難道不是嗎？」

「我為什麼要做這種事？」

「我剛才不是說了嗎？成美是不是想和你談交易？」

「什麼交易？」

「當然是封口費，關於那起車禍的封口費。」

江島聽到慎介說這句話時，耳朵後方抖了一下。慎介不由得繃緊了身體，覺得兩個人之間的空氣變得很沉重。

江島吐了一口氣，然後微微點了點頭，他的動作幅度越來越大。

「原來是這樣。」江島停了下來，「你想起了車禍的事。」

「前一刻才剛想起來。」
「你想起了所有的事嗎？」
「對，所有的事都想起來了。」
「這樣啊，原來你想起來了，」江島從上衣口袋裡拿出香菸盒，抽出一支叼在嘴上，用登喜路打火機點了火。車上飄著淺色的空氣。
「成美是不是來找你？」
「不知道，我只能說，我不記得有這件事，還是你期待從我嘴裡聽到什麼自白嗎？」江島繼續抽著菸。
「成美開口要多少錢？一千萬？還是兩千萬？她離開我的時候，把那三千萬帶走了，所以可能要求兩千萬，湊成總數五千萬。」
江島聽了，並沒有回答。慎介認為自己可能猜對了。
「江島先生，我們來重新做交易。一切從零開始，當然不只是把你從成美手上拿走的三千萬還給我而已，因為我會連同你對成美所做的事一起保密，所以封口的內容加了一倍，但是你放心，我不會要求封口費加倍，五千萬就好，這樣可以嗎？」
江島保持相同的節奏抽著菸，好像沒有聽到慎介說的話，雙眼看著擋風玻璃。
「你不滿意嗎？」慎介問，「但是，我認為這個交易並不壞。對你來說，五千萬根本是小錢，而且其中的三千萬是你一度付出去的錢，如果你不願意答應，我就只能明天一早報警。不，現在已經過了十二點，所以是今天了。」

他對著江島的背影問：「意下如何？」

江島把菸灰缸拉了出來，捻熄了手上的香菸。

「好，」他說，「明天，不對，是今天。今天下午，我會再聯絡你，這樣可以嗎？」

「你的意思是，在那之前會把錢準備好嗎？」

「沒錯。」

「好，那我就等你的電話。」慎介再度打開了車門，但是，他在下車之前問：「江島先生，你不至於會騙我吧？」

江島輕輕笑了笑說：

「我向來不做沒有意義的事。」

「聽你這麼說，我就放心了。」

慎介下車後，關上了車門。賓士車立刻發出很大的引擎聲開了出去。慎介目送著車子離去，直到完全看不到車尾燈為止。慎介想起了車禍的那天晚上。

那天晚上，由佳在店裡一直喝到快打烊為止。慎介站在吧檯內看著她，但是不記得那天晚上，她到底喝了幾杯乾馬丁尼。

由佳最後趴在吧檯上。慎介瞭解「SIRIUS」的客人喝酒的方式，由佳有時候會這樣喝得不省人事。

在慎介收拾完畢，其他員工也都下班離開後，她仍然趴在吧檯上。最後，店裡只剩下慎介和江島兩個人。

「真是拿她沒辦法。我們送她回家。」江島嘆著氣說。

「你知道她住在哪裡嗎？」

「嗯，我知道。你去把車子開過來。」

江島對慎介說，慎介接過電話，把車子開到大樓門口之後，回到了店裡。但是，當他走進店裡時，看到由佳抱著江島。

由佳哭著罵江島是騙子，央求他不要拋棄自己。慎介看到之後，立刻瞭解了狀況，也知道由佳為什麼總是獨自來「SIRIUS」喝酒。

江島發現被慎介看到了令人難堪的現場，露出了尷尬的表情。但是，他當場並沒有解釋什麼，只是對慎介說：「請你幫忙一起把她扶上車。」

費了好大的力氣，終於讓由佳坐在賓士的副駕駛座上時，慎介把車鑰匙交給江島說：「路上請小心。」

沒想到江島對他說：

「你一起上車吧？她家和你家在同一個方向，我順便送你回家。」

「沒問題嗎？」慎介擔心自己會成為電燈泡。

「沒問題。」江島一臉不悅地點著頭。

「那我就不客氣了。」

慎介坐在賓士的後車座。那時候他還以為自己會先下車。

沒想到江島先去了由佳的公寓，慎介不知所措地看著江島開車的背影。由佳半夢半醒，坐在副駕駛座上，腦袋一直晃來晃去。

車子來到了由佳住的公寓，那時候，她也差不多醒了，但是下車後的腳步有點蹣跚。

「我送她上去，很快就回來，你等我一下。」江島對慎介說。

「好。」慎介回答。

雖然江島說很快會回來，但最後慎介等了超過十五分鐘，他才終於回到車上。江島坐在駕駛座上時，看起來有點不高興。

「讓你久等了。」

「沒關係。」

「因為要處理一些麻煩事。」

「我瞭解。」

江島剛才繫著領帶，但現在領帶不見了。慎介沒有多問。

「之前曾經照顧過由佳一段時間，最後因為各種因素，和她分手了。分手之後，我們仍然是好朋友，但是女人心真的是海底針。她若無其事地來店裡喝酒，卻突然想起以前的事，像小孩子一樣鬧脾氣，真的很難對付。」

慎介知道江島為什麼說要順便送他回家，因為如果只有他們兩個人，由佳一定會央求江島不要走。

「這件事不要告訴別人。」江島伸出食指，放在嘴唇上。

「我知道。」慎介說。

這時，江島咂著嘴，從副駕駛座上撿起了什麼東西。

「那個女人……真是丟三落四。」

「怎麼了？」

「手機，她掉在車上。」

「那要趕快送去給她。你去吧，沒關係。」

江島嘆著氣說：

「不好意思，可以請你幫我送上去嗎？如果我上去，又會沒完沒了。」

慎介努力忍住不皺眉頭。雖然他覺得很煩，但是江島說的沒錯，他也不想繼續在車上等很久。

「好。」慎介回答後，接過了手機。

走進公寓，去了江島告訴他的房間。原本擔心由佳可能睡覺了，但是一按門鈴，屋內立刻有了反應。門鎖打開了，他推開了門。由佳穿著睡裙站在門內。

「我就知道。」她撇著嘴。

「知道什麼？」

「是不是手機？」

「對啊，妳也發現了嗎？」慎介把手機交還給她。

「我不是這個意思，而是說，我猜想他會叫你送上來。」

慎介聽到這句話，立刻瞭解了狀況。由佳八成是故意把手機留在車上。

「他覺得不懂得收玩具的小孩子，就沒資格玩玩具。」

慎介的嘴角笑了笑，對由佳說了聲「晚安」，就轉身離開了。

回到車上時，江島一臉擔心地問：「怎麼樣？」

「我交還給她了。」

慎介坐在後車座。因為他覺得坐在江島身旁很尷尬。

「這樣啊，辛苦你了。」江島發動了引擎。

「她好像是故意的。」

「什麼？」

「好像是故意把手機留在車子上。」

「……是喔。」

江島把車子開了出去，動作很粗暴。

慎介坐在後車座，茫然地看著車外。車子行駛在小路上，幾乎都是沒什麼車子通行的路，沿途也很少有交通號誌。車速很快，可以感受到江島的不耐煩。前方有一輛腳踏車。

外面下起了小雨，路面反射著路燈的光。江島叼了一支菸，但是沒有使用車上的打火機，用和在店裡時相同的動作拿出了登喜路的打火機，想要點菸。

但是第一次沒有點著，第二次也沒點著。江島想要第三次挑戰時，視線沒有看向前方，而是看著自己的手。

下一剎那，有什麼東西進入了視野。江島應該也一樣，他「啊」了一聲。隨後就感受到撞擊。但只是輕微的擦撞，衝擊的力道可能比踩到空罐時更小。但是，江島緊急踩了煞車。他當然知道自己撞到了什麼。因為緊急煞車，慎介從座椅滑落，他也清楚看到了車子前方的東西。

慘了。慎介心想。如果剛才沒有看錯，他們的賓士車應該撞到了女人騎的腳踏車。

但是，就在下一刻，發生了更衝擊的事。不知道哪裡傳來了巨大的撞擊聲。慎介隔著車窗向外看，忍不住瞪大了眼睛。

一輛紅色車子撞向旁邊的房子，而且牆壁和車子之間夾了一個人。那個人垂著頭，一動也不動。她死了。慎介立刻想道。

江島下了車，走向紅色車子。這時，慎介才發現那是一輛法拉利。他看不到駕駛座的狀況。

慎介打量周圍，附近都是像倉庫的房子，沒有民宅。除了他們以外，沒有人發現這裡發生了車禍。

慎介發現了賓士所在的位置。車子衝到了對向車道。那輛紅色法拉利似乎為了閃避賓士，結果方向盤打滑。天雨路滑也是原因之一。

江島走了回來，但是他沒有坐到駕駛座上，而是打開了後方的車門。他眉頭深鎖，在慎介旁坐了下來。

「出大事了。」他嘆著氣說。

「那個人……應該沒命了吧？」

「應該是。」

「那輛車的司機呢？」

「應該沒事，活得好好的。」

「趕快打電話報警，不，要先叫救護車。」慎介摸著口袋，拿出了手機，他撥了1、1、9，江島制止他說：「等一下。」

「為什麼？」慎介問。

江島沒有立刻回答。他似乎在想什麼。十幾秒後，他看著慎介的眼睛說：

「慎介，要不要和我做一筆交易？」

「什麼？」江島的話太出乎意外，慎介一時沒有理解他的意思，「什麼交易？」

「因為沒時間了，我長話短說。我希望你出面承認是你開的車，從店裡用我的車子送由佳回家，但是我並不在車上。」

「啊？但是這麼一來，我就……」

「我當然會酬謝你。」江島露出急切的眼神，「我給你一千萬，而且是現金。有了這筆錢，你自己開店就不再是夢想而已。」

慎介仔細打量著他的臉問：「江島先生，你是認真的嗎？」

「你趕快做決定，時間拖得越久，就越難圓謊，如果有人路過就完蛋了。」

「等一下，即使你給我錢，如果我要去坐牢，不是得不償失嗎？」

「你不必擔心，你也瞭解剛才的狀況。雖然是這輛車先撞到人，但是造成致命車禍的是那輛車，所以你不會坐牢。」

「但是因為這輛車擋住了那輛車的去路，那輛車才會失控撞上去。」

「即使是這樣，也絕對不會由我們承擔百分之百的責任，你放心吧，我認識很優秀的律師，你只是需要應付一些麻煩事。這樣就可以有一千萬，這筆交易很划算吧？」

江島眼中都是血絲，看起來很急迫。慎介看著他的樣子，反而冷靜下來。他內心萌生了一個想法。這不是千載難逢的機會嗎？

慎介看著江島的臉，伸出了五根手指。

「什麼意思？」

「五千萬，我就答應你。」

江島皺起了眉頭問：「你認真的嗎？」

「我很認真，一千萬太不划算了。」
「我拿不出五千萬。」
「那你可以拿多少？」
「這樣浪費時間，對你我都沒有好處。」
「所以我也想速戰速決。請你告訴我，你可以出多少？」
江島瞪著慎介，眼神中帶著憎惡。「三千萬。」
「成交。」慎介點了點頭，「但是如果你不乾不脆，我就會把實情告訴警察。」
「我知道。」
「由佳那裡怎麼辦？如果我告訴警察來到這裡的路線，警察可能會去向她確認。」
「我會聯絡她，但我想警察會在天亮之後才開始調查。」
「希望如此。」
在慎介說話時，有一輛車子開了過來。那是一輛小貨車。小貨車超越了慎介他們的車子，在二十公尺前方停了下來。他似乎發現這裡出了車禍。
「慎介，拜託了。」
「三千萬喔。」慎介說完這句話，爬過前方座椅的椅背，坐到駕駛座上，然後開車門走了出去。
一個男人從小貨車上走了下來。那個矮個子的中年人穿著工作服。

「喂，沒事吧？」男人問。

慎介舉起了手，表示沒問題。

「要不要報警或是叫救護車？」

「我們會自己處理。」慎介大聲回答。

「不是有人受傷嗎？要趕快處理。」

這個男人似乎很熱心。慎介覺得他很煩。既然打算向警察隱瞞實情，當然希望目擊者越少越好。

「真的沒事，沒有很嚴重。」慎介對男人說。他不希望男人靠近現場，這種類型的男人一旦發現屍體，就會湊熱鬧。

「你有電話嗎？」工作服的男人問。在問話的同時走了過來。

「有，我有。」慎介拿出了手機，出示在男人面前。

這時，法拉利的車門打開了。一個男人侷促不安地走下了車，他似乎沒有受什麼傷。

小貨車司機見狀，似乎才終於相信。「好像的確沒什麼大問題。」說完，他走回了小貨車。

慎介走向法拉利。走下車的男人和慎介的年紀差不多，穿著深棕色的西裝。男人瞥了他一眼後，一句話都沒說，從上衣口袋裡拿出了手機。

「你有沒有受傷？」慎介問。

男人沒有回答他的問題，反而問他：「你有沒有報警？」

「還沒有。」

「那你打電話報警。」男人說完，開始按著手機的號碼。

「你要打電話去哪裡？」

「我有我該打的電話。」男人冷冷地回答。

慎介離開了男人。這時，他看到了被法拉利撞死的屍體。一頭長髮垂向前方，看不到屍體的臉，但是可以看到屍體的嘴裡吐出了什麼東西。那些黏黏的液體弄髒了法拉利的引擎蓋。

慎介忍著嘔吐，操作了自己的手機。他按下了1、1、0的按鍵。

他聽著呼叫鈴聲，看向賓士。江島已經不見了。

以上就是那起車禍的真相——

34

慎介回到家之後，直接倒在床上，張開手腳，用力深呼吸。

五千萬——

他覺得這樁交易很不錯。有了五千萬，可以做任何事。雖然發生了一連串奇怪的事，但也多虧了這些事，從原本的三千萬變成了五千萬。

我很幸運，好運終於輪到我了——這是慎介的真實感想。那起車禍是命運的十字路口。如果當時心生膽怯，就不會有今天的幸運。他覺得人在緊要關頭，還是必須鼓起勇氣拚一下。

負責處理那起車禍的員警幾乎沒有懷疑慎介的供詞。因為沒有任何不自然的地方，而且員警可能沒有想到，有人會主動成為死亡車禍的代罪羊。

至於賠償問題，完全交由江島認識的湯口律師處理，慎介完全不需要做任何事。令人意外的是，和另一名肇事者之間的協商也很順利。因為慎介方面是整起車禍的肇因，照理說對方的態度會更加強硬，但最後並沒有發生這種情況。湯口律師認為，可能對方想趕快解決這件事。

刑事審判也很快就做出了判決。江島說的沒錯，慎介被判了緩刑。

車禍發生後，江島就給了他三千萬圓。慎介把錢藏在盥洗室的鏡子後方。他雖然把所有的情況都告訴了成美，但是並沒有告訴她錢藏在哪裡。

「如果現在馬上大手筆花錢，一定會被懷疑，等一、兩年後，風頭過去了，再用這筆錢來開一家店。」

成美並沒有一直問他那筆錢的下落，但是對三千萬的金額感到不滿。

「他是『SIRIUS』的老闆，不要說五千萬，搞不好可以向他要一億。江島先生一定有什麼一旦發生車禍，就脫不了身的大麻煩，你錯過了天上掉下來的好機會。」

她一直慫恿慎介去和江島重新談判，慎介每次都安撫她：「人不能太貪心，否則不會有好下場。」

不久之後，慎介發現成美猜對了。江島之前真的有發生死亡車禍，江島擔心曾經有前科的人，很可能不會被判緩刑。

慎介在床上坐了起來，看著成美的梳妝台，想像著她出現在鏡子中的臉龐。他以前經常坐在床上看她化妝。

這個女人腦筋真的不靈光。慎介心想。原本過一段時間之後，兩個人就可以一起花三千萬。

成美恐怕想要獨吞那三千萬，也許她想要用這筆錢，和其他男人展開新生活，所以當慎介被岸中玲二攻擊，失去了記憶，成為她眼中的大好機會。因為慎介也忘記了三千萬的事，即使她偷走了錢，也不必擔心慎介會發現。

慎介在住院期間，她在家中翻箱倒櫃找錢。她確信錢就藏在家裡的某個地方，在慎介出院之後，她仍然持續偷偷進行這項作業，最後終於在洗手台的鏡子後方找到了。

如果她只是想獨吞那三千萬，完全不會有任何問題。只要找一個適當的理由和慎介分手，就可以在完全不引起任何人懷疑的情況下展開新生活。問題是她還想要更多錢，於是就去找江島，要求更多封口費。

至於江島有沒有答應這筆交易，答案顯而易見。

慎介從口袋裡拿出手帕，打開手帕，看著裡面的指甲片。他的眼前浮現了成美小心翼翼擦指甲油的身影。

他覺得口水變得有點苦，他把口水吞了下去。

慎介很瞭解江島這個人，他並不是只有寬容而已，否則不可能爬到目前的地位。慎介至今為止，曾經多次見識過他深不見底的狡猾和冷酷，年輕女人要求他多付封口費，他當然不可能乖乖付錢。

「她真是太傻太天真了。」慎介出聲說道。

他對成美的感情稱不上是愛情，但還是有點感情，就像穿了很久的牛仔褲，難免會產生感情。既然知道已經失去，內心自然會有點感傷。

慎介站了起來，打開了壁櫥。壁櫥內有一個大旅行袋，那是成美去夏威夷時買的名牌包。慎介把旅行袋拿出來後，放在地上。

他打量室內，首先走向掛衣架。上面掛的幾乎都是成美的衣服，只有幾件是他的。他從為數不多的幾件衣服中，挑選了幾件富有功能性，而且比較新的衣服，丟進了旅行袋。

他不知道江島會不會很乾脆地拿出五千萬圓，搞不好自己會重蹈成美的覆轍。為了避免這種情況的發生，就不能讓對方猜透自己的行動。

他打算天亮之後就離開這裡。反正江島會用手機和自己聯絡，如果不知道慎介的下落，江島圖謀不軌的可能性就會降低。這場交易必須謹慎進行，一旦順利拿到錢，就暫時隱姓埋名。

五千萬圓。

想到這個金額，心情就忍不住雀躍。有了這麼一大筆錢，就可以放心去做一、兩件自己真正想做的事。

慎介把隨身物品塞進旅行袋時，回想起自己十八歲剛來東京時的事。當時住在好像倉庫般，只有一個房間的公寓，每天都忙著打工，在那樣的環境中，漸漸失去了夢想。

他覺得目前是挽回一切的機會，就像是玩牌時重新發牌，而且這次是滿手的A。

我的時代終於來臨了。他在嘴裡小聲嘀咕。

就在這時，玄關響起了門鈴聲。正在把洗臉用具放進旅行袋的慎介忍不住停下了手。

他看向床邊的鬧鐘。目前是凌晨四點。

到底是誰？這麼大清早來按門鈴。

慎介站了起來，躡手躡腳地緩緩走向玄關。門鈴又響了一次。對方似乎就站在門口。

江島嗎？慎介腦海中浮現了這個想法，但立刻覺得不可能，打消了這個念頭。即使江島圖謀不軌，這樣直接上門對他完全沒有益處，如果想幹掉慎介，一定會趁慎介不注意時下手。

慎介走到門前，把眼睛貼在貓眼上。他不能發出任何聲音。

他隔著貓眼看到了外面。看到門外站著的人，他差點叫出來。心臟用力跳動。是琉璃子。那雙勾魂的眼睛直視著貓眼，彷彿知道慎介在裡面往外面看。

慎介整個人都愣住了。他不知道該怎麼辦，站在原地不動。為什麼？這個女人為什麼會來這裡？

琉璃子再次按著門鈴。門鈴聲好像在撕裂慎介的心臟，他心生恐懼，好像有一股電流貫穿了他的背脊。

絕對不能開門。他心想。全身警鈴大作。絕對不能讓那個女人進來。

沒想到下一剎那，發生了令人驚訝的事。門外的女人有了動靜，接著傳來鑰匙插進了鑰匙孔的聲音。

慎介凝視著門鎖，門鎖喀嚓一聲打開了。

35

慎介茫然地看著門把開始轉動。他終於知道，原來自己被軟禁在那棟高層公寓時，琉璃子拿他的鑰匙去打了備用鑰匙。這個女人為什麼要對我窮追不捨？——他知道自己必須趕快採取因應措施，但忍不住思考這個問題。有那麼短暫的片刻，他覺得周圍的一切都脫離了現實。

當他看到門打開時，才終於回過了神。壓抑的危機感一下子湧上心頭。

慎介往後退，站在房間中央，繃緊了全身。雖然他對自己的臂力並沒有特別的自信，但他覺得自己比普通人遇到過更多暴力，只要自己想要動手，即使琉璃子手上拿著刀子，應該也可以輕易制伏她。問題是現在對她產生了異常的恐懼，心臟劇烈跳動，幾乎有點喘不過氣了。

琉璃子走了進來。

她穿了一件黑色針織衫，和一件長及腳踝的黑色長裙。

「為什麼……」慎介問，「妳為什麼來這裡？」

琉璃子不發一語，注視著慎介的臉，露出了神秘的笑容。她直接走進屋內。她在走路時，身體幾乎沒有上下活動，再加上裙子遮住了腳，感覺就像是滑到他面前。

「妳不要過來。」慎介向前伸出雙手，瞪著她說。

琉璃子的嘴唇微微動了一下，好像說了什麼。

「啊？」慎介問。

「……了嗎？」她又小聲重複了一次。

「妳說什麼？」

「我上次不是說了嗎？你不可以離開我，你不能違抗這樣的命運。」她的聲音聽起來還是像長笛，之前覺得迷人的聲音，現在卻讓他渾身起了雞皮疙瘩。

「別鬧了，我不是叫妳不要過來嗎？」

他好像趕蒼蠅一樣揮著手臂，繼續往後退，但是，他的兩隻腳不聽使喚，就像打了結一樣，最後一屁股坐在地上。

他急忙想要站起來，但是雙腿無力，肌肉好像不屬於自己。

琉璃子站在他面前。慎介抬頭看著她，兩個人四目相對。

就在這個瞬間，他感到下半身完全麻痺，就連坐在地上也變得很困難。他只能仰躺在地上，只有手臂勉強能夠活動，但是，即使他拚命推地板，後背也像是黏了黏膠一樣，完全無法離開地板。

琉璃子跨過慎介的雙腿站著，然後緩緩蹲了下來。她慢慢解開慎介襯衫的鈕釦，親吻著他露出的胸部和腹部。

「走開！」慎介大叫著，抓著琉璃子的肩膀，想要把她推開。

她的嘴唇離開了慎介的身體，再次注視著他的臉。她的雙眼就像是看著獵物，扭動身體的樣子就像是貓。

琉璃子把手伸向他的長褲鉤扣，打開之後，拉下拉鍊，然後把他的內褲也拉了下來，露出了他的下體。他完全沒有勃起，也沒有勃起的跡象。

琉璃子雙眼發亮，紅色的舌頭像蛇一樣從嘴唇之間吐出來。她就像動物貪婪地吞食獵物般，把慎介的下體含在嘴裡，在這個狀態下，再次抬眼看著他。

她的舌頭纏繞著慎介的下體，她用最感官的方式，刺激著他最敏感的部分。

這個女人瘋了——慎介心想。但是，他在這麼想的同時，無法阻止酥麻的快感支配他的下半身。他全身就像是鬼壓床，完全動不了，只有某一點充滿快感的異常性成為更強烈的刺激。他立刻勃起了。

琉璃子的嘴離開了他的下體，她用力搖了搖頭，把散在臉上的頭髮撥向後方。然後，她低頭看著慎介，將穿著長裙的腰一點一點向前移動。

她停了下來，把手伸進了裙子，抓住了慎介的下體。

慎介這時發現她沒有穿內褲。陰莖的前端碰到了溫熱的東西，而且那裡已經濕透了。

她的身體往下坐，他的下體進入了她的身體。慎介的身體抖了一下。連他自己也不知道，到底為什麼發抖。

琉璃子緩緩上下扭腰。她的臉上充滿了征服了男人的愉悅，紅色的舌頭在雙唇之間若隱若現。

「妳給我停下來！」慎介在呻吟的同時叫了起來。他想要搖動身體，把琉璃子甩開，但還是沒有力氣。

「為什麼要停？」女人問，「你就射在我身體裡，這樣我就會懷孕，懷上你的孩子。」

「妳別說這種莫名其妙的話，趕快給我停止！」

「如果你想要我停止，」琉璃子握住慎介的雙手，拿起來後，放在自己的脖子上，「那就殺了我，除此以外，你根本無路可逃。」

「趕快停下來。」

「我們一起下地獄。」

琉璃子說完，喉嚨發出了好像貓叫般奇怪的笑聲。

快感湧向慎介的全身。眼前的事態明明很不尋常，但是他的下體完全沒有軟下來，內心的激情更加強烈。

不行。他想到，他知道自己很快就會失守繳械。

慎介雙手抓住琉璃子的脖子，然後慢慢用力。女人的臉上露出了歡喜的表情。

「對，你殺了我，就像那時候一樣。」

「那時候……」

「你不是殺了我嗎？你把我的身體壓得像黏土一樣稀巴爛。你好好回想一下，你那時候殺了我。」

不，不是我——慎介想要叫喊。

這時，電話鈴聲響了。是手機。手機在慎介的長褲口袋裡響個不停。

琉璃子露出驚訝的表情停了下來。這時，前一刻支配慎介身體的束縛猛然消失，全身的肌肉甦醒了。

他用盡全身的力量，推開跨坐在他身上的女人。他立刻站了起來，衝向玄關。他打開門，衝到門外，然後又關上了門。他用後背頂著門，穿好身上的衣服。手機還在響，但是他現在沒空接電話。他一離開門，就衝下了樓梯。

來到一樓後，他從公寓的後門跑了出去。琉璃子似乎並沒有追上來，但他仍然繼續奔跑。直到跑了三個街區後，才終於停下腳步。旁邊是木材公司的倉庫，門口停了兩輛貨車。

慎介調整呼吸，轉頭看向公寓的方向。他並沒有看到琉璃子的身影。

他忍不住用力嘆了一口氣。這時，他才發現肺部疼痛不已。這一陣子都沒有運動，已經有好幾年沒有全速奔跑了。

他把手伸進襯衫胸前的口袋，拿出香菸和拋棄式打火機。菸盒內只剩下一支菸。他把菸叼在嘴上點了火，用力吸了一口，胸口更痛了。

手機的鈴聲終於安靜下來。慎介把液晶螢幕放在路燈下，定睛看著螢幕。螢幕上顯示了來電號碼，但是光看電話號碼，並不知道是誰打來的，但慎介猜想是江島。因為除了江島以外，他想不到還有誰會在這個時間打電話給他。

他決定回電給對方。鈴聲響了三次，電話接通了。

「喂。」電話中傳來一個男人的聲音，但並不是江島。他聽過那個聲音，但一時想不起是誰。

「喂，呃……我是雨村。」慎介試探著說。

「喔喔，是你啊，我剛才打電話給你。」

慎介聽到這句話，立刻想起了聲音的主人。

「木內先生……原來是你。」

「不好意思，這個時間打電話給你。你在睡覺嗎？」

「不，我沒睡。到底是怎麼回事？你不是說，不想再和我有任何牽扯嗎？」

「我也不想再和你有任何牽扯，但是目前的狀況管不了這麼多了。」

木內的語氣聽起來很急促。慎介憑直覺知道，是因為琉璃子的事。

「是為了她嗎？」慎介問。

慎介應該猜對了，木內沉默了片刻，然後用低沉的聲音問：「該不會發生了什麼事吧？」

「你說對了。」慎介說，「她剛才來我家了。」

木內在電話的另一端發出呻吟，接著聽到了他咂嘴的聲音。

「她目前在你旁邊嗎？」

「我現在一個人，一個人在外面。」慎介接著說，「我剛逃出來。」

「她在哪裡？」

「我不知道，可能還在我家裡。」

木內再次陷入了沉默。既像是驚訝得說不出話，又像是在思考善後的方法。

「你在哪裡？」木內問，「在你公寓附近嗎？」

「大約離公寓一百公尺，我躲在兩輛貨車之間。」

「這樣啊，」木內想了一下後說：「我記得你住在門前仲町。」

「你知道得真清楚啊。」

「我記得葛西橋路上有一家家庭餐廳。」

「有啊，我就在這附近。」

「那你可以去那裡等我嗎？我馬上過去那裡。」

「你會向我說明情況嗎？」

「我正有此意。」

「好，那就在那裡見面。你多久會到？」

「不知道，但我盡可能馬上趕過去。」

「好，那你趕快過來。」

「我知道。」木內說完，掛上了電話，慎介儲存了木內的手機號碼後，把手機放回了口袋。

36

牆上的時鐘指向凌晨四點四十分。店內全都是男性客人，除了慎介以外，還有三個客人，其中一人坐在吧檯前，喝著咖啡看報紙，另外兩個人坐在後方的餐桌旁，邊吃東西邊小聲聊著天。

慎介點了維也納香腸、炸薯條和啤酒，看著葛西橋路上來往的車輛，慢慢地把這些食物送進胃裡。

他滿腦子都想著琉璃子剛才的舉動。

她應該去了環球塔的房子，發現慎介逃走了。但是，琉璃子，不，是上原碧璃的目的到底是什麼？慎介能夠理解她變成了岸中美菜繪，想要向慎介報仇，但是不知道她想要用什麼方法報仇。如果想要殺自己，至今為止，曾經有過不止一次的機會。她具備了不可思議的力量，那就是可以讓對方動彈不得的力量，慎介也因此有好幾次都陷入完全無法動彈的狀態。剛才也一樣。但是當他陷入這種狀態時，她並沒有試圖奪走慎介的生命。為什麼？

而且，她為什麼要變身成為岸中美菜繪？為什麼要變成她的男朋友木內春彥撞死的那個女人？難道她認為這麼做，可以拯救自己的男朋友嗎？怎麼可能有這種事？慎介立刻否認了這種可能性。對木內來說，自己的女朋友變成他撞死的女人，簡直就是人間地獄。

上原碧璃和岸中美菜繪這兩個人，到底有什麼交集？

慎介努力試圖正確回想至今為止所發生的事，從開始至今，逐一驗證每一件事，不錯過任何一個細節。因為他認為其中一定隱藏著某些線索。

遇見琉璃子、和她做愛、岸中美菜繪的幽靈——難以想像是現實的事接連浮現在腦海中。他忍不住懷疑，自己的腦袋正常嗎？因為他覺得會不會是自己瘋了，看到的那些事都是自己的幻想。當然，他有很多證據可以證明並非如此。

杯子中的啤酒只剩下幾公分，慎介想要一口氣喝完。但是當他把杯子舉到嘴邊時停了下來。因為他想到了一件事。

那是在「SIRIUS」第一次見到木內春彥時的事。

木內隨口說的一句話，突然刺激了慎介的腦細胞。當時並沒有多想，但是現在暗示了重要的意義。

「怎麼可能……？」他小聲嘀咕著。坐在吧檯前的客人回頭看了他一眼。

怎麼可能？他在心裡嘀咕著。不可能有這種事。

但是，在他內心萌生的疑問，在轉眼之間膨脹，他甚至覺得這是唯一的答案。

他看著手錶，想趕快確認，想要向木內本人確認。

當他看向手錶的瞬間，立刻產生了另一個疑問。因為他覺得自己等太久了。

從木內住的日本橋濱町來這裡，開車的話，最快不需要十分鐘就可以到這裡。

木內剛才說，盡可能馬上趕過來，照理說，他早就應該到了。

這時，慎介想到了另一個可能性。他拿起桌上的帳單，猛然站了起來。他結完帳，衝出了餐廳。他一路跑向自己的公寓。

太大意了。慎介邊跑邊懊惱。木內打電話給慎介，是因為上原碧璃不見了。木內在尋找她的下落時，想到了可能會去慎介那裡。

木內和慎介約在家庭餐廳見面，並不是要找慎介，而是為了讓他遠離公寓。

慎介來到公寓前，發現一輛進口車停在門口。有三個男人站在車子旁，其中一人就是木內春彥。

慎介直直走向他。另外兩個人發現了慎介，木內最後才轉頭看著他，露出了不悅的表情，似乎覺得很傷腦筋。

慎介在和他們保持兩公尺的距離停了下來。

「木內先生，這是怎麼回事？」慎介說，「這到底是在幹嘛？」

木內把頭轉到一旁，摸著下巴。另外兩個人打量著慎介。

「請你解釋一下。」慎介繼續說道。

「晚一點向你說明。」木內冷冷地說，「目前要先找到她。」

木內果然是來這裡找琉璃子。

「沒有找到嗎？」

「對。」

「你應該去我家看過了吧？」
「因為門沒有鎖。」
如果有鎖門，他們一定會破門而入。
「她在天亮之後就會消失。」慎介看著天空說，天空開始泛白，「每次都這樣。」
「我想也是。」木內說。
「我有事想和你談一談，是重要的事。」
木內聽到他這麼說，才終於轉頭看他。慎介直視著他。慎介覺得木內應該知道自己想要說什麼。
「木內先生。」其中一個男人叫著他，似乎請他下達指示。
木內對著男人點了點頭說：「你們回去董事長那裡。」
兩個男人向木內鞠了一躬後坐上了車。車子發出輕微的引擎聲，揚長而去。目送車尾燈漸漸遠去，慎介看著木內問：
「董事長就是她的爸爸嗎？」
木內沒有回答，似乎覺得根本不需要回答，說了聲「來叫計程車」，就邁開了步伐。
來到馬路上，立刻有一輛空車經過。木內舉手攔下了車子，坐上車之後，對司機說：「去濱町站。」

「要去你的公寓嗎？」慎介問。

「也許她回去那裡了。」

「所以她平時都住你家嗎？」

木內沒有回答，只是看著車窗外。天色幾乎完全亮了，來往的車輛也變多了。計程車來到濱町公園旁，木內對司機說：「就停在這裡。」因為這裡是單行道，無法停在公寓門口。

慎介先下了車，木內付完車錢後，也跟著下了車。

木內默默地走向公寓，慎介跟在他身後。

花園皇宮公寓就在前方。木內邊走邊把手伸進長褲口袋，拿出了鑰匙。

「木內先生，我可以問你一個問題嗎？」慎介對著他的背影問。

「等一下再問。」

「很簡單的問題，只要回答是或是不是就好。」慎介又接著問：「你也是代罪羔羊嗎？」

木內停下了腳步，回頭注視著慎介。他的眼中露出了嚴肅的眼神。

「你的記憶恢復了嗎？」

「幾個小時之前，但是，」慎介搖了搖頭說：「我原本並不知道你也是代罪羔羊，綜合分析了所有的情況後，認為這是唯一的結論。上次在『SIRIUS』見面時，你對我說，你沒有什麼罪惡感，還說我也一樣。我思考了這句話所代表的意義，只想到一個答案。」

「原來是這樣。」木內揉著臉，脖子前後左右轉動著，關節發出了聲音。

「我的推理正確嗎？」慎介問。

「是啊，」木內回答，「你說得沒錯，我也是代罪羔羊。」

37

花園皇宮公寓的電梯壁面微微發出銀光。慎介注視著壁面的光，和木內一起來到了五樓。木內住在505室。

木內打開了門，要求慎介在外面等一下，然後獨自進了屋。兩、三分鐘後，門再次打開，木內站在門內。

「ＯＫ，你可以進來了。」

「她呢？」

「她不在。」

慎介走進室內。走廊筆直向內延伸，走廊深處有一道玻璃門，玻璃門內很暗，看不清楚裡面的情況。

木內打開了左側房間的門。

「雖然這個房間很小，但你忍耐一下，因為只有這裡可以接待客人。」

這個房間內整理得比較整齊。房間內有書架和一張小桌子，角落放著音響和電視。

「那裡呢？」慎介指著走廊深處的那道門。

木內皺了皺眉頭，然後打量著慎介的臉問：

「你想看嗎？」

「如果方便的話。」慎介回答。

木內想了一下，最後嘆了一口氣，點了點頭說：「真是拗不過你。」

他打開了走廊深處的門，走進去之後，打開了燈。

「可以了，你進來吧。」

慎介聽到他這麼說，也走進了那個房間。一看到房間內的情況，他說不出話。

那裡簡直就像是劇場的後台，掛了無數衣服的掛衣架雜亂地放在房間內，桌子上放著化妝品，牆邊有好幾面全身鏡。

「這裡是怎麼回事？」過了一會兒，他才終於擠出這句話。

「這是她變身的房間。」木內回答，「變身成為岸中美菜繪的房間。」

「在這裡……」

慎介伸手摸向掛在掛衣架上的一件洋裝。他看過這件洋裝。她第一次走進「茗荷」時，就是穿這件衣服。

慎介看著木內問：

「當時那輛法拉利是她開的嗎？」

「對。」木內拉開餐桌旁的椅子後坐了下來。

「但是我跑去車子旁時，沒有看到她的身影。」

「因為在車禍發生之後，我就讓她離開了。」木內翹起了二郎腿，「但是她並沒有走遠，只是躲在旁邊的倉庫後方。」

「你成為代罪羔羊，是基於愛，不希望女朋友有前科嗎？」

「這也是原因之一，但是，還有更重要的理由。以當時的狀況，如果說是由我駕駛，可能會被判緩刑，如果法官知道是她開的車，可能就不會輕判。」

「她之前也曾經發生過重大車禍嗎？」

「不，」木內搖了搖頭說，「那天晚上，我們是去『海鷗』後回家的路上。」

「所以是酒駕？」

「是啊。」木內抓了抓鼻翼，「在店裡的時候，我們說好由我開車，所以我完全沒有喝酒。但是實際準備回家時，她堅持要自己開車，主張喝這點酒根本不可能喝醉。事實上，她的酒量的確很好，看起來也沒有喝醉，所以我就覺得沒有問題，把車鑰匙交給了她。這就成為錯誤的起點，我應該堅持不讓她開車。」

但是，慎介不難想像，以他的處境，很難堅持強硬的態度。雖然他們是情侶，但想必是女方掌握了主導權。

「她對自己的駕駛技術很有自信，可能覺得喝了幾杯酒，就被認為會影響她開車是對她的侮辱。那天晚上，她的車速比平時更快，但是這種時候，如果提醒她這件事，反而會變成火上澆油。我只能提心吊膽地看著她開車。」

「沒想到最後還是發生了車禍。」

「我有言在先，是你們的車子引發了整起事件。」木內說，「你們的車子在那種情況下衝到對向車道，即使車速沒有過快也閃不過。」

「並不是我開的車。」

「我知道。」木內說完，點了點頭。

兩個人都陷入了沉默，分別想著各自的心事。

慎介開口問：

「是你主動提出要成為代罪羔羊嗎？」

「當然。碧璃當時陷入了恐慌，根本無法思考。」

「你想到要成為代罪羔羊是基於愛，還是有什麼企圖？」

「企圖？」

「無論是她，還是她的父母，不是都欠了你很大的人情嗎？」

「喔喔，」木內聳了聳肩說：「說實話，我自己也不太清楚。我當時只想著千萬不能把她交給警察，雖然說是基於愛，聽起來很感人，但是我認為並不是這麼單純，只不過我也不記得當時有你所說的企圖，如果硬要說的話，可能是習性。」

「習性？」

「就是社畜的習性。」

「原來如此。」慎介點了點頭，覺得能夠理解。

「但也有一件事算是很幸運，那就是另一方的肇事者是你們。」

慎介歪著頭，聽不懂這句話的意思，木內繼續說：

「車禍發生後，那個人，就是姓江島的人馬上走了過來。」

「我記得，的確是這樣。」

慎介回想起江島走去看紅色法拉利時的背影。

「他走過來時，碧璃還坐在駕駛座上。他探頭問我們還好嗎？我在那個瞬間下定了決心，要成為代罪羔羊。」

「你這麼對江島先生說嗎？」

「我對他說，因為有各種原因，所以希望當作是我開的車——我當時這麼對他說。他露出了驚訝的表情，但隨即回答說，只要不會造成對他的不利，他都無所謂。我之所以會說這件事很幸運，是因為如果遇到一板一眼的人，交易就無法成立。」

「因為你提出這個要求，江島先生想到自己也可以找代罪羔羊。」

「好像是這樣，我事後才知道這件事。」

慎介終於瞭解到，雖然當時的狀況這麼棘手，但是釐清肇事責任時，並沒有相互推卸責任的理由了。因為雙方都心裡有鬼。

「車禍發生後，我走向你們的車子，你正在打電話。你當時打給誰？」慎介問。

「打給董事長，我向他說明了情況，請他立刻來把碧璃帶回家。」

「你的忠誠一定讓她的父親喜極而泣。」

「這就難說了，他當時可能認為這種程度的事很理所當然。因為他同意讓掌上明珠的獨生女下嫁給普通的上班族。」

「你說他當時這麼想，難道之後的情況不一樣了嗎？」

「你說對了，」木內點了點頭，「因為沒有想到會被附身。」

「附身？」

「對，」木內看著慎介的眼睛，靜靜地說，「她被岸中美菜繪附身了。」

38

「你在開玩笑吧？」慎介的臉頰微微抽搐著。

「這當然是比喻，但是，接連發生了幾件讓我覺得這樣的表達方式更貼切的事，目前還持續發生。」

「我不太瞭解你的意思。」

「這樣啊。」木內從椅子上站了起來，走向掛衣架，摸著掛衣架上洋裝的袖子說：「我想問你一個問題，你對車禍的記憶有多少？」

「有多少……幾乎都記得。之前一度忘記，但現在幾乎全都想起來了。」

「車禍瞬間的事呢？」

「我也記得。先是撞到了什麼，接著聽到了巨響，當我回過神時，發現你們的車子撞牆了。」

「仔細一看，發現有人被夾在牆壁和車子之間嗎？」

「沒錯。」

「我想也是。」木內吐了一口氣，「你們所能看到的差不多就是這種程度而已。」

「你想說什麼？」

「至於我們，」木內轉頭看向慎介，「看到了完全不同的景象，或者說是被迫看到了當時的一切。因為最終是我們的車子奪走了她的生命。」

「你記得當時的情況嗎？」

「記得一清二楚，就連夢境中都會出現，」木內輕輕笑了笑，但是他立刻收起了擠出來的笑容，「我至今仍然可以清楚回想起車子擠壓那個女人身體的感覺。

雖然發生在剎那之間，但就像慢動作般留在我的記憶中。那個女人的身體慢慢被擠壓，活人漸漸變成了屍體。如果可以，我真希望能夠趕快忘記，但是，我恐怕一輩子都忘不了。」

慎介感到寒意爬過背脊，同時感到口乾舌燥，他很想喝水。

「尤其有一個畫面，一直深深烙在我的視網膜上。你知道是什麼嗎？」

慎介搖了搖頭，表示不知道。

「是眼睛。」木內回答。

「眼睛？」

「對，就是眼睛。」木內指著自己的眼睛說：「是岸中美菜繪漸漸死去時的眼睛。在她的生命結束之前，她的雙眼都散發出執著的光芒，那是對生命的執著，對不得不走向死亡的抱憾，也是對讓她遭遇這種悲慘的對象所產生的憎惡，我這輩子從來沒有看過這麼可怕的眼睛。」

慎介聽著木內說話，想起自己曾經看過那雙眼睛。就是那雙眼睛。他心想。就是不時可以從琉璃子眼中看到的那種深不見底的感覺，岸中玲二製作的人偶都有那雙可怕的眼睛。

「你不覺得不公平嗎？那起車禍，我們和你們被判的刑幾乎一樣，但是，你們並不覺得自己撞死了人，我們卻親眼目睹了被害人死去的過程。」

慎介無言以對，默默站在那裡。

「但我還不是最慘的，因為岸中美菜繪的雙眼並沒有看著我，她看著碧璃。碧璃感受著自己駕駛的車子撞爛了女人的身體，而且和那個女人四目相對到最後一刻。」

慎介用力握著拳頭，全身都忍不住用力。否則，他的身體就會發抖。

「那雙眼睛奪走了碧璃的一切，可以說，摧毀了她的心靈。車禍之後，碧璃變成了行屍走肉，就像是活死人。我想應該是被那雙眼睛中的憎惡或是憤怒的力量支配了。」

「醫學的力量也無法解決嗎？」

「她的父親當然試了各種解決的方法，但都以失敗告終，最後只聽到暫時好好休養這種乏善可陳的意見，但也不可能把她送去看不到的地方，於是就挑選了——」

「環球塔。」

木內聽了慎介的回答，點了點頭。

「沒錯，高層公寓的那個房間，就是她的療養所。」

「那裡的設計的確很適合軟禁。」

「軟禁的確也是目的之一，因為她有時候會失控，她覺得無論在哪裡，岸中美菜繪的眼睛都看著她，當她無法承受那種恐懼和壓力時，就會情緒失控。」

慎介想起了那個房間內的各種設計。自動鎖門系統、封住的窗戶，都是為了她所設計的。

「但是，她的狀況遲遲不見好轉。當時有人提議，她是因為撞死人，導致良心的苛責而深受折磨，所以是否可以安排她去悼念死者。碧璃的父親接受了這個意見，然後命令我去安排這件事。」

「要怎麼悼念？」

「就是很普通的悼念，和岸中玲二聯絡後，詢問是否可以去他家的佛壇上香。岸中玲二認為我是殺人兇手，所以強硬地拒絕了。於是我改用另一種方式拜託他，說想請我的未婚妻代替我去上香，這樣也不行嗎？」

「岸中怎麼回答？」

「他當然沒有馬上點頭答應，他覺得和我們接觸就是一件不愉快的事。這也不能怪他，但是，在我多次聯絡他之後，他說既然這麼有誠意，那就同意讓碧璃去上一次香。」

「於是你就讓她去上了香嗎？讓她獨自一人去找岸中。」

「我當然感到不安，那是無法用言語表達的不安。我擔心她一看到岸中美菜繪的照片，就會情緒失控，也擔心她對岸中玲二說一些不必要的話，但是，既然沒有其他方法能夠拯救她，也就顧不得這些不安了。只要有可能解決的方法，就只能試試看。」

「結果怎麼樣？」

「也許該說，超乎了我的想像。」
木內走進廚房，打開了大冰箱，拿出了裝了咖啡粉的罐頭。慎介猜想這個大冰箱原本應該也是他為了和碧璃的新婚生活所買的。
「你要不要喝咖啡？」木內問。
「好，給我一杯。」
木內在咖啡機內加了水，裝好濾紙後，把咖啡粉倒了進去。
「碧璃以前很喜歡喝咖啡，所以原本打算買一台可以泡出正統咖啡的咖啡機，但是從某個時期開始，她完全不再喝咖啡了，所以這款普通的咖啡機就夠用了。」
「從哪個時期開始？」
「從開始變身成為岸中美菜繪的時候開始，」木內撥了撥劉海，然後揉了揉脖頸。他的臉上帶著幾分疲色。「她似乎不喜歡喝咖啡，只喝紅茶，尤其喜歡加了大量牛奶的肉桂紅茶，所以碧璃也開始喝這個。」
「你好像離題了。」
「啊，對喔。我剛才說到哪裡？」
「你說到她獨自去上香，結果似乎很好。」
「甚至可以說太好了，當碧璃從岸中家回來時，我看到她的樣子，簡直懷疑自己的眼睛。她竟然露出了微笑。那不是瘋狂的笑，看起來真的很幸福。我已經很久沒有在她臉上看到那樣的表情了。我不知道發生了什麼事，於是就問她。她回答說，沒有什麼特別的事，很高興能夠見到美菜繪。我並沒有想到她真的見到了岸中美菜繪，我把她的這句話解釋為，她去上了香，在佛壇前祭拜後，覺得見到了岸中美菜繪。」木內說到這裡，看著慎介問：「這麼想不是很正常嗎？」

「很正常。」慎介回答說。

「沒想到我大錯特錯。」木內說。

39

「那次之後，碧璃頻繁出入岸中家中，我也漸漸好奇，她到底去那裡幹什麼，但是，我又不願意阻止她。因為明眼人一眼就可以看出碧璃漸漸找回了往日的開朗和活力，她父親指示我，暫時讓她去做她想做的事，我也只能聽從。」

木內將視線移向咖啡機，注視著滴入咖啡壺內的黑色液體。慎介也和他一樣。咖啡壺冒著熱氣。

「在碧璃去岸中家兩個月後，我得知了他們的秘密。搬家業者突然去了她住的地方，搬了很多東西進去。當然是碧璃委託的，當我去她家時，所有的東西都放好了，我想你應該能夠想像我當時看到那些東西時有多驚訝。」

慎介無法立刻理解木內說的意思。但是，當他想起超高層公寓的房間時，知道了答案。

「人偶嗎……？」慎介小聲嘀咕著。

木內緩緩點了點頭。

「如同你所看到的，有一整排很像岸中美菜繪的假人模特兒，而且還有各式各樣的設備和工具，讓岸中能夠繼續製作人偶。」

「她到底想幹什麼……」

「我問了碧璃，到底想幹什麼，她回答說，要讓美菜繪起死回生。在聽到她的回答的瞬間，我知道真相了。碧璃在岸中家裡真的見到了岸中美菜繪，她看到了岸中製作的美菜繪人偶，覺得靈魂得到了救贖。」

「你沒有勸阻她嗎？」

「當然有，我說要處理掉所有的人偶，沒想到她暴跳如雷，我對她束手無策，她甚至對我揮刀。」

「揮刀？」

木內挽起了右手的袖子，出示在慎介面前。「這就是被她砍的。」

木內的手臂上有五公分左右縫合的痕跡，看起來並不是舊傷。

「她的父親……上原董事長怎麼處理這件事？」

「他完全沒有處理，只說再觀察看看——還是這句老話。說什麼她很快就會玩膩那些人偶。」

「但是，她並沒有玩膩。」

「沒有。其實對我們來說，那才是事件真正的開始。」

木內從碗櫃中拿出兩個馬克杯，把咖啡壺內的咖啡平均分成兩等份。他問慎介要不要砂糖和奶精，慎介回答說，都不需要。

「我的意思是，」木內把其中一個杯子遞給他說，「是她自己的變身。」

「她突然變成了岸中美菜繪嗎？」

「不，起初是緩慢的變化，所以我並沒有及時發現。一開始只是化妝的方式改變的程度，不久之後，體型有了明顯的變化。碧璃原本有點肉肉的，但是在不到一個月的時間內，瘦了超過十公斤。」

「但是，只靠化妝和減肥，無法這麼像吧？」

「你說得完全正確。有一天，她失蹤了，完全聯絡不到她。幾個星期後，當她又出現時，就變了一張臉。」

「MINA—1」完成了。慎介在內心嘀咕。

「不瞞你說，我在那個時候決定放棄。」

「放棄？放棄什麼？」

「放棄讓她變回原來的樣子。我決定告訴自己，她已經死了，她的父親也不想管了。他可能不想讓腦袋不正常，臉也變成另一個人的女兒進家門，即使如此，仍然需要有人監視她，也需要照顧她的日常起居。」

「於是，你接受了和上班族時代無法相比的優厚條件，繼續扛起了這項重責大任。」

「如果你羡慕，隨時可以和你交換。」木內喝了一口咖啡，嘆了長長一口氣，「這個世界上，沒有什麼工作比看著身心都完全變了樣的前未婚妻更痛苦的事了。」

「她為什麼想要變成岸中美菜繪？是因為岸中玲二無法製作出完美的人偶嗎？」慎介想起岸中玲二留下的筆記本上的內容問。

「我起初也這麼認為，但是最近開始覺得可能不是這樣。」

「那是為什麼？」

木內聽了慎介的問題後，又緩緩喝著咖啡，似乎在整理自己的想法。片刻之後，他問慎介：「你看了她的眼睛之後，有沒有什麼感覺？」

「每一次都很有感覺，」慎介老實回答，「第一次見到她就有這種感覺，看著她的眼睛，好像靈魂都被她勾走了。」

「我也一樣，而且我曾經看過那雙眼睛。」木內把馬克杯放在廚房的洗碗槽，「那是岸中美菜繪的眼睛，她臨死時的眼神。即使碧璃再怎麼想要成為岸中美菜繪，也無法重現那雙眼睛。」

「你的意思是，岸中美菜繪的靈魂附在她身上嗎？你剛才不是說，附身只是比喻嗎？」慎介想要笑，但臉頰只是很不自然地抽搐了一下。

「我無意說成是靈異現象，但是也許該這麼說，雖然靈魂無法附身，但是意念可以傳遞。」

「意念？」

「就是催眠術。」木內說，「我猜想碧璃可能中了某種催眠術。」

「催眠術？是誰在催眠她？」慎介在問話的同時，內心忐忑不安。雖然他問了這個問題，但是他猜到了答案。

「當然是岸中美菜繪。她在臨死前的眼神，具有可怕的力量。」

40

「怎麼可能？」慎介嘀咕著，會有這種事嗎？

但是，他聽到「催眠術」這幾個字，就覺得並非空穴來風。他曾經多次在琉璃子的注視下動彈不得。她中了岸中美菜繪的催眠術之後，或許掌握了將那種魔力發揮在其他方面的能力。

「催眠術讓碧璃覺得自己是岸中美菜繪，也許她藉由這種自我暗示的方法，拯救自己的心靈。她瞭解了關於岸中美菜繪的相關情況，讓自己的外形也變成岸中美菜繪的樣子。」

「岸中玲二怎麼看待她呢？」慎介提出了內心的疑問。

「你剛才不是也說了嗎？他想要製作很像妻子的完美人偶，但是遇到了瓶頸，碧璃剛好在這個時候出現在他面前，你覺得他會怎麼看？」

慎介想起岸中玲二筆記本上的最後一頁，那一頁上寫著以下的內容。

「『歡迎回家。』我對她說。

我回來了。她回答說。我可以聽到她的聲音。

『妳不要再離開我了。』我說。

我不會離開。她說。」

木內再次拿起了馬克杯。他喝了一口咖啡，嘴角露出了笑容。那是落寞的笑容。

「根本無法得知人偶師和人偶之間會產生哪一種愛，也不願意去想像。但是想必持續了一段蜜月狀態，負責監視她的我都這麼說了，所以就是這麼一回事。」

「蜜月為什麼無法持續呢？」

「雖然我不瞭解詳情，但是大致來說，就是人偶師清醒了。」

「清醒？」

「他發現眼前的人並不是他的妻子，也不是像他妻子的人偶，而是殺害他妻子的他人。他在那之前，當然不可能不知道這個事實，但是，他可能刻意避免去想這件事。因為碧璃和岸中美菜繪實在太像了，在岸中玲二眼中，就是夢幻人偶『MINA—1』，但夢幻終究只是夢幻，夢也只是夢，遲早會從夢中醒來。」

「醒來之後呢？」

「就是你所知道的。他重新認識到自己失去了妻子，發現自己愛上了殺害妻子的人。他深受打擊，陷入了悲傷和自我厭惡，最後決定隨妻子而去，但是在此之前，要先完成一件事。」

「報仇嗎？」

「應該吧。」木內喝完了咖啡，放下了馬克杯。

慎介想起自己也拿著杯子，他低頭看著杯子，黑色液體在杯子中搖晃。他想起了岸中玲二來酒吧時，臉上黯然的表情。

「她繼承了岸中玲二的遺志嗎？岸中沒有殺死我，她要親手把我送上西天。」

「觀察目前為止的經過，似乎是這樣。」木內說完，點了點頭。

慎介把馬克杯舉到嘴邊，喝著稍微變涼的咖啡。咖啡缺乏風味，只有苦味在嘴裡擴散。

「但是，我還是難以理解。」慎介說。

「不能理解哪一件事？」

「如果她想殺我，有很多機會可以殺我，但我現在還活得好好的，為什麼？

她為什麼沒有殺我？」

木內似乎思考了一下這個問題，但最後還是搖了搖頭。

「不知道，也許她有自己的決定。」

「決定什麼？」

「就是復仇的方法，也許光是殺你還不充分。」

慎介聽了木內的回答，聳了聳肩。

「除了殺我以外，還能有什麼？」

「我能夠說明的都說完了，總之，目前要先找到她。找到她之後，這次真的要把她徹底隔離。」

慎介猜想木內打算把她關進精神病院，但他決定不過問。他把還剩下大半杯咖啡的馬克杯放在桌上。

「我想請教你一件事。」

「什麼事？」

「就是刑警小塚的事，你把他怎麼了？」

木內好像被戳到痛處般皺起眉頭，摸了摸下巴。

「你為什麼要問這個問題？我認為和你無關。」

「我可以試著推理嗎？」

「如果有什麼可以推理的事，我願意洗耳恭聽。」木內一臉驚訝的表情。

「我被軟禁在高層公寓時，是小塚趕來救我。雖然我立刻逃走了，但小塚說，他還要調查一些事，所以就留在那裡。之後，我打了好幾次電話給他，但是電話完全打不通，他也沒有聯絡我。我認為他應該出了什麼事。」

慎介說到這裡，觀察著木內的反應。木內靠在廚房的流理台，把雙臂抱在胸前，然後動了動下巴，似乎示意他繼續說下去。

「然後就發現那個房間後來整理得一乾二淨，我很好奇，為什麼要急急忙忙做這種事？」

「所以，你怎麼推理？」木內問。

「我從那裡逃走之後，她是不是又回去了那個房間？」

「如果是這樣，會發生什麼事？」

「她就會遇見小塚。對她來說，那個房間是神聖的領域，有人在那裡翻箱倒櫃，她當然不能讓小塚就這樣離開。」

「你是說，她對刑警做了什麼嗎？」木內張開雙手說，「她這個弱女子，有辦法敵得過身強力壯的刑警嗎？」

「如果我不認識她，也不可能說這種話。但是，我認識她，知道她具備不可思議的力量。就像我剛才說的，她隨時都可以殺我。」

慎介直視木內。木內在他的注視下，收起了臉上的笑容。

但是，木內搖了搖頭。

「這不是你的推理，而是你的想像。我知道了你的想法，但是我不便表達任何意見，因為我對別人的想像不予置評。」

「警察會出動喔。」

「應該吧。但是，這和我們無關。」

「你很有自信嘛，刑警可能也會來這裡。」

「這就未必了，」木內歪著頭說，「他們有任何會查到這裡的線索嗎？唯一的線索，就是你這個證人。」

「你是說，只要滅我的口就搞定了嗎？」慎介緊張起來。

「怎麼可能？」木內搖了搖手，「我相信你，我相信你絕對不可能把我們的事說出去，包括我們的事，和碧璃的事。」

「你真看得起我。」

「即使你說出實情，對你也沒有任何好處，反而會失去得到的東西。你沒有這麼傻。」

原來是這麼一回事。慎介恍然大悟。木內知道慎介向江島拿了為他頂罪的錢，但是並不知道成美把那些錢拿走，最後三千萬變成了五千萬這件事。

「我相信你已經瞭解了狀況。」木內說，「現在你我在同一條船上，所以你應該知道目前的當務之急。」

「就是要趕快找到琉璃子。」

「沒錯。」木內點了點頭。

41

離開花園皇宮公寓後，慎介為了打發時間，去了咖啡店，也去看了電影，但是完全不知道電影在演什麼。因為從木內口中得知的事更震撼，他一次又一次回想著那些話，最後想得太累了，在電影院內睡著了。

接下來要怎麼辦——他走出電影院思考著。

手錶指向上午十一點三十分。他很想回公寓繼續整理東西，但是幾個小時前的恐懼仍然在腦海中浮現。

琉璃子到底去了哪裡？

他思考著萬一琉璃子仍然在家裡等他，自己該怎麼辦？慎介沒有自信能夠逃過她神奇的力量，但是他又不能不回去。到底該怎麼辦呢？

就在這時，手機響了。

「喂？」

「慎介嗎？是我。」

「喔喔。」慎介立刻知道對方是誰。是江島。

「關於交易的事。」江島在電話的另一端說，「錢已經準備好了。」

「果然財力雄厚，這麼快就可以拿出這麼大筆錢。」

「你別開玩笑了，哪可能像左手拿給右手這麼簡單？何況是不明用途的錢。」即使在這種時候，江島說話的語氣仍然很從容，「要拿去哪裡？我希望盡可能在隱蔽的地方。」

「我也一樣。」

「那你現在過來這裡。」

江島說了位在銀座中央的一家咖啡店。

「你剛才不是說，要在隱蔽的地方嗎？」

「那裡不是很隱蔽嗎？還是你覺得有人在監視我們？」江島輕輕笑了笑，「時間由你決定。」

「那就一點。」

「一點嗎？好。」

慎介掛上電話後，用力深呼吸了一次。他覺得決戰的時刻到了。

他比約定的一點提早了十五分鐘來到那家咖啡店。咖啡店可以俯視晴海路，店內有許多上班族。兩個男人在這裡見面，的確不會引起別人的注意。

大約五分鐘後，江島出現了。他穿了一件樸素的夾克，手上沒有拿東西。

「你來得真早。」

「因為我很閒。」

服務生走了過來。慎介已經在喝檸檬紅茶，江島點了咖啡。慎介發現他盡可能低著頭。

「你空手來嗎？」慎介問。

江島嘴角笑了笑，把手伸進了夾克內側，拿出一個牛皮紙信封。

「你可以打開看看。」

慎介接過信封，打開一看。裡面有一把鑰匙。那是投幣置物櫃的鑰匙。

「是新橋車站地下的置物櫃，我放在裡面。」

「我要確認裡面的東西。」

「你可以回家慢慢數。」江島叼著菸，點了火。他仍然氣定神閒，完全沒有絲毫的慌亂。

咖啡送了上來。江島加了少許牛奶喝了起來，然後輕輕笑了笑。

「我都忘了有多少年沒有在這個時間坐在銀座喝咖啡了，以後也要好好珍惜這種時間。」

「江島先生，」慎介把置物櫃鑰匙塞進口袋的同時，忍不住問他：「你上次說的一萬分之一的事，那是出於真心嗎？」

「一萬分之一的事？」

「就是車禍機率的事，你不是和我聊過嗎？」

「喔，原來你是說那件事，」江島在菸灰缸中捻熄了香菸，「那件事怎麼了嗎？」

「你上次說，車禍就像是骰子的點數，被害人只是不巧丟出了不好的點數。是因為我以為是我造成了車禍，所以你用那句話安慰我，還是你真心這麼想？」

江島一臉納悶，似乎無法瞭解慎介這個問題的意圖。

「我當然是真心這麼想，難道不行嗎？」

「你有沒有想到過被撞死的岸中美菜繪？」

「想了又能怎麼樣呢？對誰有好處嗎？」

「但是被害人一直憎恨加害人。」

即使在死了之後也一樣。但是慎介沒有把這句話說出口。

「所以我花錢消災啊。」江島說話的語氣有點冷淡，「我向被害人家屬付了很充足的賠償金，也拿錢給為我頂罪的你。老實說，我也是受害者。」

「但是，被害人要的也許並不是錢。」

「那還要給什麼？誠意嗎？如果只要誠意，我可以充分展示誠意，如果要我鞠躬，叫我鞠躬幾百次都沒問題，但是光是這樣，被害人家屬有辦法幸福嗎？到頭來還是錢的問題，所以乾脆不要管那些繁瑣的事，當作生意來處理，難道你不這樣認為嗎？」

慎介無言以對，只好保持沉默。

江島站了起來。

「交易完成了。我有言在先，不要再貪心了，我家沒有搖錢樹，如果把我逼急了，對你也沒有好處。」

「我知道，這件事就到此為止。」

江島點了點頭，似乎表示「那就好」，然後拿起帳單離開了。

走出咖啡店後，慎介直接走去了新橋車站。他已經很久沒有在白天去銀座了，對於等一下會拿到五千萬圓，完全沒有真實感，剛才聽了江島那番話後所產生的不舒服感覺，遲遲無法消失。

慎介找回所有的記憶後，也回想起自己聽到判決時的狀況。有期徒刑兩年，緩刑三年。

當他聽到這個判決時，產生了兩個感想。首先鬆了一口氣。雖然律師告訴他，一定會判緩刑，但是想到萬一有意外，還是會提心吊膽。

另一個感想，則是完全相反。

太輕了——這也是他當時的想法。

慎介有一個女性朋友在澀谷的首飾店打工，有一次她因為缺零用錢，於是偷了店裡十萬圓左右的商品，便宜賣給了自己的朋友，然後騙店長說商品遭竊。之後事跡敗露，她被店家告上法庭，最後被判處一年二個月的有期徒刑，緩刑三年。也就是說，和慎介的判決相差無幾。

雖然實際上是為江島頂罪，但慎介因為造成他人死亡而被判刑，只是罪行和偷竊十萬圓物品的罪行相等。

慎介在覺得自己很幸運的同時，不難想像被害人家屬恐怕難以接受這樣的判決。

所有的車禍都應該有相同的情況，所以很多加害人就像江島一樣，覺得「自己也很倒楣」。既然每年有一萬人因為車禍喪生，就代表有差不多相同人數的加害人，他們在為自己的量刑比想像中更輕感到鬆了一口氣的同時，可能努力想要趕快忘記發生在自己身上的災難。當加害人忘記了這件事，就是對被害人的二度傷害。

慎介突然想起岸中玲二來到「茗荷」的那天晚上的事。當時，他問了慎介一個問題。如果遇到不開心的事時怎麼辦？

會盡可能去想一些開心的事，可以讓自己變得比較正向的事——慎介當時這麼回答。

「比方說？」

「比方說……對，就是想像以後自己開店時的事。」

「喔喔，原來是這樣，所以這是你的夢想。」

「算是吧。」

也許岸中玲二就是在那一刻決定要報仇。起初還有點猶豫，所以決定去加害人工作的酒吧察看情況，沒想到加害人看起來已經忘了不愉快的事。盡可能去想一些開心的事——不知道岸中玲二帶著什麼樣的心情聽這句話。

岸中一定想要說，被害人永遠不會忘記。慎介回想起他娓娓訴說的身影。

「不瞞你說，我想要忘記一件事。不，那是絕對無法忘記的事，只不過很希望心情能夠稍微輕鬆一點。我想著這些事，心不在焉地走在街上，結果就看到了這家店的招牌。這家店的店名不是叫『茗荷』嗎？」

他應該對「茗荷」這個店名感到深惡痛絕。

慎介抵達了新橋車站，他來到地下樓層，看著號碼，尋找著置物櫃。那個置物櫃就在飲料自動販賣機旁。

慎介把鑰匙插進了鑰匙孔，然後轉了一下。打開置物櫃的門時，他心跳有點加速。

置物櫃內有一個黑色皮包。他拿了出來，然後打量四周。他想找廁所。找到廁所後，他走進了隔間，然後鎖了門。他打開皮包拉鍊的手微微顫抖。皮包裡凌亂地堆放了一疊疊紙鈔，有紙鈔特有的味道。慎介大致確認了一下。他從來不認為江島會做在裡面偷塞假鈔這種沒有意義的事。

總共有五十疊紙鈔。慎介輕輕揮動了右拳。

下午兩點半，慎介回到了公寓前。他把裝錢的皮包又放回了置物櫃，那個置物櫃的鑰匙就在口袋裡。

他打算在天黑之前收拾好行李，因為他覺得天黑之後，琉璃子又會來找他。

他搭電梯上樓，站在自己的家門口。他戰戰兢兢地轉動門把，然後試著把門拉開。門果然沒有鎖，就像他早上離開時一樣。

他打開門，觀察屋內的動靜。屋內光線昏暗，他看不清楚。

當他打算向前一步時，察覺到背後有動靜。

慘了。當他閃過這個念頭時，已經來不及了。

在遭到重擊的同時，他眼冒金星，意識迅速遠離。

42

喉嚨痛得好像快燒起來了。液體流入氣管，他被嗆到了，但是他無法順利咳出來。有什麼東西塞在嘴巴裡。他想把東西拿掉，但是手腳都無法動彈，完全動不了。

慎介睜開了眼睛，看著天花板。這是自己住家的天花板。

「你果然醒了，這也難怪，因為這和醒腦的藥差不多。」身旁有一個聲音在說話，慎介把頭轉向那個方向，發現後腦勺疼痛欲裂。他意識到自己剛才被打了。

江島就坐在他旁邊，慎介發現自己躺在地上，而且手腳都被什麼東西綁住了。

不像是繩子，好像是膠帶。

而且嘴裡被塞了什麼東西，所以無法發出聲音。那是很粗的筒狀物。

「你似乎不知道自己的嘴裡被塞了什麼，不是什麼罕見的東西，每個人家裡都有，這裡當然也有。就是吸塵器的管子。」江島開心地說。

慎介扭動身體，想用舌頭把管子推出來。

「你可以不要亂動嗎？你一旦亂動，我就不得不加快速度。」江島說完，從旁邊拿起了什麼東西。原來是龍舌蘭酒的酒瓶，他把酒瓶放在管子口，緩緩傾斜著。

龍舌蘭酒流進了慎介嘴裡。慎介努力忍著不把酒吞下去，但是為了呼吸，只能把酒喝下去。因為他的鼻子被什麼東西塞住了。

「雖然我不想浪費我心愛的酒，但這也沒辦法，必須動一點手腳，才不會讓警方起疑心。」江島在說話時，仍然不停地把酒灌進慎介的嘴裡。慎介拚命掙扎，但是完全無法把管子頂出去。

慎介再次用力咳嗽。他喘不過氣，鼻子和眼睛深處都很痛，眼淚不停地流。

「你越是抵抗，反而更加痛苦。反正你快死了，你就乖乖等死吧。」江島的聲音有點興奮。

慎介調整呼吸，仰頭看著江島。眼中充滿憎惡。

「怎麼樣？你好像想要說什麼，據我的觀察，你似乎不知道自己會怎麼死。

很簡單，我會讓你喝大量的酒，在你醉得不省人事之後，再為你注射這個。」江島把拋棄式注射器出示在他面前，裡面裝了透明的液體。「這是一種安眠藥，在攝取大量酒精後，只要注射這點分量，就會造成休克死亡，而且看起來和酒精中毒造成的休克死亡一樣。別人一定以為你這個調酒師因為女友跑了，借酒消愁，喝酒過量暴斃了，但是，分量還要再多一點。」

江島繼續把龍舌蘭酒灌進慎介嘴裡，慎介覺得食道和胃都變熱了，呼吸困難，心跳加速。酒精迅速在體內循環。

「我完全搞不懂你們在想什麼，為什麼收了三千萬還不滿足？對你們來說，這是一大筆錢，還是因為我一下子就拿出三千萬，所以覺得再拿兩千萬也不痛不癢嗎？雖然對我來說，並不是拿不出這筆錢，但是，你們忘了一件重要的事，這是做生意。你在那起車禍中為我頂罪，我支付了三千萬圓的報酬，沒有威脅，也沒有恐嚇，就是一筆生意。做生意必須有信賴關係，面對已經同意三千萬圓成交，之後卻又用各種理由要求加錢的人，不可能建立信賴關係，你瞭解嗎？」

龍舌蘭酒流入氣管，慎介用力咳了起來。每次咳嗽，全身就像痙攣般彈動，身體變得很燙。慎介覺得自己的意識開始模糊。

「我看差不多了。」江島雙眼發亮。

慎介掙扎著，但是身體比剛才更無力。他頭暈目眩，頭痛不已，耳鳴陣陣，幾乎快吐了。

江島開始脫慎介的褲子，他似乎打算注射在下半身的某個部位。

「你不要亂動。別擔心，並不會太痛苦。你可以在睡夢中上西天。」

正當江島準備注射時，慎介眼角掃到了動靜。

43

壁櫥的門有動靜。壁櫥門打開，黑色的東西爬了出來。慎介立刻認出是誰。

琉璃子緩緩站了起來。她頭髮凌亂，臉色蒼白。

「怎麼回事……妳從哪裡冒出來的？」江島聽到動靜後轉過頭，看到站在那裡的女人，瞪大了眼睛。

「原來……是你？」琉璃子說。

「什麼？」

「原來是你，是你殺了我，我在路上騎腳踏車，你從後面撞我。」

「妳在說什麼？妳腦筋有問題嗎？」江島做出好像在趕蒼蠅的動作，但是他開始向後退，顯然對琉璃子心生畏懼。

「我不原諒你！」琉璃子喃喃說著，向江島逼近，「我絕對不原諒你。」

江島撿起龍舌蘭酒的酒瓶，丟向琉璃子。酒瓶打中了她的額頭，但是她面不改色，慢慢逼近江島。

「不要過來！」江島對她咆哮。

鮮血從琉璃子的額頭流了下來。剛才的酒瓶似乎打破了她的額頭，深紅色的鮮血從她的太陽穴流到臉頰，繼續流到了下巴。

「不要過來！」江島用力把琉璃子推開。她的身體被推到落地窗前。

慎介只聽到江島喘著粗氣，琉璃子暫時沒有動靜，但隨即慢慢站了起來，然後突然打開了落地窗的鎖，打開了落地窗，不知道想要幹什麼。

琉璃子在江島和慎介的注視下，走去陽台，然後轉身面對房間，靠在欄杆上。

「你來殺我啊。」琉璃子說，「然後這次不要再忘記了，不要再忘記你殺了我的這件事，不要忘記你殺了的女人的臉和她的眼睛。」

她的雙眼直視著江島。那雙眼睛曾經好幾次操控了慎介的心。

江島走向她。慎介不知道他是基於自己的意志，還是被她發出的某種力量控制。

江島來到陽台上，站在琉璃子面前，雙手掐住了她的脖子。

琉璃子沒有抵抗，持續注視著他。

江島突然大叫起來，聽起來就像是野獸的咆哮。他在咆哮的同時，雙手一下子把她舉了起來。

慎介看著江島用雙手的大拇指用力掐住琉璃子纖細的喉嚨，但短短幾秒之後，琉璃子的身體消失在陽台的欄杆外，下方傳來了什麼東西摔爛的沉重聲音。

琉璃子怎麼了？慎介想要確認，但是身體完全動不了，意識也開始模糊。而且可能根本不需要確認了。

江島背對著慎介站在那裡。即使樓下傳來尖叫聲和許多人聚集的動靜，他仍然站在那裡不動。

慎介在朦朧的意識中，聽到了警車的警笛聲。

尾聲

答答答。指尖敲打桌子的聲音停止的同時，又響起了嘆息聲，讓狹小的室內更令人感到壓抑。

姓坂卷的副警部負責偵訊，他眉頭深鎖，看起來很神經質，一頭黑髮都向後梳，露出的額頭泛著油光。

「實在令人難以置信，」坂卷把雙臂抱在胸前，看著慎介，「你說的每一件事都很離譜，每一件事都不像是現實生活中所發生的。」

「我也有同感。」慎介回答說，「事情發生至今已經過了好幾天，我覺得自己好像做了一場惡夢，但這一切都是事實。因為發生了那起事件，所以死了好幾個人，我也住了院。」

「你的身體怎麼樣？」

「現在已經沒事了，之前頭痛了兩天。」

「太好了。」坂卷的聲音聽起來意興闌珊，他應該在想其他事。

事件發生至今已經過了四天，慎介昨天才剛出院，因為腦部檢查耗費了不少時間。

江島已經遭到逮捕。慎介聽說他被警方逮捕之前，都一直站在陽台上。警方把他帶走時，他也完全沒有抵抗，就像是夢遊者。

慎介住院時，刑警就去醫院向他瞭解情況，他說出了木內春彥的名字，請刑警去向木內春彥瞭解詳細的情況。

警方似乎真的去偵訊了木內，他得知琉璃子，也就是上原碧璃已經死了之後，可能覺得繼續隱瞞也沒有意義，於是就和盤托出。

在輕井澤的帝都建設療養所的園區內，找到了刑警小塚的屍體。屍體裝在木箱內，灌入了水泥凝固。帝都建設的上原董事長因為這件事遭到偵訊，但是上原董事長只承認交代木內春彥監視女兒，對處理屍體的事毫不知情。

木內也主張是自行判斷的結果。有一天早上，碧璃雙手是血地去了他家，他擔心地去環球塔察看，發現小塚胸口插著刀子，已經死了。

慎介覺得木內又再次成為代罪羔羊。之前代替碧璃扛下了車禍的罪，這次又想要為碧璃的父親頂罪。慎介無法得知他只是為了錢，還是基於對碧璃的愛。

慎介也坦承了在那起車禍中頂罪的事，警方扣押了那個裝了五千萬的皮包。

慎介好幾次都忍不住露出自嘲的笑容，覺得真是白忙了一場。

慎介沒有掌握任何有關成美屍體的訊息，至少目前還沒有被人發現。他完全無法得知江島的供詞。

「我實在搞不懂，」坂卷說，「你為什麼對上原碧璃毫無抵抗，你明明對她心生警戒，卻還是被她軟禁，實在令人費解。」

「我不是已經說了很多次嗎？她的眼睛具備了神奇的力量，只要她注視我，我的身體就無法動彈。我認為小塚先生也是因為她那種神奇的力量，才會遇害。」

雖然慎介這麼說，但坂卷仍然沒有露出理解的表情。他托著腮，歪著頭。

「你說江島也是因為被這種力量操控，所以殺了上原碧璃。」

「我看起來是這樣。」慎介說了自己的想法。

「你說那雙眼睛來自岸中美菜繪，充滿了岸中美菜繪的怨念。」

「木內先生說，那是催眠術。」

「催眠術喔……」

「那真的不是普通的眼睛，雖然我說破嘴，你們也不會相信。」

坂卷似乎並非不把慎介的話當一回事，只是很在意這件事。

「怎麼了？」慎介問。

坂卷沉默不語，似乎有點猶豫，最後他看著慎介說：

「不瞞你說，你出院後，江島就被送進了醫院。」

「醫院？他生病了嗎？」

坂卷向後方瞥了一眼，負責記錄的刑警坐在那裡。那名刑警也看了坂卷一眼，但立刻低下了頭。

「江島遭到逮捕時，整個人呈現神智不清的狀態，當這種狀態結束之後，感到極度害怕，說女人的眼睛一直看著他。」

「女人的眼睛？」

「好像就是他殺了的那個女人。他說只要一睜開眼，就看到那雙眼睛。他驚恐不已，根本沒辦法偵訊他。我們才在說，是否該先帶他去看精神科，沒想到前天深夜——」坂卷吞著口水。

「發生什麼事了？」

「他終於戳瞎了自己的眼睛，兩隻眼睛都瞎了。他突然用手指戳自己的眼睛，當管理員趕到時，他大叫著在地上打滾。」

慎介的心臟用力跳了一下，他感到全身冒著冷汗。

「所以……」

「聽說他雙眼失明了。」坂卷說。

慎介覺得全身都失去了體溫，手腳麻痺，身體開始顫抖。他無法停止顫抖。

他的腦海中浮現了根據岸中美菜繪的樣子做的假人模特兒的臉。

完

【專文推薦】

這輩子，就這樣了嗎？

作家｜盧郁佳

東野圭吾的懸疑小說《瀕死的凝視》始於陰霾天際一顆卑微黯淡的星星，只有爆炸的燃燒，才在消失前，有一剎那為人所見。

「你就是人太好了。」總是被人這樣婉轉斥責後，才會回頭檢視做錯了什麼。我想她應該是這種人吧。

二十九歲的岸中美菜繪，騎幾公里腳踏車到女學生家，教鋼琴補貼家用。晚上八點上到十點，富太太又邀她喝茶坐到近十一點。女學生突然發難，說鋼琴發表會要換曲子，因為跟討厭的同學撞曲目。照說學生母親應該勸阻，沒想到竟然和女兒一起拜託。美菜繪只能陪著重選，還加了課。上完深夜兩點多了，變成美菜繪半夜獨自回家。

她打電話回家報備，丈夫不悅，叫她快回家，「但並不是因為會影響做家事的關係。」她都晚餐後洗完碗再出門。路上常有街友遊蕩，她確實害怕。丈夫則規定她不能穿裙子騎單車，因為在某些男人眼中很煽情。

美菜繪被拗加班四小時，內心訴諸「照說母親應該勸阻」。殊不知所託非人，母女聯手挖坑給跳，母親會留她喝茶就是鋪哏。

或許美菜繪也會暗自期待「照說丈夫應該挺身叫母女放人」，但丈夫也只會要求她，不會為她去跟外人衝突，更不會開車來保護她。只要不影響她做家事伺候丈夫，不要勾引別的男人，丈夫就放心了。

看來她無法說不。懦弱隱忍、服從權威，相信權威（學生母親、丈夫）會報以保護。但學生母女、丈夫都只想到他們自己，沒人替她想。信賴落空時，她也不會察覺利益衝突，更不會接手替自己做主。這樣的人，周圍總是聚集了軟土深掘之輩，就像腐肉吸引蠅群。然而無論重複多少次，也還未致命，所以本人也很難意識到問題存在。

當晚，美菜繪在夜路上被撞身亡。當她知道自己的生命正在消逝時，駕駛驚見她的雙眼燃燒著怨念的怒火。在小說中，那是對兇手的憤恨。在我看來，更像是美菜繪發覺被騙了。不是說好了，只要犧牲自己，乖乖配合別人就沒事嗎？結果卻是乖女孩上天堂，壞女孩無往不利，怎麼回事？

能言善道、調酒一流的調酒師雨村慎介，遇到話不投機、服裝過時的陌生酒客，怕對方吐苦水，只想提早打烊。怕被女老闆罵，只有忍著等他走。只覺得在哪見過，想不起他是誰。

酒客問，如果遇到不開心的事時怎麼辦？

調酒師說，盡可能趕快忘記，這是唯一的方法。

會盡可能去想一些開心的事，可以讓自己變得比較正向的事。就是想像以後自己開店時的事。

客人走了。調酒師打烊，被埋伏打昏住院，醒來得知是那個客人幹的。原來酒客是美菜繪的丈夫，而一年半前，調酒師撞死了美菜繪。

過了一年半，鰥夫還像行屍走肉，整個人連同身上衣服，都凍結在案發當時。調酒師已經翻篇向前走了，法庭上見過鰥夫多少次，調酒師都忘得一乾二淨。調酒師事後回想，鰥夫是因此決心除掉他的。

但讀者會懷疑，調酒師那麼擅長聊天，聽人吐苦水不是家常便飯嗎，怎麼還會「怕對方吐苦水」？但從頭到尾，調酒師如坐針氈。也許他腦子不記得，身體卻很清楚對方是冤親債主。東野圭吾向來擅長鋪陳角色的沒心沒肝，這次卻藉讀者容易忽略的一句話，隱晦點出調酒師「徘徊於記憶與遺忘之間」的靈薄獄，非生非死的意識狀態。

復仇、懺悔的傳奇，東野圭吾寫過無數遍；本書卻遁入時間之外的奇幻境界，把東野圭吾的樸素文風，偷換成村上春樹的官能小說。調酒師因重擊而喪失車禍記憶，一次次發現腦中印象和別人轉述的案情對不起來。追查之間，酒吧來了穿喪服的神秘女子，瓷白肌膚，黑蕾絲手套，一現身令眾人屏息，暗自猜測她的來歷。雙唇微啟，吐出彷彿帶有濃密花香的氣息，聲音有如長笛的低音。人狠話不多，酒過三巡就走。

調酒師第一次對上眼，就知道「我會愛上這個女人」。感到被威脅，難得慌亂語塞，情不自禁整天等著她來。她一次次從矜持埋伏，轉為餓虎撲羊，性場面如恐怖片般驚悚迷離。

陌生美女突然冒出來誘人上床這種事，令人想起八卦周刊上讀到的原振俠、衛斯理。在倪匡宇宙中，東方大國從女嬰開始訓練武術，十歲時萬中選一、挑出十二名間諜精英，出任務用貞操收買原振俠。綺麗的性描寫，成為當年的純文字AV。雖然愛上原振俠，但只能出場一兩集，而他每集都有不同女主角，頂多只能抽空救她們脫離控制。她們有的體內裝核彈，有的腦部植晶片受遙控，有的變成章魚外星人。顯然來自昭和冒險漫畫、小說，而日本作家又取材自〇〇七系列等電影。〇〇七穿上古裝就是楚留香，脫下古裝就是原振俠。長江七號的原型，就是紅顏薄命為愛捐軀的龐德女郎。

黑衣女子現身，乍看懸疑迷幻。隨著來歷逐步揭露，才知道她出身尊爵不凡，地球繞著她轉。她的任性、媚惑、敗德，就是美菜繪被壓抑的黑暗面。像《分成兩半的子爵》，美菜繪完全善良無辜，黑衣女子完全不受控制。像是美菜繪不甘心一輩子逆來順受，渴望風風火火再活一遍。

原振俠、衛斯理英明神武，眾女一見鍾情理所當然，跨國陰謀牽涉的也淨是王室、政商巨頭。故事用主角威能、左擁右抱，來補償大眾的現實挫敗，消費客層就是山道猴子。所以故事中唯一不會出現的，就是山道猴子，一出現就穿幫，讀者夢醒心碎。然而《瀕死的凝視》中，主角調酒師就是個山道猴子。怎麼回事？

調酒師每晚下班回家，都先洗臉。神秘美女登場的這晚，他照常洗完臉，在鏡中看見自己，卻產生了奇妙的既視感，彷彿發生了無數次。但確實發生了無數次，所以不能稱為既視感。他皺眉搓臉好一陣，感覺才慢慢消失。

乍看調酒師因為被打而對車禍失憶，其實是黑衣女子的衝擊，讓他看到了以前視而不見、理所當然的事——他一直是自己人生的旁觀者。

調酒師一直不知道自己想做什麼。想到東京讀大學，所以科系無所謂，相信遍地機會。「當時他完全沒有發現，必須具備超凡的能力，才能夠找到機會的幼芽。」入學時自認無所不能，成功在望，一心想找到目標；大一還沒完，壯志全消，很少想起要找目標，甚至努力忘記，一想起就知道自己多沒出息。為賺飯錢去打工，為跟打工朋友應酬，又打更多工。同棟宿友S比他窮，專心目標，就怕浪費時間。但調酒師對大學教的沒興趣，不上學、不考試，順其自然，被動退學。「他隨時都有必須趕快找到目標的急迫感，但是他不知道如何才能夠找到，覺得就像郵差送信一樣，人生目標有一天會突然出現在自己的眼前。」

這很像美菜繪的初戀男友。美菜繪從小立志當鋼琴家，跟好友一起追星。但高中時發現才華有限，反而是舞台劇令她感到命中注定。劇團窮學生從國立大學退學追夢，在破租屋處和美菜繪上床。她的第一次，雖然沒快感，卻很感動。幾個月後，大學生放棄了舞台劇，「這個世界沒這麼好混。」說完就失蹤了。美菜繪因此只想一死了之，在煩惱怎麼死的過程中，又慢慢重新站了起來。

為什麼美菜繪初次看舞台劇，就感到命中注定？
為什麼調酒師初見黑衣女子，就預感會愛上她？

像是某種戲劇型人格，「心比天高，身為下賤」，受戲劇性、壯烈燦爛、眾所矚目英雄事蹟的吸引；別人如何達致，他們卻全無頭緒。美菜繪、初戀男友、調酒師，都幻想著輝煌的成功，受挫卻不知何去何從。因為努力就有通往失敗的危險。過程更是漫長屈辱，他們禁不起自貶自恨，只能棄械投降。於是不再相信自己，轉而依附那些看起來有目標的人，設法寄生於別人的成功。美菜繪明星夢碎，寄生於男友的舞台夢；再次夢碎後，失去了夢想的能力。調酒師想開酒吧，但存不了錢，只能寄望橫財天降。

初戀男友對美菜繪無情，調酒師對女友也同樣無情：陪酒小姐主動示好，調酒師就趁機邀她同居，雖然像夫妻一樣生活，調酒師卻清楚自己對她們沒感情。就像〇〇七一樣，每集等著宛如命中注定的目標出現。只有面對沉默、陌生的喪服女子，才會勾起調酒師的幻想和熱情。

謎團環環相扣，坦露謊言背後精巧的布局。但在催眠、附身等離奇機關的背面，東野圭吾想寫的，應該是庸碌之輩對自己的失望、看低，隨波逐流逃避。即使銜著銀湯匙出生，也仍苦尋存在的價值、脫困的救贖，無力抵抗美菜繪夫妻平凡男女一生一次綻放爆裂的激越感情，只能相繼奔赴，穿戴別人的假髮戲服，承載別人的怨念，為之生，為之死。因為，偉大啊偉大，小說音樂影劇刻劃的轟轟烈烈浪漫，離自己掌中的人生太遙不可及了。

《東野圭吾的寫作秘訣》自述新人時期投文學獎，每次揭曉前已在拚下一篇投稿。想到東野圭吾為追夢有多拚，我領悟他在本書中化身為宿友S，告訴大學時的調酒師「時間是這個世界上最寶貴的東西」，人再有錢都回不到年輕時代，而且年輕時的一小時，價值遠遠高過老人的一小時，足以創造文明。這番忠言驚醒了我，人往往被失敗蒙蔽，忘了自己的珍貴。明明是時間的富翁，卻讓財富從指縫中流走。不要溫馴地步入那良夜，憤怒吧，別讓光芒消逝。

國家圖書館出版品預行編目資料

瀕死的凝視 / 東野圭吾著 ; 王蘊潔譯 . -- 初版 . --
臺北市 : 皇冠 , 2025.08 面 ; 公分 . -- (皇冠叢書 ;
第 5240 種)(東野圭吾作品集 ; 47)
譯自 : ダイイング・アイ

ISBN 978-957-33-4330-1(平裝)

861.57 114009469

皇冠叢書第 5240 種
東野圭吾作品集 47

瀕死的凝視

ダイイング・アイ

作　　者—東野圭吾
譯　　者—王蘊潔
發 行 人—平　雲
出版發行—皇冠文化出版有限公司
台北市敦化北路 120 巷 50 號
電話◎ 02-27168888
郵撥帳號◎ 15261516 號
皇冠出版社 (香港) 有限公司
香港銅鑼灣道 180 號百樂商業中心
19 字樓 1903 室
電話◎ 2529-1778 傳真◎ 2527-0904
總 編 輯—許婷婷
責任編輯—黃雅群
內頁設計—李偉涵
行銷企劃—蕭采芹
著作完成日期— 2011 年
初版一刷日期— 2025 年 8 月
初版三刷日期— 2025 年 9 月
法律顧問—王惠光律師

讀者服務傳真專線◎ 02-27150507
電腦編號◎ 527048
ISBN ◎ 978-957-33-4330-1
Printed in Taiwan
本書定價◎新台幣 450 元 / 港幣 150 元